河北大学燕赵文化高等研究院
INSTITUTE FOR ADVANCED STUDY OF YANZHAO CULTURE,HEBEI UNIVERSITY
——成果文库——

高熙曾
学术文存

——中国古代文学经典讲义——

赵林涛　辑校

社会科学文献出版社
SOCIAL SCIENCES ACADEMIC PRESS (CHINA)

高熙曾先生（1921—1980）

清华大学中文系1948届毕业同学与全系师生留影（三排左三为高熙曾，二排左五为朱自清、左六为浦江清）

1956年初与妻女在天津师范学院主楼南侧留影

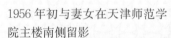

1955年秋与天津师范学院同事在顾随书房合影（左二为高熙曾，左三为顾随）

高熙曾先生在讲堂上 1

高熙曾先生在讲堂上 2

《唐宋词说》手稿（局部）

顾随为高熙曾《〈西游记〉中的道教和
道士》一文手稿题签

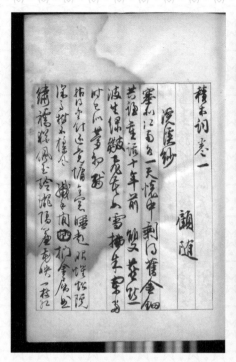

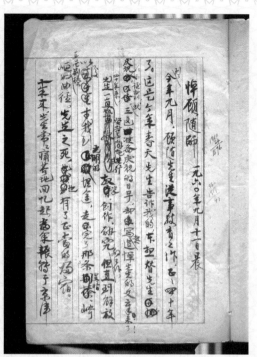

高熙曾手抄顾随《积木词》（局部）　　　　　　　　《悼顾随师》手稿（局部）

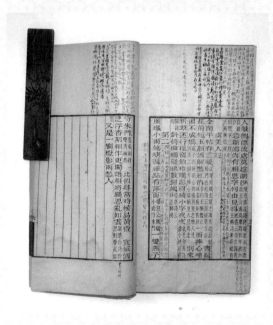

补注《片玉集》　　　　　　　　　　《御定全唐诗录》题跋

《版本琐记》

高熙曾先生遗留的部分手稿、藏书和批校本已于2013年由后人捐献给天津图书馆。图为2012年9月24日，国家图书馆李致忠先生和天津图书馆李国庆先生等有关专家在做鉴定。

序 一

高亭亭

《高熙曾学术文存》在赵林涛老师的努力下，终于面世。父亲的学术研究真正回归了社会，我们几十年的梦想成真，激动心情溢于言表。

我的父亲高熙曾，字荫甫，1921 年 5 月 12 日生于北京的一个职员家庭。1944 年，辅仁大学国文系毕业，同年考取本校历史研究所研究生。他聪敏、好学，深得师辈名家钟爱。1945 年，经陆宗达教授介绍，与我母亲孙亮贞（师孙人和的长女）结婚。

26 岁在清华大学中文系任教，兼中国大学中文系讲师。其间，曾与余冠英、浦江清、冯钟芸等先生一起编辑整理闻一多、朱自清全集。1950 年清华大学改为工科院校，他主动找到著名文献学家赵万里先生，调入北京图书馆，在善本部任职，浏览了他梦想多年，却看不到更买不起的诸多古籍善本，开拓了学术视野，留下了大量珍贵记录。

1953 年，经南开大学教授华粹深荐举，奉调天津师范学院（河北大学前身）中文系，后任中文系副主任，兼任《新港》编委等职。加入九三学社后，兼任天津分社宣传部副部长、办公室副主任。1958 年 7 月 1 日加入中国共产党。

多年工作，他积累了大量资料，研究范围上自《诗经》，下迄毛主席诗词，上下古今几千年，领域甚为宽广，诸如诗词、戏曲、小说、版本学、目录学等，无所不涉，各有成就。他最热爱教书的讲台，也特别擅长讲课，课堂教学深受学生欢迎。讲台上他总是神采奕奕、声情俱壮，甚至手舞足蹈、且说且唱，生动活泼，感人至深，使学生获得异常美妙的艺术享受，获历届学生乃至天津市各界的普遍赞誉。在天津，他积极帮助天津市和平区教育局试办语言文学业余讲习班，先后主讲了唐诗、宋词、元曲、毛主席诗词等，深受欢迎，被评为天津业余教育（广播函授）优秀教师、天津市文教事业先进工作者。

1966 年，父亲 46 岁，正值教学科研出成果的年龄，一场"文化大革命"席卷全国，我父亲成了"反动学术权威""党内走资派"，身心遭到严重摧残。在病痛中煎熬了七年，1980 年 9 月 10 日最终离开了他热爱的讲台，离开了他钟爱并投入全部精力的研究事业。我母亲虽也毕业于辅仁大学国文系，但"文化大革命"后期即双目失明，守着父亲留下的大量书稿，无能为力。此刻，父亲的音容笑貌依旧清晰、亲切，我的内心却一片苍凉、困惑、迷茫、愧疚……我 1965 年离家去哈工大读书，当时认为国家最需要理工科人才，甚至觉得古典文学没有实用价值；妹妹上山下乡，去了内蒙古，没有人继承父亲的事业。2013 年，我和妹妹商议决定将父亲留下的书稿全部捐给他工作多年的天津，由天津图书馆收藏，并向社会开放。

2018 年，天津图书馆李国庆研究员和天津师大教授一起，指导研究生秦俊泽对我父亲的《版本琐记》遗稿做了整理与研究。想起父亲生前做卡片、积累资料时的情景，好像就是昨天的事，当时我们还问他："弄这些东西有用吗？"父亲说："现在我们国家鉴定一本书的版本还要拿到日本去，多丢人。有了这些资料，就可以自己鉴定、追溯……"是啊，父亲倾注了心血辑成的资料能为国家、为后人所用，真是从心里为之高兴。

我已经退休多年，和外界联系很少。遇到赵林涛老师，是那么偶然、那么幸运。赵林涛，博士，编审，长年致力于国学大师顾随先生遗著整理与生平学术研究，整理出版《顾随全集》《驼庵学记》《顾随致周汝昌书信集》等十余部书籍，著有《顾随与现代学人》《顾随和他的弟子》。这样一位年轻学者，我并不认识他。只是在 2019 年曾接到他打来的电话，因他知道我父亲是顾随先生的学生，希望能提供相关资料，但我对父亲了解太少而没能帮助到他。

2020 年，父亲去世已经四十年了，想起那篇研究《版本琐记》的论文若能发表，既是对父亲的一种纪念，也可以使父亲的部分研究成果重放光彩，就贸然拿起电话咨询，打了多个电话无果。当给赵老师打电话时，却倍感亲切。我抱着试试的心理，将论文发给他，没想到的是第二天他告诉我已经与《燕赵文化研究》的编辑老师联系，并安排了所有可操作的流程。他办事竟如此干脆、利落，以至我自己都有些措手不及、不敢相信。我隐隐感到，这是一个靠谱厚道、能替别人着想的人。终于有一天，我们见面了，他耐心地帮助我分析情况，提醒说"不能只保存，让其沉睡下去最终变成一堆废纸。开发出来公之于众才能发挥其价值，对前辈多年付出的心血也有个交代"。话虽不多，却句句戳心。我感到他是那么坦率、诚恳，没有丝毫浮躁、功利，他正是我要找的解忧之人。之后，赵老师的行动更证实了我的判断。他思想活跃、聪明，当我对保存多年的众多资料不知如何使用时，他却可以设计出推向社会的方案。他不辞辛苦，热心奔走、策划，从网络查找资料、联系出版，亲手操作实施，真正履行了他自己说的"前辈先生学问人品都堪后学楷模，我则乐为传承做点力所能及的工作"。此时，我确确实实看到了希望，找到了出路，感受到了年轻学者对前辈的尊重和对传承事业的重视。

在赵老师的努力下，《高熙曾学术文存》终于完成了。《文存》精选父亲学术文章二十三篇，按论诗、论词、论曲、论小说、杂论五部分编次。其中，《唐宋词说》《稼轩词绎》《〈西游记〉中的道教和道士》等多篇重要著述系首次面世，它们是父亲对古典诗文词曲的丰富心得。这些虽然仅是父亲遗著的部分精华，但得以回归社会、为后人所用就是我们最大的心愿，也是对九泉下父母的最好慰藉。

再次感谢赵林涛老师，正是他花费很多时间收集、整理资料，悉心校勘，这部书才得问世；更感谢他曾经给予我精神上的支持和关切、真诚的鼓励和帮助。在此，还要衷心感谢天津图书馆李培馆长和文献部的同志，在《文存》整理过程中他们给予了大力支持和帮助。

重见父字，就像回到了父亲身边。我们会继续努力，将更多的遗著整理面世，回报社会，为我国文化事业做出应有的贡献，父母在天之灵定会深感欣慰。

2022 年 1 月

序 二

张清华

高熙曾（1921—1980），字荫甫，出生于北京，先祖浙江省绍兴山阴高氏。曾祖秀峰清咸丰间随母进京，拜翁同龢为师，入国子监任助教，祖父文彬为国子监典簿。堂号"渤海郡燕翼堂"，徐郙题赠手书"燕翼贻谋"。翁公亲赠"试向诸生选何武，预知老圃问樊迟"联，故熙曾先生字"荫甫"。父景廉，通才商业专门学校毕业，在银行工作。先生幼承家学，考入北平辅仁大学国文系，师从孙人和、顾随、赵万里等先生。毕业后，先后在贝满中学、中国大学、清华大学任教。他真能绍承乃祖之长，入北京图书馆（国家图书馆前身）善本典籍部为专职编辑，稽南访北，调查研究，成为当世古籍版本研究、刻工研究、雕版研究及文献目录学专家，享誉京津学坛。1953 年调入天津师范学院（后改为河北大学），晋升副教授，为中文系副主任，兼任九三学社天津分社宣传部副部长、办公室副主任、天津《新港》文学月刊编委。

1956 年，我考入天津师院，先生主讲中国古代文学，从《诗经》《左传》到唐宋诗词、元人杂剧、明清小说，三年多的时间，先生授课，我为课代表；毕业留校，先生又选我为助教。故我于先生最亲，受益最多。我自 1964 年参加两期"四清"至 1984 年从郑州市委到河南省社科院，重新搞古代文学研究，靠的就是荫甫师为我打下的坚实基础，指给我从学的路子。故我常对人说："师中有我，我中有师。"我之所以能取得今天的研究成果，取得现在的学术地位，与荫甫师对我的精心培养是分不开的。

顾随先生是荫甫、叶嘉莹的恩师，也是我的老师；我又是荫甫师的学生、助教；而我的女儿弘韬又是嘉莹先生的博士，无怪人说我们是"薪火相传"。我曾把三师解词做过比较。三师同重鉴赏，荫甫、嘉莹词学皆出羡季师，而三师之学又各有所长。羡季师给学生的是糖块，非认真听、细咀嚼不能得其味，且时出警句，稍忽即逝，2009 年羡季师诗词研讨会上我发表了一篇解读稼轩词风格的论文，就是用羡季师讲毛主席诗词时提到的稼轩"以剑笔写文章"写成的。嘉莹给学生的是糖水，好接受，学生叫好。荫甫师除鉴赏外，重在讲词的作法。为给学生辅导，我曾总结了先生词的十一二种讲法，打印发给学生。荫甫师长于文献，故常举文献论证，故听荫甫师讲词，不但知词的艺术美、深邃的内涵、写作方法，还会学到个案词及某类与唐宋词的发展、演变史。这对我喜欢词、爱讲词都起到导夫先路的作用。

为纪念先生，亭亭、力力，与河北大学赵林涛先生搜集整理而成《高熙曾学术文存》。此书基本涵盖了先生教学、研究的方方面面，是先生留下丰富成果的缩影。一滴水能照见太阳的光辉，此书的出版，必将推动对先生遗著的整理与研究，使先生的学术研究成果及学术研究精神绽放异彩，发扬光大。全书分论诗、论词、论曲、论小说、杂论五个部分。从《诗经》、《楚辞》、汉乐府、魏晋南北朝诗、唐宋诗词、元人杂剧、明清小说，及版本、刻工、雕版、文献目录、历代名家书法，直至昆曲《十五贯》、川剧《谭记儿》等，其精者在唐宋词学、《西游记》、版本学。先生真可谓博古通今，无怪河北大学的老师们说先生是"通才"。

先生才智过人表现在许多方面，包括他对书法的鉴赏与摹写。《文存》杂论中就有《题宋仲温〈急就章〉临本》《文征明小楷离骚经》《明拓曹全碑》《宋仲温书书谱》《明宋克书急就章》《宋克草书〈前出塞九首〉》等，涉及从晋至明的不少书法名帖。先生辅导我进修元杂剧时，带言之间讲书法的不少，最多的是初唐四大书家虞世南、褚河南（遂良）与欧阳询、薛稷。先生喜二南，其楷书似二南，行草则得王羲之书法神髓。先生学书，摹谁像谁，甚或夺原本之妙。我学"瘦金书"，即学先生手书。

最后，从我的亲身感受、荫甫师教学与研究的总成果讲，这部《高熙曾学术文存》，正可用 20 世纪 60 年代学校对几位老教师的评语概之，即荫甫师"读书多，兴趣广，所见者精"！

2022 年 2 月 16 日于郑州百花书屋

目　录

【论诗】

《诗经》里的情诗[*]

　　《诗经》里的情诗都见于《国风》，它是古代民歌的一个重要的部分。在古代文学中，从《诗经》起，一直到汉魏乐府、六朝《子夜》和《襄阳》、明清俗曲、近代的民间诗歌口头创作，情诗的数量比其他方面的作品要多得多。

　　正因为风诗里大部分和恋爱、婚姻问题有关，所以朱熹甚至于把风诗看作情歌，他说："凡诗之所谓风者，多出于里巷歌谣之作，所谓男女相与咏歌，各言其情者也。"（《诗集传》序）当然，《诗经·国风》绝不止情歌这一部分，而朱熹的看法却反映出民歌以情歌为主要内容这一事实。

　　历代民歌中的情诗，各有其社会背景，然而在《诗经》里已经表现得非常广泛，我们可以从这些歌诗的背面看到当时的社会状况，看到这些诗人的内心世界和他们的高尚的精神品质。

　　这些诗大多数是人民的创作。我们知道，劳动人民所创造的民歌是有它的特点的，劳动人民不但热爱自己的劳动，相信自己的力量，深信自己的不朽，而且他们还十分珍视自己的爱情，在他们的生活中，高度发挥自由恋爱的精神是一个主要方面。《诗经》里的情诗大部分就是这样，诗人常常用坦率大胆的态度表现出自己对爱情生活的感受，感情方面也极其真挚、热烈、健康、素朴而优美、具体，很少抽象的抒情。

　　我们读这类情诗，应该注意它和社会生活的密切关联，例如《柏舟》

　　* 作于 1956 年，据手稿整理。此篇是《诗经讲疏》一稿的部分内容。为便于阅读，对文中提及的部分人物和相关作品作了注释。

（出自《鄘风》）是一个少女的坦率表白，她的婚姻受到母亲的干预，可是她的坚决的态度却正反映了她对婚姻制度的反抗；《将仲子》同样是写一个少女的婚姻受到种种阻难，可是她婉转多情地想念她的情人，同时又顾虑"父母""诸兄""人之多言"。这些诗都含有极其丰富的社会内容，诗人的内心矛盾正是社会生活中的矛盾在情诗中的集中反映。而勇敢大胆的态度、深切的控诉，正是劳动人民反对不合理制度的精神实质和优良传统。又例如《氓》反映出阶级社会中妇女受压迫、生活无保障的真实情况，写男女关系变化，通过对这个热情女子的愤怨的痛苦心情的描述，揭露了男子骗取妇女爱情而又任意遗弃的罪行，这是古代妇女第一次对不道德男子罪行的控诉。

有一些情诗，并不是直接联系社会生活中的矛盾斗争，它们只是一首一首的短小的情歌，它们常常用极少的字写出纯洁健康而深挚的感情，其浓郁的味道，非常强烈，从古代到今天，它们仍然熏陶着每一个读者，使我们的精神向上，使我们从短短的几行文字中得到美的感受。

《采葛》和《木瓜》在《诗经》里要算是很短的诗歌，但是它们的意味却非常深远，其原因是诗人的感情是深挚的，诗人的表现手法是高妙的。《关雎》是一首较长的情诗，这首诗真切地表现出古代人民对幸福生活的渴望，遂为人们所传诵，几乎是家喻户晓。此外，《静女》写相会，《溱洧》写春天的男女游会……

历代的封建统治者都把这些情诗叫作"淫奔之诗"，他们有人主张删去。另外他们更想利用这些情诗来宣传封建主义的思想，那他们首先要歪曲这些情诗的主题思想，例如《关雎》是"后妃之德也"，《柏舟》是"共姜自誓也"，《鸡鸣》是"思贤妃也"。事实上，封建统治者是失败了，试看《牡丹亭》里的杜丽娘的青春苦闷、青春之火、青春的理想不都是由她的老师、那位学究陈最良用"关关雎鸠"——"后妃之德也"给引起来的吗？

女辞很多，那是因为阶级社会里的妇女所受到的压迫比男人还要重，痛苦还要多，面对着恋爱生活，她们感情比男人还热烈、还勇敢，而她们又总是一往情深的。安东诺夫在《论短篇小说的写作》里曾引恩格斯的话："痛苦中最高尚的、最强烈的和最个人的——乃是爱情的痛苦。"接着安东诺夫说："一个人的心灵越丰富，爱情留在他身上的痕迹就越鲜明、越清楚。"

木瓜

投我以木瓜，报之以琼琚。匪报也，永以为好也！
投我以木桃，报之以琼瑶。匪报也，永以为好也！
投我以木李，报之以琼玖。匪报也，永以为好也！

《木瓜》《采葛》都是以简短的抒情诗形式来表达当时男女相爱的，它们显示出古代民歌的高度的艺术成就，到今天仍然给人以艺术享受。它们不是反映了什么巨大的社会内容，而是说出了几千年来人们所共有的感情。

《木瓜》一诗，既没有头，也没有尾，只是一投一赠，两句一结。就在这极其单纯的投赠里寓寄着极其深挚的情感，而且也是实际生活的集中反映。

"木瓜""琼琚"都不是什么特别的东西，然而这一投一赠却是从深厚的爱情出发的，作者要表现这种情感，所以选用了这两种东西。"木瓜"是投赠者亲手种的，"琼琚"是报答的人天天佩戴的，此中寓意可想而知。

一投一报，已然说尽了相好之情，读者也满以为这够好的了，然而不然，正因为这一"报"，会令人觉得只是还情吧？所以下面反复地歌唱"匪……也"，用来否定、推翻了以上的"投赠"，却又加深肯定了"投赠"之情，因为"投赠"是有形的，是借某一种东西来传达情意的，而情意却是抽象的。这种变化颇像杂技团表演，当然不同。

民歌的特点之一是没有抽象的抒情，汉乐府的叙事诗是不必说了，就是《诗经》和汉乐府里的短小的抒情诗也没有抽象的概念化。"我们真的要永远相爱啊！"这类的词句，在民歌中恐怕很难找到。它所以能写得具体深刻，哪怕是抽象的情感，也给人以真实的印象，主要还是由作品的思想感情决定的。作品的思想感情，却又扎根在作者的生活基础上面，劳动人民的生活不同于一般文人士大夫，那么，他们的作品风格当然也有所不同了。

高尔基曾说过："最伟大的智慧是在语言的朴素中；谚语和歌曲总是

简短的，然而在它们里面却包含着可以写出整部书的思想和感情。"不论《木瓜》这首诗多么简短，它都包孕着古今多少真诚相爱的人的情意，我们不必说哪部小说就是写的这种情感，假设我们朋友极好，也应该如此吧？

简短并不等于简单，简短的抒情诗是作者感情到了白热化的时候才写出来的，所以它是作者感情焦点的集中表现。

关雎

关关雎鸠，在河之洲。窈窕淑女，君子好逑。

参差荇菜，左右流之。窈窕淑女，寤寐求之。

求之不得，寤寐思服。悠哉悠哉，辗转反侧。

参差荇菜，左右采之。窈窕淑女，琴瑟友之。

参差荇菜，左右芼之。窈窕淑女，钟鼓乐之。

自古读《诗经》的人，开卷便见《关雎》，即使是没有读过《诗经》全书的，也总会先读此篇，就连没读过《诗经》的人也有很多人会叨念"关关……好逑"。至于《毛诗序》所说的"《关雎》，后妃之德也"，倒是只有《牡丹亭》里陈最良老学究道学先生所最发生兴趣的，一般读者大多数还是喜欢原诗的。

《高中文学教学大纲（草案）》第 17 页说这首诗是"表现古代人民对幸福生活的渴望"。以下我们就原诗来探讨一下这个意思。

作者写诗之前，当然已爱上了这位"窈窕淑女"，所以三章诗倒说了四次"窈窕淑女"。这种重叠反复是民歌特点之一，往往是作品中心事物，才这样说来说去。可是它并不让人听了厌烦，那因为虽然总是这四个字，三章之内的意思却很不相同。

第一章，由"关关雎鸠，在河之洲"起头，见了"雎鸠"想起"淑女"，由联想而来。"在河之洲"是不在近前也，而"淑女"之不可得亦然。"雎鸠"可得不可得是宾，当在其次，而"淑女"是主，且是"君子"（男子美称）所爱好的配偶。试看这个女子，既言其"窈窕"（苗条），又加以"淑"美，则其外内皆美矣。好了，此诗主题只是说"窈窕淑女，君子好逑"，全篇大意至此可以说死掉矣。

（方言："窈"，美也，陈楚周南秦晋之间凡美色或谓之"好"或谓之"窈"。）

以上只是概说，是综述，妙在下两章。

第二章全从"求之不得"立说。上章话虽说尽，然而只是概括，下二章则分别详述求女的心情。此章既说"求之不得"，则心中熬煎，心弦一紧，韵律随之，故由上章之舒缓的节奏一转而为急管繁弦，全篇精神集聚于此，有"横看成岭侧成峰"之势。有这一章，全诗才有起伏，而这种起伏是说既然是"好逑"，而又"求之不得"，真令人为之焦灼也。

先说此首节奏如何急法。从"参差荇菜，左右流之"，已显出两只手忙不过来了，"荇菜"是参差的，其体既滑泽，又复长短不齐，欲择采之，乃亦艰难，因而"左右"两手忙着去采；这象征着求淑女之难之积极亦然，故下云"窈窕淑女，寤寐求之"也。所谓"寤寐"，马①以为即"梦寐"，余冠英②以为"日夜"，以"寤"为睡醒，不知何据。

以此种"求"法，当可求得，可是那可太容易了，故下文又说"求之不得"。上四句，弦已紧矣，至此顶针一转，乃又紧上加紧。"寤寐求之"，变成了"寤寐思服"，"服"是怀念；马以"思"为助词，引"旨酒思柔"为证，课本据之。所谓怀念，即"茶里思来饭里想"也。

紧弦以后，便又荡扬，牛运震③曰："末二句笔势一扬一顿，一曲一直，唱叹深长，令人黯然销魂。"

黍离

彼黍离离，彼稷之苗。行迈靡靡，中心摇摇。知我者，谓我心忧；不知我者，谓我何求。悠悠苍天，此何人哉！

彼黍离离，彼稷之穗。行迈靡靡，中心如醉。知我者，谓我心忧；不知我者，谓我何求。悠悠苍天，此何人哉！

---

① （清）马瑞辰（1777—1853），著有《毛诗传笺通释》等。
② 余冠英（1906—1995），著有《诗经选译》《诗经选》等。
③ （清）牛运震（1706—1758），著有《诗志》等。

彼黍离离，彼稷之实。行迈靡靡，中心如噎。知我者，谓我心忧；不知我者，谓我何求。悠悠苍天，此何人哉！

《毛诗序》："《黍离》，闵宗周也。周大夫行役至于宗周，过故宗庙宫室，尽为禾黍，闵周室之颠覆，彷徨不忍去，而作是诗也。"这个说法一直传到清代，说诗的几乎没有一家不是据《毛诗序》立说的。从原诗来体味，当然看不出什么"闵宗周"的痕迹，不过由于《毛诗序》旧说相沿既久，后代文学家每逢哀悼故国沦亡，便想起这首诗来，把《黍离》当作故国之思的代词，所以它便也成为一首传诵众口的诗歌。

到底这首诗是不是"闵周室之颠覆"，《毛诗序》旧说有没有根据，现在都没有其他材料可以证明，旧说本来也可参考，不必拘定《毛诗序》的意思。不过，《黍离》这首诗之所以千古传诵，深深地感动了历代有爱国思想的人们，当然有它的道理。

这三章诗，第一特点是叠字很多，每一章都用了四个不同的叠字，例如第一章的"离离""靡靡""摇摇""悠悠"，这些字的音节是变换的、跳动的，实际上诗人心神的动荡便从这些字音当中传达出来了。（下二章同此。）

第二个特点是韵脚的变换不仅传达出诗人的悲伤，三章的换韵就连诗人的号啕、呜咽、泣不成声都写了出来。第一章的"苗"、第二章的"穗"、第三章的"实"，由"豪"韵而"寘"韵，到"质"韵，由平声到仄声，仄声韵又从去声韵换为入声韵，在音调上是由高扬到低沉，又变为入声收气的字，即是"噎"字的本义，正是哭泣的声音，而且还是一个"心忧"无诉的流浪者的哭泣。所以这种形式的变化完全是诗人心灵变化的具体形象化。

第三个特点是每章在诗句变化之外，都有重复不变的句子。这是必要的重复，而且这种重复句子往往是集中表现了作者的思想感情，这些一唱三叹的声音也就是本诗的主题。例如《黍离》的作者，他的内心是极其沉痛的，他最伤心的是他的中心悲感，有人却以为他在寻求什么。面对着国家的破败，他呼叫"苍天"，他向苍天追问："这是什么人把国家破坏成这个样子啊！"这种呼天怨祸正是本诗的中心思想，而且正表现了对于使国家残破的罪人极端的痛恨，所以用感叹口气。

第四个特点，从字音里，三章文字的变换和重复中间，诗人的行动便呈现在读者的眼前了。"彼黍"二句，说"黍"说"稷"都用"彼"字形容，言其由远而近，然而忽说是黍（黄米、小米），又说是"稷"（高粱），正是诗人泪眼模糊心旌摇动时的错觉。郑笺本《毛诗》以为"我以黍离离时至，稷则尚苗"，这是说黍稷都是"离离而方苗"的意思。《太平御览》引《薛君章句》说："离离，黍貌也。诗人求亡兄不得，忧懑不识于物，视彼黍离离然，忧甚之时，反以为稷之苗，乃自知忧之甚也。"和《毛诗》不同。陈奂①则以为，"苗状不相似，《韩》不若《毛》之优"。

"行迈"二句明说走动，诗人是由远而近地行动着，所谓"不知我者，谓我何求"正表现了他"彷徨不忍去"的情状。

将仲子

　　将仲子兮，无逾我里，无折我树杞。岂敢爱之？畏我父母。仲可怀也，父母之言，亦可畏也。

　　将仲子兮，无逾我墙，无折我树桑。岂敢爱之？畏我诸兄。仲可怀也，诸兄之言，亦可畏也。

　　将仲子兮，无逾我园，无折我树檀。岂敢爱之？畏人之多言。仲可怀也，人之多言，亦可畏也。

《诗经》里的情诗多了，这篇诗，用了婉转的语调、反复的歌唱、长短错综的句式抒写出一个正在热恋中的女孩子的中心顾虑、左右为难。

"将仲子兮"，一开头就央告她的情人了，她说"将"，"将"也许是请求，说重一些还许是哀求。可是为了什么事呢？我们如果不看下文，会设想她们既在热恋中间，一定是"一日三秋"，她想要她的情人来安慰安慰她吧？这是请求；再不就是两个人闹别扭了，女方先认错了，让步了，她要说："请你别生气了，饶了我吧！"这是哀求。不管是哪一种，其最终的目的是想见面，想在一起的。

---

① （清）陈奂（1786—1863），著有《诗毛氏传疏》等。

可是不然。这篇诗里的女主角却是告诫她的情人说：你"无逾我里"，不要走过我住的乡里。不仅如此，她又警告她的情人说："你不要折断了我门里墙底下的杞树。"前面一个"请"，后来两个"无"，也很不调和啊。如果说真的是打了架，闹翻了脸，就不要用"请"字，更不必那么客气。如果用了"请"字，就不应该一个"无"字接连一个"无"字地拒绝他来。且看下文，便知分晓。

她不怕我们不懂，而是怕对方因此误会了她的心意，她不能不详细地加以解释了。

她说：我"岂敢爱之"，什么没给你，我哪里敢爱它呀？只是"畏我父母"。说到这里，我们明白了，原来是父母的阻难，如果小二哥（仲子）真的过了里，攀折了杞树，树倒不值什么，可是新折的枝杈给她的父母留下了痕迹，父母的一顿骂，怕是免不了的啦。

好了，丢开他吧！不必再挂在心头，也免得终日担惊受怕了。和小二哥断绝了吧！树，自然也不会再折了。可是又怎么放得下呢？仲子，实在是令人怀念的啊！

那么，豁出去吧！墙头就随他爬，里树就任他攀，成不成呢？好，父母的阻难又压上她的心头了——父母的骂声，已在耳边叫起来了。这是可怕的呀！

这个矛盾，像是一座受了极大的震动的失去了平衡的天平，一方面是仲子，另一方面是父母，不知道哪个压倒哪一个。又像是拔河，两方面势力差不多，来回地拉。可是那是绳子，这里被拉的却是人啊。

用个图来表示，你在左方先画一个点儿，代表她对仲子的爱，隔开一两寸的空当，在右边再画一个点，代表她对父母的怕。第一句是说请求仲子，就在左边写个①；二句三句都是怕，就在右边写个②；"岂敢爱之"是爱，左边写③，在①的下面，直行写；"畏我父母"是怕，右边写④；"仲可怀也"是爱，左边写⑤；末两句是怕，右边写⑥，如下图。

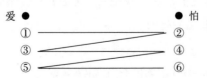

这个曲折的线段正是这个女孩子内心里的折磨，从①到⑥，往返多少次，再画下去也是这样。这是熬煎，这是苦痛。其实这正是爱情和封建制度的矛盾的真实反映。

周代的家庭，是由父兄掌管的，而女子的婚姻，也要被父兄决定。母亲也常常出来干涉，所以在《柏舟》一诗中有"母也天只！不谅人只！"的呼声。此外还有整个的社会的舆论，给予她们压力，造成青年男女爱情上的痛苦。

所以本篇的下两章，便说到"诸兄"和家庭之外的一般人。

这也是用复沓形式来表现的。基本句式和第一章一样，穿插在一起却又反映出更重要的矛盾。

"无逾我里"，"里"换作"墙""园"。"园"是里的内部，她在设想她的情人愈走愈近，她的心理上的压迫也愈发沉重起来，因而她开始怕"父母之言"，可是父母是最亲近的人啊，总会原谅她吧！这一关过去了。诸兄出来了，诸兄也不是外人，总还好说吧！这样就又过了一关。下面这一关可难过了，既不是家里人，又不止一两个人，是乡里，是亲朋，是她自己前后左右的所有的人，他们的话，像是潮水，可以淹没了你；他们可以指指点点地嘲笑我们真挚的爱情，他们的干涉，是社会的舆论，我是无法制止的。"畏人之多言"，句法长了，颤动了。这是由父母、诸兄，想到了一切"人"。

她设想仲子由远而近，而她所怕的对象，在亲属关系上却由近而远，这个矛盾，也可以用图来表示。

$$\begin{array}{ccccc} (\text{低}) & (\text{高}) & (\text{最高}) & & \\ \text{仲子}\longrightarrow & \text{里}\longrightarrow & \text{墙}\longrightarrow & \text{园}\longrightarrow & \text{女子} \\ \text{人}\longleftarrow & \text{诸兄}\longleftarrow & \text{父母}\longleftarrow & \text{女子} & \\ (\text{最高}) & (\text{较高}) & (\text{低}) & & \end{array}$$

这里箭头的相反的方向，正表示着她内心的冲突。她希望仲子来，她也相信仲子会来找她，可是她不敢，她有沉重的顾虑，顾虑和爱情的交叉，真是碎了她年轻的心。

爱的吸收，干涉力量的压制，使她的语气也不是平淡的。叫仲子，下面用"兮"（啊），多么温慰婉转，可又多么感慨呢！以下有两句用了两个

"也"字，这是压出来的声音。在古代诗歌中往往有这样的例子，屈原的《离骚》每逢用了"也"字，就总是一压再压，感情的弹力就更加上升，终于挤出一个"也"字来。这里岂不是一样吗？

这首诗，真切地告诉我们古代社会里的青年男女是有纯挚的爱情的，可是他们在爱情上的苦痛是深切的。例如本篇所反映的情况，它概括了多少人的这种苦痛在内，同时，它又感动着后来的多少身受这种苦痛的读者啊！他们有真心的情人，可是不能一起过美满的生活，在中国长期的阶级社会里，这种情况一直延续着。愈到封建社会的后期，男女中间的界限愈严，鸿沟愈宽，从身体到精神都被约束住了。

男女的爱情自由不自由是衡量社会文明的准确的尺标。我们读《诗经》也可以从这里知道我们今天的新社会是从这种旧社会演变过来的。看到这种不合理制度限制男女的自由，尤其是女子的苦痛，我们如果同情她，我们就会更厌恨剥削制度。

君子于役

君子于役，不知其期。曷至哉？鸡栖于埘。日之夕矣，羊牛下来。君子于役，如之何勿思？

君子于役，不日不月。曷其有佸？鸡栖于桀。日之夕矣，羊牛下括。君子于役，苟无饥渴？

这是一首写行役问题的抒情诗。作者不直接描述征夫的行役之苦，而是从征夫的妻子对他的怀念中写出了行役地区的遥远、岁月的漫长、忍饥挨渴的苦痛，从而反映了周代社会现实中的一个方面。

写怀念，很容易抽象。梁江淹《别赋》早就说了："虽渊、云之墨妙，严、乐之笔精，金闺之诸彦，兰台之群英，赋有凌云之称，辨有雕龙之声，谁能摹暂离之状，写永诀之情者乎？"江淹是说诸位名人大手笔都不行，行的是不才是在下。那么，从古以来，会写别离的人是不多见的了。当然，不会写诗的人，没有真实生活真实情感的人，他只会说："想啊！想啊！我十分怀念你啊！十二万分的思念啊！真想死人了！……" "十分"、"十二分"以至"十二万分"，分数愈多，就愈说明作者词语的贫乏，因为他真的认为他的情感实在难以言传嘛！实在没的说了，只好用一句"笔墨难以形容"，算是交代，了账。

但是，是不是词儿多了就能好了呢？那不一定。

有这么一种"诗人"，他们是文人，他们心里积累了成千上万的词。满打就是没什么可写的话，他们一天之中，也可以写个十首二十首合乎规矩的诗。清代的乾隆皇帝就是这样的典型的诗人，他一辈子，竟写了33950首诗，合共372卷，其中除去别人代作的以外，他自己作的至少该有一半吧？可是哪几首或哪一首是好诗呢？足见作诗好坏不只是词语多少的问题。

抽象抒情，堆砌辞藻，这种毛病在民歌里是找不到的。

古代民歌的作者们，对于自己的生活——被压迫的苦痛，他们是有深刻体会的，他们懂得怎么具体地抒写自己的情感，知道选取哪些事物当作创作素材，摘取哪些词语来表达这些事物。正因为他们的创作是有现实的基础，所以他们不会抽象，不能堆砌，也不可能用模拟其他作品的方式来代替自己的创作。

像这篇诗——《君子于役》，就具有以上的特点。

诗中的思妇，从她丈夫出外的那一天起，她的怀念总该就开始了，可是作者并没有按照这种时间顺序依次记录。那么，作者另选择一个日子，她和丈夫离别的一周年纪念日，来写好不好呢？看起来倒也有些诗意了，但是，作者也并没有这样做。

本诗的一开篇，就不标年月，不写日期，那是在他们的离别已经是无法以日期计算的那一天开始写的。元人的散曲说过，"走了一天，画上一个道儿，走了两天，道儿成了双"，当"横又三，竖又四，道儿画满了墙"的时候，也就是那墙皮都画得漆黑了的时期，她心上的别情离绪的积压就到了不能不爆发的阶段。

这叫作感情真挚。

可见这位思妇的感情的来源是离别日期的长久，它的基础，是当时的统治者强制百姓替他们服役的现实。因此，思妇的怀念愈深切，就愈能说明当时统治者加给百姓的服役的负担是多么沉重。

这是抒情诗的现实性。

我们这位诗人，就是极善于从诗歌的情感中揭露现实的一位——当然，凡是伟大的诗人都会这一手儿，像屈原，还不是一个最好的例子吗？可是《诗经》里的民歌作者却很少用那种幻想方式去揭露现实，诗里的素材也都是作者在实际生活中最熟悉的事物，在抒情方面，也是有什么就写什么的——当然，不能没有选择。而且，善于用幻想方式来表现的作品，也不是不具体、不真实。

例如本篇从一个没有日期的日期写起，那是他们离别中的任何一天。"一日相思十二时"，作者却又没有从早上直到晚上地写，而是截取了这一天的最后的短暂的黄昏。

这个黄昏，乃是这一天思念最切的时候，要是把前账算上，就是多少日子以来的愁思，完全集中在这短短一刹那里面。这种感情，像是多年的老陈饴，放的年代愈久，酒愈醇厚浓郁，醉人的力量也愈大。

黄昏了，今天不回来，只有明天见了。可是不是总没有回来吗？因此，她只能叹息了："君子（女称夫）于役，不知其期（服役结束的日期）。曷至哉（几儿回来呀）？"

前两句，是事实，是多日以来的生活经验。可是"曷至哉"却是今天最关切的问题，也是今天以前没有一天没有的盼望。加个"哉"字，比加十个感叹号还要起作用。

正在望眼欲穿，低头怀远，她忽然看见眼前的鸡已经"栖于埘"（进了墙洞里的鸡窠）。古时候，鸡是有钟表的作用的，鸡的动作，告诉她天色已然不早了。再抬起头来看看太阳吧，果然，"日之夕矣"，太阳的光芒已经渐渐微弱了！就在夕阳快要从山尖缩下去的时候，阳光短少了一寸，丈夫回来的可能性就又减去了一分了。那么，快趁着这一天最后的机会，再望一望通向山坡的大道吧。啊！回来的不是怀念中的征人，却是一群牛羊，它们缓缓地走向家里来了，而且羊在前牛在后——羊在山坡下面，而且胆子小。无知的动物，还知道晚来上窠入圈，她的亲人她的丈夫却仍然漂流四方，那又怎么不叫人怀念啊？还是人家原文写得好："如之何勿思？"这种用反问口气来加重抒情，并不新鲜。好在前面历历数出来一片事物，已经是具体地抒写了思妇的别情，可是在这里却又反问读者"如之何勿思"，便把上面的事物全部变成为表达她的别情的素材。不然，鸡哪天不上窠？牛羊又哪天不入圈呢？又怎么说明她现在不可摆脱的愁思呢？

再说下一章。

初次读《诗经》，总觉得读了一章，大意已经明白了，少读两章，没有什么关系。当我教《诗经》的时候，才真觉得这是懒，而且也确实没看懂《诗经》。

从表面上来看，第二章的内容、句法和第一章没多少差别，似乎是重复。有人说：《诗经》每章往往最后换一两个字，是因为便于歌唱，增强诗的音乐性，而且还容易记忆。可是两章总有些不同，就在那一两个字的更换上，更进一步地抒写了另一时间另一环境里的情感。

像本篇的第二章，"不知其期"换成了"不日不月"，意思便又进了一步。"不知其期"，还是有归期，行役的期限有终了的时候；"不日不月"，就连日期也无法计算了。"曷其有佸"比起"曷至哉"来，节奏紧短，情感也更急促。鸡先入窠，飞上墙洞，而现在鸡已跳上了桀（木桩）了。羊牛最初是从山脚往家里走来，在第二章里，又写出它们"下括"了。所谓"下"，是指羊牛从远而近，"括"是归在一块儿的意思，我们说括号、概括都有这个意思。这是说牛羊已回到家来，集合在圈里了。

结尾把前一章的末句"如之何勿思"改作"苟无饥渴"。这是在鸡和羊牛都已入窠入圈以后，远山近野一片微茫，变成了黝黑的暗影。这伫立在门前的农妇，一天又过去了，她的盼望变成了绝望，她只能暗暗地祝福远人："希望你不至于忍饥挨渴吧！"而她之所以能够想起饥渴的问题，固然是当时的征夫服役在外所难免的苦痛，可是思妇现在这样说，却是因为她做了一天工作，又站立在门前盼望，从早上直到黄昏，她也该饿了渴了，由本身的感受，她就先替出行在外的征夫设想了。

这叫作《诗经》民歌中的复沓形式。

所以说，这首诗，是看见什么写什么，感到什么写什么，想起什么写什么，而它的选择却是以怀念为中心的，这是民歌的朴素的风格，具体的抒情的特点。

在使用词句方面，它也紧紧扣住怀念的主题。说"君子"的归来用"至"字，用"佸"字；说羊牛换作"来"，换作"括"。就是重复的句子，也都起着加重抒情的作用。这不像初学习作的人，怕重复，戒冗长，要去掉啰唆的字句。奇怪的是就在这短短的六十几个字之内，反而出现了四个"君子于役"，两个"日之夕矣"。可是从古以来的读者，却没有一个人给这首诗加上红批，说它啰唆，说它重复。这是什么缘故呢？试看第一章的前一个"君子于役"，是全篇的第一句，农妇心中始终挂怀的事，就是它，所以一张嘴就不由自主地说出来了，如果在另一个环境里，我相信她也是这样说的，这是怀念，是念念不忘的结果。一个有心事的人，你同他说什么，他也听不进去，可是当他一发言的时候，你听吧，还是他那桩心事。还记得鲁迅先生的《祝福》吧，当祥林嫂受到一次又一次的刺激以后，她重新又回到鲁四老爷的家里，她一开口，不是就说"我那小毛……"吗？别人嫌她啰唆，可是她自己不觉，鲁迅先生之所以这样重复地描述，正是使读者听了一遍，受到一次感动，再听下去，就会觉得是一种震动了。那么，后面的三个"君子于役"就不是啰唆，而是说一遍有一遍的作用了。况且每章的前两个"君子于役"都主要是叙事，后两个"君子于役"又都是饱和着思妇满心的怀念之情啊。

一篇好的抒情诗，不只是以字句见长，一首诗是一个整体，除了结构以外，它的节奏、旋律和韵脚都是心声的表现。

人与人之间的关系，最难捉摸的是情，你说它是水，它有时重如泰山，你说它是山，它又常常在流动变化。但是抒情诗恰恰就是专门表达情感的，伟大的诗人是会把它显示给读者的。我们首先可以从它的字句了解它的思想感情，再进一步读一遍两遍以至十遍八遍，就更会有深刻的体会。这是从它的声音中得到的，所以分析阅读抒情诗，应该注意它的韵律。

先说本篇的韵脚。

前一章是平声韵，"役"、"期"、"哉"、"埘"、"来"和"思"等字是同在古韵"之"部；后一章换了韵了，是仄声韵，而且是入声韵，"月"、"佸"、"桀"、"括"和"渴"，从本诗的思想感情来理解，它的韵调是由低平韵转入急促，由凄凉变为沉痛，和原来字句中所表达的由盼望到绝望正相适应，密合无间。

本篇句法，基本上是四言。可是"曷至哉"是三言，"如之何勿思"是五言。这是出了规律的句子，我们阅读文学作品，应该注意这种地方，凡是超出一般情况的句子，一定有它的用意，尤其是民歌。

　　解释这个问题，与它所使用的虚字和节奏有关。"曷至哉"，"曷"字一拍，"至"字一拍，"哉"字却是两拍，如果说成"曷其至哉"那么就成了五拍了，不是故意引长其声，而是实在要长长地呼出这口气。这口气是别情的化身，所谓"有别必怨，有怨必盈"，这是"盈"，是别怨饱和之后压出来的一口气。这是句尾的语气词在本诗里的作用。"如之何勿思"，就是句中语辞的问题了。"如之何勿思"本也可改为"如何勿思"，可是那种婉转情深、回肠荡气的味道却都因为去掉"之"字，而消失殆尽了。就是四字句中的虚字，也常常是全诗的眼目，像本诗结尾一句"苟无饥渴"的"苟"字就完全把这种百无聊赖、婉约多情的语气传达出来了。

论《卷耳》*

——《诗经》新解之一

  《诗经》自从被汉儒加以若干曲解之后，两千年来，说诗的书，汗牛充栋，从总的趋势看来，他们的研究，是愈来愈接近诗的原意。《诗经》里那些思想性强、艺术性高的诗篇，到了今天才愈来愈发挥出它固有的光辉。封建士大夫的陈腐诗说，事实上早已基本上破产了，没人完全相信了。

  不过，《诗经》的传统讲法——《毛传》、《郑笺》以及朱熹《集传》之流，影响久远，深入人心，直到现在，有些诗之所以难得讲明白，固然这些诗篇距今已近三千年，比较难懂，加之古史资料缺乏，又有很多不足征信，更重要的恐怕是许多传统的旧讲法仍旧破除未尽，因此，今天研究《诗经》，仍然要进一步从作品出发，彻底揭开久已蒙盖上的纱幕，另求新解。

  说到《诗经》的训诂，汉儒常常为了附会他们所臆断的主题而捏造出一些解释，其中很多是不足置信的。讲到《毛传》和《尔雅》，也未尝没有和《诗经》作品思想内容有关的例子，例如"苤苢"本是野生植物，它的嫩叶可以"煮以为茹"，《毛传》《尔雅注》《毛诗序》却都把本诗说成是"妇人乐有子"，这是为了符合他们把《周南》说成什么后妃之诗的谬论。但现在还有不少人承认这一讲法，从而取消了古代劳动诗歌的原意。又如把阴平的"朝"读作阳平，以附会君臣的朝会；把"周行"解释为"至道"或"周之行列"，以宣扬封建君臣之义。诸如此类，还有不少被现

  * 原载《天津师范大学学报》1959 年第 1 期。略有删节。

在人们采用作为新注或今译，这就不能不提出另一种讲法，并试加探讨了。

至于附会史实来歪曲解释的例子就更多了，也应该把那些不可靠的加以区别，使读者有所遵循。

《诗经》的研究，正由于时代久远，说法太多，就更有必要把前代和当代的一些具有代表性的讲法，参互比较，以科学的态度和方法予以分析，从诗歌本身、《诗经》本书比较研究，然后再下结论，这样，才可以使一般初学的人在纷纭的众说面前，不至于无所适从，或是轻信误解。

《诗经》的讲解，从古以来，各家就是有分歧、有辩论、有斗争的。在今天，我们更要在马克思主义的文艺理论指导下，以实事求是的精神、科学的方法加以研究。不过，由于学力不足，水平不高，难免有错误的看法，这些新说，只是提出来，请有志于肃清旧诗说谬误的同志，一同参酌讨论。

本文只是"《诗经》新解"的一部分，其余各篇，拟将个人的一些肤浅的见解陆续写出来，为浩如烟海的《诗经》研究增添一点新的东西，廓清那些封建诗论。

一 今人对本诗的理解

采采卷耳，不盈顷筐。嗟我怀人，置彼周行。

陟彼崔嵬，我马虺隤。我姑酌彼金罍，维以不永怀。

陟彼高冈，我马玄黄。我姑酌彼兕觥，维以不永伤。

陟彼砠矣，我马瘏矣，我仆痡矣，云何吁矣！

从宋代到现代，《卷耳》一诗的主题一般学者都以为是写一个女子怀念出征的丈夫。

1922 年，郭沫若同志曾选译了《诗经》中的四十首诗，第一篇就是《卷耳》，所以这本《诗经》选译就被定名为《卷耳集》（今收入《沫若文集》第二卷）。

《卷耳》一诗的主人公，郭老以为是个"青年妇人"。他的译文有这么几句：

一片碧绿的平原，
原中有卷耳蔓草开着白色的花。
有位青年妇人左边肘上挂着一只浅浅的提篮，
她时时弓下背去摘取卷耳，
又时时昂起头来凝视着远方的山丘。

近两年，余冠英同志写了一部《诗经选译》，也认为"这诗的主人公是女性，她在采卷耳的时候想起了远行的丈夫"，他的译文说：

东采西采采卷耳，
卷耳不满斜口筐。
一心想我出门人，
搁下筐儿大路旁。

这两本译诗，对第二、三章的见解也大体相同，都以为是写这个怀人的女子在幻想她的丈夫在路途之上，登高山，越峻岭，人马疲惫，嗟叹不已的情况。

郭老的译诗说：

她的爱人不久才出了远门，
是骑着一匹黑马，携着一个童仆去的。
……
她想，她的爱人
怕此刻走上了那座土山戴石的危岩了，
他骑的马儿怕也疲得不能上山了。

余冠英同志也以为"陟彼崔嵬"的主语是"行人"，而且是这个妇女的幻想。（见《诗经选译》的题解。）

近年北京大学中国文学史教研室选注的《先秦文学史参考资料》也没有异辞，仍以为"这是一首妇人怀念丈夫的诗"。

从这些解释来看，好像关于本篇的主题，大家都公认是妇人怀夫，没有什么问题了。其实，这个理解，还是有说不通的地方，汉儒的错误讲法的影响，仍然洗脱未尽，朱熹的"改良"方式的解释，仍旧存在。那么，对这篇诗，以及《诗经》研究中的这类问题，重新加以探讨，就很有必要了。

二 《卷耳》是怎样变成女辞的？

以上所引，实际上都是根据宋人诗说加以发挥的。

宋朱熹《诗集传》本诗注：

> 后妃以君子不在而思念之，故赋此诗。托言方采卷耳，未满顷筐，而心适念其君子，故不能复采，而置之大道之旁也。

关于这个"后妃"，自然是汉人捏造出来宣传封建主义的"诗教"的。他们——毛苌、卫宏之流，把《周南》的十一篇诗，按照封建的思想体系，写成《毛传》和《毛诗序》，加以宣扬，于是《关雎》成了"后妃之德"，所谓"乐得淑女以配君子，忧在进贤"的诗；《葛覃》变成了"后妃之本"；《卷耳》成了"后妃之志"……这样，才符合《毛诗序》所谓"经夫妇，成孝敬，厚人伦，美教化，移风俗"的目的。《卷耳》也因此变成了一首"后妃所自作"的诗，当然也就变成了女辞。

对这个"后妃"问题，朱熹以前的欧阳修《诗本义》早就怀疑过。他说：

> 妇人无外事，求贤审官，非后妃责。

但是欧阳修是以封建观念来反对封建观念的，所以他自己的解释仍以为是"后妃以采卷耳之不盈而知求贤之难得，因物托意，讽其君子"。这种说法，其实和《毛诗序》并没有什么两样。

清代学者对这篇的解释比他们以前的学者进了一步。例如姚际恒的

《诗经通论》说：

> 《集传》则谓"后妃以君子不在而思念之"，……杨用修驳之曰："妇人思夫，而陟冈饮酒，携仆徂望，虽曰言之，亦伤于大义矣。原诗人之旨，以后妃思文王之行役而言也。'陟冈'者，文王陟之；'玄黄'者，文王之马；'痡'者，文王之仆；'金罍'、'兕觥'，悉文王酌以消忧也。盖身在闺门而思在道路，若后世诗词所谓'计程应说到凉州'意耳。"解下二章与《集传》虽别，而正旨仍作文王行役，同为臆测。又如以上诸说，后妃执顷筐而遵大路，亦颇不类。其由盖皆执泥《小序》"后妃"二字耳。《周南》诸什岂皆言后妃乎？

但是姚氏又采用《左传》之说，作为本诗的题解。他说：

> 此诗固难详，然且当依《左传》，谓文王求贤官人，以其道远未至，闵其在途劳苦而作，似为直捷。

其后的方玉润《诗经原始》说：

> 姚氏际恒既知其（杨慎）非，而又无辞以解此诗，乃曰"且当依《左传》"……此皆左氏误之也。殊知古人说诗，多断章取义，或于言外别有会心。……故愚谓此诗当是妇人念夫行役，而悯其劳苦之作。

崔述的《读风偶识》是同意《诗集传》的，他说：

> 朱子以为妇人念其君子者，得之。

其实，朱熹在《诗集传》中仍说是"后妃所自作"，倒是在他的《诗序辨说》里说得比较好：

> 《小序》大无义理，……《卷耳》之《序》以"求贤审官，知臣

下之勤劳"为后妃之志事，固不伦矣。况《诗》中所谓"嗟我怀
人"，其言亲昵太甚，宁后妃所得施于使臣者哉！

他反掉了"后妃"字样，是对的，可是他还是站在维护封建"义理"
这一边来立论。当然，比起原来的《毛诗序》，他已经进了一步，成为后
来姚、方、崔诸人解诗的先导了。

从宋代到清代，这几个不大信《毛诗序》《毛诗》的学者，在他们的
研究过程中，是有过争论的。他们逐渐和《毛诗序》的说法游离开来了，
虽然还没有完全摆脱《毛诗》的影响，但是和那些崇信《毛诗序》的人，
已经是有所不同了。他们的新的诗说实质上是封建主义思想体系逐渐在解
体的一个标志。

三　本诗里的我称问题

在今天读这首诗，从作品本身来探讨，却不应该仍旧停留在宋人、清
人的说法上面，因为照他们的说法，有好几处是说不通的，是削弱了这篇
作品的思想性的。所以我们既不应该为汉代人捏造的诗说所蒙蔽，也不能
不加抉择地依照宋代和清代学者的成说来解诗，而应该把前人"尚隔一
间"的说法，从全诗重新加以探讨，予以补正，另求新解。

本诗中的我称，解释就不一致，也最杂乱。归纳起来，大约有六种
讲法。

①《毛传》对"嗟我怀人，置彼周行"二句的解释是"思君子，官
贤人，置周之列位"，和《毛诗序》相同，其主语当为后妃。清胡承珙以
为是"我君子"，也就是说原诗省略了"君子"二字，这种"我"字的用
法，《诗》无此例。

②汉郑玄笺："我马虺隤"的"我"是"我使臣也"；"我姑酌彼金
罍"的"我"是"我君也"。那么，三个"我"字，其所指的人就变成了
三个：一个后妃、一个使臣、一个文王，也说不通。

③朱熹的《诗序辨说》："首章之'我'，独为后妃；而后章之'我'，
皆为使臣。首尾衡决不相承应，亦非文字之体。"这是对汉人诗说的一个

反对意见。他自己则以为首章是"后妃方采卷耳而心适念其君子"，次章是"托言欲登此崔嵬之山，以望所怀之人而往从之，则马罢（疲）病而不能进，于是且酌金罍之酒，而欲其不至于长以为念也"。这是以为三个"我"字都是指后妃而言的。

清胡承珙《毛诗后笺》："毛意以首章之'我'为'我君子'……，下三章'我'字则以郑笺所分为是。……朱传惟泥于诸'我'字皆为后妃自我，故致乘马携仆，以文害辞。"这是反对朱说的，但他的说法也站不住，已见前第一说。

④清崔述《读风偶识》说："朱子……以'我'为自我其身，则登高饮酒，殊非妇德幽贞之道，即以为托言，而语亦不雅。窃谓此六'我'字，仍当指行人而言，但非我其臣，乃我其夫耳。我其臣则不可，我其夫则可，尊之也，亲之也。《春秋经传》于本国皆'我'之：'齐师伐我'，'我张吾三军，而被吾甲兵'是也。"

⑤近人林义光《诗经通解》对首章之"我"，没有确指是谁，只是说"言心念行役之人久在岐周道上，为之戚然"。第二、三章的上两句："陟彼崔嵬，我马虺隤"和"陟彼高岗，我马玄黄"，他以为都是"设为行役者之言"。"我姑酌彼金罍"和"我姑酌彼兕觥"，都是"作诗者自言"。第四章的上三句"陟彼砠矣，我马瘏矣，我仆痡矣"，都是"设为行役者之言"。末句，"云何吁矣"是"作诗者自言"，言外之意，作诗者仍是思妇。

⑥郭、余译诗都以为第二、三、四章是思妇的幻想，除了第一章的"我"是思妇自称以外，后三章的"我"，就都指的是征夫了。闻一多先生说略同。

以上各种说法，或指后妃或指后妃和文王，或指后妃和使臣，或指思妇及其所思念的征夫，或全指思妇想念中的丈夫。总之，从我称的解释来看，各家都以为本篇为女辞，是没有异议的。

"后妃"之说，前人早已攻破，这里不再赘述。

朱熹以为前后人称应当一致，这是对的，但是如果属之思妇，那么，后面三章中的仆、马、金罍都归之思妇，便又说不通了，思妇既然穷得出来采卷耳充饥，哪里又有仆、马、金罍呢？因此，解诗的人便增加一个"想"字，把前后章连贯起来，这样，登山饮酒，就变成征夫的事了。至于崔述把首章的"我"说是指"我其夫"，那么"嗟我怀人"的"我"也是讲不通的。种种异说，都是没能够打破本篇为"女辞"的先入之见，而本篇之成为女辞，又是从后妃之说衍变来的，这就是汉人诗说的谬误尚未洗脱干净的结果。

四 《卷耳》是一篇男辞的行役诗

从全篇诗意来体会，这是一篇行役诗，全篇都是征夫的自述。汉人以为《周南》是《国风》之始，倘或这里出现了一篇反对周王朝统治奴役人民的诗歌，这个"正始之道，王化之基"（《毛诗序》）就要被撼动了。为此他们必定要歪曲诗意，拉扯到"求贤审官"上面来。

其实，第一章是写征夫远行，常念家室。"嗟我"之"我"本是征夫自称。他所怀念的人，就是他的家人。第二、三章之登山越岭，正是写征夫的行进。马困人疲，写的正是路途艰险而遥远。酌酒以解除伤怀，正是接着第一章之"嗟我怀人"来申述的。末章连用四个"矣"字句，加重形容其伤怀，所谓"我马""我仆"，一律都属征夫，和上文并无二致。

诗意本来很清楚，这里没有什么绕弯子的话，原诗也没有说第二、三、四章都是思妇的幻想或幻境；也不必像林义光那样，把第二、三章的头两句和第四章的前三句加上引号，说成是"行役者之言"。如果把某句属行人，某句属思妇，这还是没有能够忘情《毛诗序》或《诗集传》，结果都要增添诗中本没有的"幻想"字样，仍然落入古人窠臼，使全诗左讲右讲讲不通。

这不是《君子于役》和《伯兮》一类的家人怀念征夫的诗，而是征夫怀念家人的作品。如果为了便于说明，也不妨同其他诗篇做个比较。

以登山望远来说，《诗经》里是常见的。例如《陟岵》（《魏风》），便是一篇行役之作，也是征夫怀家人的自述。

> 陟彼岵兮，瞻望父兮！……
> 陟彼屺兮，瞻望母兮！……
> 陟彼冈兮，瞻望兄兮！……

行一程，过一山，就想一遍，其登高望乡之情，也正是"嗟我怀人"的意思。

《小雅》的《北山》也有这样的句子：

> 陟彼北山，言采其杞。偕偕士子，朝夕从事。王事靡盬，忧我
> 父母。

这是一篇怨"王事"（王家的差事，周王朝之差役）之无休止的作品。尤其在周代，战争相继，征役无期，人民从征，常念家室。在那个纷乱的时代里的人民便常常写出向望和平生活的作品，行役之诗，便常常从征役之人或思妇的怀念、伤悲来写，这样，也就随着诗中忧念的深重，深刻地反映出周代人民生活疾苦的现实。这类篇章数量之多（如《殷其雷》《君子于役》《伯兮》《陟岵》《东山》《四牡》《采薇》《杕杜》《北山》等篇），也可以看到这种情况之普遍。《卷耳》就是《诗经》中这类诗歌的一篇典型的作品，它精练地概括了这一时期征人的思想感情和人民被压迫的现实。

在阶级压迫已很严重的周王朝，人民被统治者所奴役，诗里反映的情况是真实的。我们应该就诗歌所产生的时代社会来理解，当时外有猃狁等民族侵伐，内有统治者互相倾轧的混战，战争是既频仍又长久的。而人民在严重的阶级压迫下，走出了家门，所以才有这种感情。

五　本诗中的几个训诂问题

主题既明，在训诂问题上，我们同前人也就有了不同的见解。当然，有的是不涉及主题的，而是可以从《诗经》的词例来互相比较确定的。

（一）采耳与执筐

过去学者，不敢把《卷耳》讲作男辞，除了受《毛传》《毛诗序》的影响，也有从本诗的"采采卷耳，不盈倾筐"来设想的。姚际恒《诗经通论》就说过：

采耳执筐，终近妇人事。

这个问题，恐怕不止姚氏一人有怀疑，倒是应该把它弄明白。

首先，"卷耳"是什么东西？是不是必须由妇女来采？

《毛传》："卷耳，苓耳也。"《尔雅》说又称"苍耳"，即《离骚》中的"葹"（卷葹）。因为它是一种野生植物，在古代，每逢荒年，人民便用以救饥。《救荒本草》：

嫩苗炸熟，水浸淘拌食，可救饥。其子炒去皮，研为面，可作烧饼食。

杜甫在穷困的日子里，就曾以此充饥，他有《驱竖子摘苍耳》的诗，原注："即卷耳"，可证。原诗说：

乱世诛求急，黎民糠籺窄。饱食复何心，荒哉膏粱客。

足见诗中一写"卷耳"，便突出了人民的饥苦，而且采卷耳的，也未必是妇女。

《诗经》中的行役之作，往往写征夫沿途采食野生植物，本不限卷耳一种。例如：

采薇采薇，薇亦作止。（《小雅·采薇》）

这没有疑问，征夫是常常一边行路，一边采食的。这个"薇"，当然妇女也可以采食，《召南》的《草虫》就是写女子采薇而思念远人的诗。（此诗虽也说到陟山采薇，却没有"我仆""我马"，自然不能和《卷耳》同属于征夫自作。）

此外，《小雅·小明》：

昔我往矣，日月方奥。曷云其还？政事愈蹙。岁聿云莫，采萧获菽。心之忧矣，自诒伊戚！念彼共人，兴言出宿。岂不怀归？畏此反覆！

《小雅·采芑》：

> 薄言采芑，于彼新田。

都可以作为行人采食野生植物的旁证。

至于那个"倾筐"，似乎《诗经》有了"女执懿筐，遵彼微行"（《豳风·七月》），又有了"顷筐墍之"（《召南·摽有梅》）这样的诗句，这两篇又都是女辞，因而执筐之事也就必然归之妇女。其实也不那么固定，《说文·匚部》：

> 匡，饭器，筥也。筐（重文），匡或从竹。

那么，筐本是饭器，拿筐的人又哪能必定要分男性女性。再从《诗经》来看，《小雅》的《采菽》明明写着：

> 采菽，采菽，筐之筥之。君子来朝，何锡予之？（《传》："方曰筐，圆曰筥。"）

这里以筐筥盛菽，又哪能说是妇人之事呢？

推原诗之意，是征夫在漫长的征途上，虽然也"裹糇粮"，可是还必须要沿途采食野生的植物以充饥，不然是度不过这悠长的出征岁月的。

如果说是沿途采食以充饥，那么，第一章就写的是食，第二、三章写的是饮。卷耳虽多（余冠英同志译文误以"采采"为动词，"采采"本形容词，是盛多的意思），采起来不满顷筐，是说无心吞吃；金罍有酒，也不能解忧，都是怀人的缘故，这个层次，原诗本是很清楚的。

（二）周行

"周行"，在《诗经》里有三处用了这个词：

①《卷耳》："嗟我怀人，置彼周行。"

②《鹿鸣》："人之好我，示我周行。"

③《大东》："佻佻公子，行彼周行。"

"周行"本是大路，也就是"周道"。《诗经》中凡有"周道"的诗多为行役诗，《大东》之诗可证，《卷耳》之作也可通，连《鹿鸣》那首诗，也是就眼前取喻，上文有鹿鸣于野，下文即取平野上的大路来比喻。姚际恒《诗经通论》对《鹿鸣》一诗解说得好：

> 此与《大东》"行彼周行"之"周行"同，犹云指我途路耳。

可是《毛传》却偏偏要改作其他解释，而且随意更改，随文作解。《卷耳》中的"置彼周行"下面说："置，置行列也。思君子，官贤人，置周之列位。"《鹿鸣》则又改为"至道"。只是《大东》的《周行》下面没有传文。郑玄索性都作为"列位"来解释。严粲的《诗缉》说："此唯《卷耳》可通。《鹿鸣》'示我周行'，破'示'为'置'，自不安矣；《大东》'行彼周行'又为'发币于列位'，其义尤迂。"

严粲只批评了《郑笺》，我觉得要作"列位"讲，不是唯《卷耳》不可通，在这三篇中是都说不通的。因为《卷耳》的主题被他们确定为选贤人做官，所以就要把这里的"周行"，假借"行"有"行列"的含义加以附会，来宣扬封建君臣之义。至于《大东》，为什么《毛传》没有再说什么怪诞的话呢？那是由于"行彼周行"这句话，说得太清楚了，不作"大路"讲，换成别的，实在讲不下去了。

至于"进贤"的说法，《毛传》本据《左传》立说。而毛亨是鲁人，传鲁诗，他是荀卿的弟子，荀卿又是左丘明的再传弟子，就这样辗转相袭，《卷耳》一诗的主题才变成了"进贤之志"。

原来《左传·襄公十五年》有这样一段话：

> 君子谓楚于是乎能官人。官人，国之急也，能官人，则民无觊心。《诗》云："嗟我怀人，置彼周行。"能官人也。王及公、侯、伯、子、男、甸、采、卫、大夫，各居其列，所谓"周行"也。

这就是《毛传》的根据。《毛诗序》又加上个"后妃"，就更加纷乱了，也就因此失掉了原诗主题的积极意义，变为为封建统治者选官的诗了。所以晋束晳说："颂《卷耳》则忠臣喜。"（《艺文类聚》卷五十五引）足见这种讲法的作用了。

王先谦《诗三家义集疏》说，《左传》这样讲是"断章取义"。确实，不但以下三章语意不接，就是这一章也讲不通。《左传》的断章取义，其实质是为了说明选贤任官是国家的急切之事，因此才把"周行"讲作一种所有的官职的行列的简称。《毛传》采取这一部分的解释贯穿全诗，就更弄得乌烟瘴气了。

这种"断章取义"的讲法，此外还有。《荀子·解蔽》说：

> 《诗》云："采采卷耳，不盈顷筐，嗟我怀人，置彼周行。"顷筐，易满也；卷耳，易得也。然而不可以贰周行。故曰：心枝则无知，倾则不精，贰则疑惑。

这里是专以《卷耳》中的这四句来说明心不贰用的问题，大体还是接近原意，而已经不是原意了。

再有《淮南子·俶真训》更以"慕远世"为解：

> 今矰缴机而在上，罔罟张而在下，虽欲翱翔，其势焉得？故《诗》云："采采卷耳，不盈顷筐，嗟我远人，置彼周行。"以言慕远世也。

林义光颇赞成此说，他说：

> 此以崔嵬高冈喻人生艰阻，思慕远世之周人，以谓不可跋及，说颇可通。但《周南》中不宜有如此之诗耳。（《诗经通解》）

他不了解这里的"喻"，不是一般的比喻，而仍然认为是从本诗引申出来的与本诗并无关涉的意思。这篇诗，全篇是赋，不是比，他们的所谓"比"，除了一般情况以外，常常是为了附会他们所制造的题意的，《卷耳》就是一个明显的例证。

（三）仆、马、金罍和兕觥

北京大学编的《先秦文学参考资料》本诗注①说：

> 根据诗中所写，有"金罍"、"兕觥"等物，并且还有"仆人"，则此诗中的人物当是贵族而非平民。

不错，《毛诗》是以"黄金罍"属于"人君"专用的大酒器。许慎《五经异义》以为是"诸臣之所酢，人君以黄金饰尊，大一硕，金饰龟目，盖刻为云雷之象"。《韩诗》则以为是诸侯大夫所用的酒器（见《五经异义》引）。"兕觥"，《毛诗》以为"大七升"，《韩诗》以为"容五升"，都没有说明属哪个阶层专用。这里，不过举酒器中较大的，以夸张形容酒也不能消愁而已，不能拘于《毛诗》之说，以为就是贵族以至天子所专用，来确定诗中的人物的阶级、身份。我们读诗，应从作品本身所反映的现实及作家从作品中表现出来的对现实的态度着眼，从而肯定它的思想性的强弱，是否富于人民性，而不能专专拘于个别事物来给诗中人物划成分。例如本诗中的主人，即使是个军官，那又对本诗的思想内容的进步意义有什么损害呢？因为他对周王朝役使人民的现实是抱着反对态度的，这一点正是和当时一般人民的看法一致的。

结　语

综上所论，《卷耳》是一篇行役诗，是征人自述其行役辛苦，怀念家人，向望和平生活的作品。它从周代社会现实中，把这样一个基本的东西抽出来予以概括，所以它是一篇思想性很强的现实主义诗篇。原诗辞义本来十分明显，个别的名物、训诂，也都可以文从字顺地把这个主题讲得通顺而完整，一有曲解便失诗意。可是前人的解释、当代的译诗，却没有能够照原诗的主题来立说或进行翻译，而是加上一些诗里本来没有的话，来附会一个错误的、捏造的主题。因此，必须详为辨明，另作新解。不足之处，请同志们补充、批评。

"雨露之所濡，甘苦齐结实"[*]

——学诗例话

我国古代的伟大现实主义诗人、世界文化名人杜甫，他的创作态度非常严肃，不仅精心写作，还刻意吟咏。"独立苍茫自咏诗"，便是他自己吟咏的写照。原来杜甫从来是"赋诗新句稳，不觉自长吟"的。他吟咏的目的和过程，可以从他的《解闷》其七来探讨。这首诗的原文是：

> 陶冶性灵存底物？新诗改罢自长吟。孰知二谢将能事，颇学阴何苦用心。

这是杜甫在五十九岁时总结他自己创作经验的名篇，同时，也综合了他以前诗人创作的甘苦。

这首诗的大意是说，要陶冶自己的性灵，需要凭借什么东西呢？他的答案是"新诗改罢自长吟"。说"改罢"，那至少是重写，所以不用"写罢"。"自长吟"，是独自引长了声音密咏恬吟，以玩味自己的"新诗"创作，来达到陶冶性灵的目的。末两句，诗人谦逊地说，自己熟知南朝的著名诗人谢灵运和谢朓，他们写起诗来，非常敏快，他们写诗，做的是他们所擅长的工作；可是自己的才短，却要多学一些阴铿和何逊写诗的方法，刻苦构思，推敲字句。

清沈德潜解释说："'改'，则弊病去；'长吟'，则神味出。"这个自

---

* 原载《河北文学》1963 年第 2 期。

我商酌的过程，就是作者形象思维、艺术加工的过程。这绝不仅是推敲文字，而是通过那些精粹而确切的语言的选定，把生活中非典型的东西去掉，把自己的思想感情升华，创造出完整的艺术形象来，才会有涵泳不尽的神味。杜甫就是这样通过诗歌创作，反复提高自己爱祖国、爱人民的思想感情，加深他对唐代社会现实的洞察力的。如果仅仅从语言的加工来作解释，是不符合杜诗原意的。杜甫还有一首《秋日夔府咏怀》也说，"登临多物色，陶冶赖诗篇"，陶冶的仍是性灵，不过在这里被省略了。

正由于杜甫的修改诗篇，不是文字游戏，其作品意义和艺术效果，自然和那些形式主义的作品截然不同。像宋代脱离现实、脱离人民，只去"闭门觅句"的陈师道，元遗山批评他是"可怜无补费精神"，正说明他学习杜甫的这条创作经验，采取的是片面的态度，杜甫是不负这个责任的。

杜甫严肃的创作态度，对后代诗人产生了良好的影响，甚至成为他们共同遵守的一条规律。宋代诗人韩驹说：

> 东坡今集本《蜜酒歌》少两句，改数字。苏公下笔奇伟，尚窜定如此。尝语参寥（宋代诗僧道潜的别号）曰："如老杜言'新诗改罢自长吟'者，乃知此老用心甚苦，后人不复见其剞劂，但称其浑厚耳。"（《苕溪渔隐丛话》前集卷八引）

所谓"剞劂"（jī jué），原是刻镂所用的弯曲的刀子和凿子，在这里是指诗中语言加工的刀痕斧迹。清代的刘熙载《艺概·诗概》有一段话，可以作为东坡的注脚：

> 杜诗只"有"、"无"二字足以评之。"有"者，但见性情气骨也；"无"者，不见语言文字也。

这也就是说，杜甫认真修改，反复吟咏自己的新作，可以使作品的思想内容和语言统一起来，浑然无迹。读者看不出他加工的痕迹，正是作者千锤百炼的结果。晋陆机《文赋》就曾提到创作的艰苦性是"恒患意不称物，文不逮意，盖非知之难，能之难也！"他常常发愁自己的构思不能与客观事物统一起来，因而不能确切地反映这个客观世界；同时，即使有了完好的构思，也还愁语言跟不上原有的思想。刘勰《文心雕龙·神思》也说："方其搦翰，气倍辞前；暨乎篇成，半折心始。"同样是说写作是件艰苦的工作，当拿起笔来的时候，文思充沛，仿佛有一股内在的推动力使心中涌起这股力量，比写出来的文辞的气势要多上一倍；等到脱稿，同开始想的一比，却打了个对折。杜甫的"苦用心"，改罢还要长吟，正是为了缩短这二者之间的距离。同时，通过篇章字句的修改和吟咏玩味，又会提高原有的思想。

宋代的欧阳修和黄庭坚，他们写诗都学习了杜甫这种刻苦构思、反复修改的方法的。宋吕本中《吕氏童蒙诗训》说：

> 老杜云："新诗改罢自长吟。"文字频改，工夫自出。近世欧公作文，先贴于壁，时加审定，有终篇不留一字者。鲁直长年多改定前作。此可见大略。

总之，单纯地苦吟，只炼语言，脱离现实，不管思想，就会变成诗匠；但写出好诗，除了有好的思想内容，总是"苦用心"才写得出。当然，文思快慢，人各不同。有人倚马千言，那也是他作诗的基本功早已炼得精熟的表现。杜甫的诗论不多，却很有价值。这一条写诗的经验，对我们今天写诗是仍值得借鉴的。

"身轻一鸟□"这句杜诗的原稿本早已失传了，我们不可能具体地了解杜甫"改罢""长吟"的创作过程。如果从各种版本的异文和诗话中间来体会，颇耐人寻味，也可以同上文所读的互相印证，对我们今天写诗会有启发。

举个例子来谈一谈。宋欧阳修《六一诗话》：

> 陈舍人从易……偶得杜集旧本，文多脱误，《送蔡都尉》诗云："身轻一鸟"，其下脱一字，陈公因与数客各用一字补之。或云"疾"，或云"落"，或云"起"，或云"下"，莫能定。其后得一善本，乃是"身轻一鸟过"。陈公叹服，以为虽一字，诸君亦不能到也。

按原诗全题是《送蔡希鲁都尉还陇右因寄高三十五书记》，这首诗开端八句是：

> 蔡子勇成癖，弯弓西射胡。健儿宁斗死，壮士耻为儒。官是先锋得，才缘挑战须。身轻一鸟过，枪急万人呼。……

这几句是赞美蔡希鲁有为国杀敌的壮志，奋战忘身的勇气和武功。"身轻"二句形象地描写他的轻捷勇猛，锋锐矫健。要写得真切，就必须选择最恰当的词来表现。

这个"过"字，欧阳修以为出于《庄子》："如观鸟雀蚊虻相过乎前也。"张景阳也有"忽如鸟过目"的诗句。杜甫"读书破万卷"，可能是受了古人用这个词的启示。但更重要的是诗人必须有敏锐的观察力，才会选词精切。试看"落"字、"起"字、"下"字，都没有确切地表现出蔡希鲁轻骑飞来的神速；"疾"字有了敏快之意，却又嫌不够具体。况且前面那几个字都只能表现由上而下或由下而上的动态，蔡希鲁的马却是从我方直奔敌前，用一"过"字，正好表达出从人们眼前一瞬即逝的感受。再结合下句来看，有了这样的快捷的动作，马快枪急，才使得万众敌人惊呼起来。杜诗中用"过"字的诗句，不下一百四十处，各有各的用意，都和这里的"过"字不同，这里又非要用这个"过"字不可。

至于那些没有异文的诗句，我们也可以设想换用另一些字从比较中来体会原诗的好处。当然，杜诗有些地方也还是值得推敲更改的。

杜诗中这种精粹的字是很多的，正是诗人"改罢"的结晶。说明杜甫不仅词语丰富，选字精粹、准确而恰好，更重要的还是他对生活现象有细致缜密的观察。他往往能够从复杂而广阔的唐代社会现实中攫取本质现象，以及从某些事物的许多特征中突出其最具有代表性的部分，用一个字来加以概括。一经点化，全篇飞动，诗的内涵也更加丰富，诗意也愈加深远了。这个字就像累累贯珠中的"明月""大秦"那样射出奇光异彩。其精确不可更易，像是经过多次遴选毫无杂质的精金；其含蕴之广，又如包孕在石中的美玉。有的是"形似之言"，即形象化的语言；有的是"精微之语"，即具有高度艺术概括性的语句。每一字、每一句，都经过诗人这样的琢磨、修改和长吟，这种艺术语言，真能够"以少总多，情貌无遗"（刘勰《文心雕龙·物色》）。这正是现实主义诗人常用的艺术概括的方法在语言加工上的体现。这类字句，正好借用杜甫《北征》中的两句诗来形容："雨露之所濡，甘苦齐结实。"

我们学习古代诗歌，是为了从古代诗人的写诗经验中得到启发和借鉴，进一步用我们的生花之笔来反映伟大的时代的精神。学习古诗，发展新作的途径很多，其作用也是多方面的，这里略举杜诗为例，仅就其中语言的推敲问题提出一些浅见，作为写诗的青年同志读诗、写诗尤其是加强基本功锻炼的参考。

杜诗给予南宋爱国诗人的影响[*]

　　杜甫的伟大成就，首先在于他以高度的艺术力量表现了自己对祖国命运和人民疾苦的时刻关怀。他的不朽的爱国诗篇，不仅充分地反映了我国八世纪封建社会的现实和时代精神，而且一直哺育着历代爱国诗人，成为中华民族保卫祖国、抵制外来侵略的精神支柱。这种影响，在南宋时期和明清之际，表现得尤为突出。本文仅举南宋时的几个代表作家为例，借以说明杜诗的爱国主义传统。

一

　　陆游是南宋爱国诗人中成就最大、受杜甫影响最深的一个。他生于北宋靖康之乱的前一年（1125），死于宋金第二次议和的后两年（1210）。当时，正是宋朝危急存亡之秋，同杜甫所处的天宝之乱的时代相近似。他在写梦中恢复失地的诗中，就有"天宝胡兵陷两京"之句。他的一生，也同杜甫有相像的地方，童年时期，曾"万死避胡兵"，中岁仕途失意，晚年罢官，贫居农野，又曾入蜀。尤其是在蜀的八九年间，他参了军，真有"扬鞭出散关""唾手燕云"的壮志。他的爱国之作，也以此时为最多、最好，写怀念杜甫的诗篇也最丰富。

　　陆游敬仰杜甫，首先着眼于杜甫的政治观点，他说："少陵非区区于仕进者，不胜爱君忧国之心，思少出所学佐天子，兴贞观、开元之治。"

　　* 原载 1962 年 4 月 10 日《河北日报》，收入《杜甫研究论文集（三辑）》（中华书局，1963）。

（《东屯高斋记》）陆游自己也是"忧国复忧民"的，所以甚至以杜甫的素志，作为自己的政治理想："士初许身稷稷契，岁晚所立惭廉蔺。"（《读书》）这简直是把杜甫的"许身一何愚，窃比稷与契"（《自京赴奉先县咏怀五百字》）看作自己立志的楷模了。当然，陆游的具体的理想并不一定完全同杜甫一样，可是他的灭敌、卫国、忧民、用世的思想则和杜甫有着传统关系。

杜甫在蜀，常谒武侯祠，并写诗以寄托自己的怀抱。陆游甚至以自己同诸葛亮相比。（如《书愤》："出师一表真名世，千载谁堪伯仲间？"其实，这也出于杜诗"伯仲之间见伊吕"之句。）因此，陆游便把杜甫和诸葛亮联在一起来写他的《感旧》诗："我思杜陵叟，处处有遗踪。锦里瞻祠柏（注一），绵州吊海棕（注二）。蹉跎悲枥骥，感会失云龙。生世后斯士，吾将安所从！"我们知道，陆游是走杜甫的道路的，学的是"此老（杜甫）至今原不死"的爱国主义精神，同时也继承了杜诗的诗法。但是，他以和杜甫相近的学力（刘后村语），用更新的笔调，写出了杜诗中所没有过的境界和风格。就其诗的继承关系来说，宋代诗人杨诚斋也说他是"重寻子美行程旧"。从他们之间相近的生活遭遇和爱国热情来看，宋人刘应时更进一步地说："少陵先生赴奉天，乌帽麻鞋见天子（注三）。乾坤疮痍塞日惨，人烟萧瑟胡尘（指安史之乱）起。……放翁前身少陵老，胸中如觉天地小。平生一饭不忘君，危言曾把奸雄扫。"（《颐庵居士集·读放翁剑南集》）这位"前身少陵老"的诗人陆游，在南宋主和、主战两派的激烈斗争中，一直是维护祖国河山的完整，站在严正的立场上斥责侵略者和卖国投降者的，所以他常受到当时的最高统治者和奸雄们的打击与排斥。正因为如此，陆游对杜甫的类似的遭遇，便很同情："亦知此老愤未平，万窍争号泄悲怒"（《游锦屏山谒少陵祠堂》）；"（杜甫）身愈老，命愈大谬，坎壈且死，则其悲至此亦无足怪也"（《东屯高斋记》）。他自己也常"书愤"，主要是悲愤壮志不得实现。说杜，实际上也是说自己："杜公四十不成名，袖里空余三赋草。"（《题少陵画像》）陆游的"成名"，是他希望通过南宋朝廷的重用的途径，实现自己的抗战计划［杜有三大礼赋献给皇帝，试图实现"风俗淳"的理想。不过，陆不是"三赋"，而是一整套重整河山的战略（注四）］。这当然不可能走得通，他的一生悲剧性的结果，也就在这里。可是陆游战胜敌人的信心总是充沛的，直到临死仍然如此。在暮年，当他听到韩侂胄有北伐之议的时候，他高兴地写了一首诗："关中父老望王师，想见壶浆满路时。寂寞西溪衰草里，断碑犹有少陵诗。"（《书事》）他仍然没有忘怀杜甫，把杜甫诗和对胜利的向往写在一起了。他继承了杜甫伟大的爱国精神，所以清人褚人获称他的《剑南集》为"诗史"。

我们知道，陆游的老师是曾几（1084—1166）。他是一个挂名的江西派诗人，他的《茶山集》却没有形式主义的倾向，而是包容了一些爱国诗篇在内的。曾几写诗，原来也是"工部以为祖"（《茶山集·次陈少卿见赠韵》）。这对陆游的学杜，怕也不是没有启蒙作用的吧！

二

和陆游并称的爱国主义词人辛弃疾，他的《稼轩词》表现了坚决抗击侵略者的英雄气概，批判了当时朝廷投降派屈辱求和的反动腐朽的本质。他主要的文学成就是词的创作，其爱国主义思想和杜诗有着密切的关系。在宋时，宋人櫽栝前人成句之风盛行的时候，辛词曾广用群书，以致有人讽刺他是"掉书袋"。他使用前人的成句，一方面固然是继承原作的精神或意义，但更重要的是他常常赋予这个成句以新的时代意义和新的思想，而在艺术上也进行了加工。在他引用过、点化过的一百多种书中，杜诗是被櫽栝次数较多的，这种情况，不是偶然的。

辛弃疾终生不忘北伐，关怀国事，他借用杜甫"乾坤万里眼，时序百年心"（《春日江村五首》其一）的成句写入《水调歌头·醉吟》："鸿雁初飞江上，蟋蟀还来床下，时序百年心。"他感到时光易逝，壮志难酬，在无可奈何的醉吟之中，更慨叹自己老而不被用，是："白发短如许，黄菊倩谁簪？"（前题）这里又櫽栝了杜甫《春望》"白头搔更短，浑欲不胜簪"的意思。其实，所谓"百年心"，已包括了"乾坤万里眼"，辛稼轩赋词，常用"北望"，他的目光，充斥乾坤，远达万里，却总是北向的，例如他的《菩萨蛮·书江西造口壁》"西北望长安，可怜无数山"，便是用杜甫《小寒食舟中作》"云白山青万余里，愁看直北是长安"。所谓"白发"，也就是在这个时代环境中他不得实现壮志的"闲愁"、忧国忧民的素志。这种思想是和杜甫一脉相通的，在辛词中又获得了新的意义。像辛词中的"闻道清都帝所，要挽银河仙浪，西北洗胡沙"（《水调歌头·寿赵漕介庵》）便是用杜甫的《洗兵马》的浪漫主义写法，来写他的北伐理想的，这个主题，又化为辛稼轩词中许多名作。

辛词中的愤慨，常同杜诗发生内在的联系。他在被闲置家居的时候，便想起那曾号称"飞将军"的汉将李广。杜甫也写过一首愤慨的诗："自断此生休问天！杜曲幸有桑麻田。故将移住南山边。短衣匹马随李广，看射猛虎终残年。"（《曲江三章章五句》其三）这首诗写在天宝十一载（752），杜甫时年四十三岁，但在长安的九年生活中，他已逆料到自己的前途将同那被废置不用的李广一样，屏居南山了。辛稼轩罢官，住在带湖，写了一首《八声甘州》："故将军饮罢夜归来，长亭解雕鞍。恨灞陵醉尉，匆匆未识，桃李无言。射虎山横一骑，裂石响惊弦。落魄封侯事，岁晚田园。　谁向桑麻杜曲，要短衣匹马，移住南山。看风流慷慨，谈笑过残年。汉开边、功名万里，甚当时、健者也曾闲？纱窗外，斜风细雨，一阵轻寒。"这首词的前一部分写李广，实是以自己当作"故将军"（已罢职的将军）来写的。李广勇力无处使用，南山射虎而中石，石头竟被他射穿了。辛稼轩家居，也何尝不是如此！这一点和杜甫的激愤是相似的，所以他用了《曲江》诗。杜诗中的愤，是封建社会中那些壮志不伸的爱国志士所共有的，辛词写这个主题的作品非常多，应该说也是有杜诗的影响在内。

杜甫的豪迈的胸襟，在当年官僚中是少有的，因此他常感到寂寞，他曾说："此身饮罢无归处，独立苍茫自咏诗。"（《乐游园歌》）辛稼轩便用这首诗写了《一剪梅》："独立苍茫醉不归。日暮天寒，归去来兮！"以表达自己与杜甫类似的心情。

爱国的诗人总是同情、尊重人民的。杜甫在四川闲居时经常同农夫往来，非常热爱农民野老，关怀农稼。辛稼轩居铅山，也是如此。他的"好雨当春，要趁归耕"（《行香子·三山作》），便是用杜诗"好雨知时节，当春乃发生"的意思点化的。写樱桃"万颗写轻匀，低头愧野人"（《菩萨蛮》）是借用杜甫《野人送朱樱诗》"西蜀樱桃也自红，野人相赠满筥笼。数回细写愁仍破，万颗匀圆讶许同"来写的。辛词写樱，并有杜诗《羌村》"艰难愧深情"的意思。他们总是以爱人民作为爱国的思想基础。杜甫在这一点上给予后来诗人的影响也非常大。

过去许多评论家，都同意杜诗的风格是"沉郁顿挫"。清代的陈廷焯说辛词也是以沉郁为主。这种风格的实质是爱国主义的精神和现实主义的内容。杜诗、辛词，由于所产生的时代不同，两个伟大作家的经历也有差异，一个写诗，一个写词，在他们共有的爱国主义传统以外，还应该看到他们之间的同中之异，也就是辛弃疾是创造性地把杜诗的成就移植到词里来加以发展了。

三

文天祥（1236—1282）是南宋末期著名的爱国诗人。他的诗，受杜诗的影响极为深刻。他在元军渡江之后，率兵抵抗，出使被留，中途逃往福州，再度对敌，终以事败被执，囚在燕京。他在四年的囚狱生活中，常读杜诗，有《集杜诗》二百首。《自序》说："余坐幽燕狱中，无所为，诵杜诗，稍习诸所感兴。因其五言，集为绝句。久之，得二百首。凡吾意所欲言者，子美先为代言之。日玩之不置，但觉为吾诗，忘其为子美诗也。乃知子美非能自为诗，诗句自是人情性中语，烦子美道耳。子美于吾隔数百年，而其言语为吾用，非性情同哉！"所谓"性情同"，实质上是他们具有相同的爱国思想。杜诗的这种伟大的精神，在南宋末年这个特定的民族矛盾上升的历史时代，就化为文天祥抗敌的"正气"。

《集杜诗》作于辛巳年（1281），在这前一年的中秋，另一位爱国诗人汪元量曾来看文天祥。这位曾在宋廷做过琴师的诗人，给文天祥弹了一曲《胡笳十八拍》，以寄托亡国之思，并要求文天祥赋胡笳诗，仓卒未能写成。十月间，又来，文天祥便集杜诗成拍，共同商酌。这便是《集杜诗》的前奏。

《集杜诗》的思想内容，也同《胡笳十八柏》相近，而记实记人较多，可以说是和他的《指南录》互为表里的。这些纪行诗，以地名为题来记事抒情，对当时腐败政治的抨击和痛恨也"灿然于其中"。文天祥仿杜体，如《六歌》即是仿杜甫《寓居同谷县作歌七首》。这些诗的体制又颇像杜甫的《发秦州》以后诸作，而其现实主义的概括，使它成为杜诗、陆诗以后的又一部"诗史"，也是"图经"。其中包括了宋亡始末的实况，歌颂了为国牺牲的烈士和同列师友的气节，斥责了奸臣贾似道等的误国，反省了战略上的错误。

文天祥集杜，不是偶然的。他在集杜诗的前二年曾写过《东海集序》，把"十数年间可惊、可愕、可悲、可愤、可痛、可闷之事"写入诗中，他说这是"杜子美夔州……以后文字"。杜甫在夔州居住仅仅两年，却有不少回忆诗，如《壮游》《昔游》《遣怀》等作。"漂泊西南"时期也正是杜甫爱国诗篇大量产生的阶段。文天祥正是站在爱国的严正立场上来进行回忆的。

再往前推，文天祥早年，便喜欢读杜诗，他的朋友曾季辅写了一部书，叫《杜诗句外》，是杜诗分体编注的本子。文天祥曾录了一个副本（见《文山先生全集》卷九《新淦曾季辅杜诗句外序》）。我怀疑这部书就是他在狱中集杜诗的凭借，他一直珍惜这部书稿，不论在爱国思想或是写作方法方面，都从中受到了不少的影响。这里，需要附带指出的是，文天祥集杜诗，并不赞成韩愈所说的写诗的方法："无书不读，然止用以资为诗。"（《卢殷墓志》）他说："'读书破万卷'，止用资得'下笔如有神'耳！"（《送赖伯玉入赣序》）这在宋末那样民族危亡的时代，他的这种主张，很可理解，他主要是从读书中吸取爱国主义的东西，以陶冶自己的"情性"，而不在乎文字的工拙。

最后，我们用一首文天祥的《读杜诗》作为结束："平生踪迹只奔波，偏是文章被折磨。耳想杜鹃心事苦，眼看胡马泪痕多（注五）。千年夔峡有诗在，一夜耒江如酒何（注六）？黄土一丘随处是，故乡归骨任蹉跎（注七）。"

四

总之，杜诗给予后世的影响，是积极而深刻的，在南宋那样民族矛盾上升的时代，就更为显著。除上面举的一些代表人物以外，还有宗泽、李纲、陈与义、汪元量、林景熙等许多爱国诗人，他们几乎没有一个不是从杜诗中吸取了滋养和力量的。同时，从上述例子看来，他们在继承、发展杜诗优秀的传统方面，可以概括为如下几点。第一，杜诗的爱国主义思想是具有高度政治性的，其诗作的艺术感染力和概括力是空前的。南宋诗人，在他们自己的生活实践体验中易于为杜诗所感染，发生共鸣，甚至借杜诗以代言，或自居杜甫的"后身"，从而将其化为自己的积极的政治力量。同时，在继承杜诗的传统中，他们的"情性"不仅被杜诗潜移默化，而且还开辟了新的诗歌境界，创造了新的语言风格。他们对杜诗不是机械地模仿，而是具有革新的精神的。第二，从我国文艺思想的优良传统来看，南宋爱国诗人对杜诗的看法，一致是首先从政治上着眼的。他们认为杜甫不仅是诗人，而且是伟大的政治诗人。他们从杜诗中吸取了自己所需要的"教化"、"六义"（风、雅、颂、赋、比、兴），并以此来充实自己诗词中的爱国主义的和现实主义的内容。他们反对"掇拾风烟，组缀花鸟"的缺乏社会教育意义的作品，并且反对那种仅仅"读书破万卷"，单纯追求技巧的脱离现实政治的倾向。这是容易理解的。在宋末时期，在同唯美主义的斗争中，这是当时的文艺思想的主流，是杜甫文艺思想的正常发展。第三，在艺术创造方面，杜甫集合了前人之大成而加以创造，他的诗以沉郁风格为基调，并兼备其他许多种风格，南宋诗人，在汇成南宋诗的时代风格前提下，各就杜诗，学其一体，加以创新，便形成了南宋诗的各个流派，以便尽可能地完成时代给予他们的艺术使命。

（注一）指杜甫《蜀相》："丞相祠堂何处寻？锦官（成都）城外柏森森。"以森森古柏衬托了诸葛祠的肃穆气度。

（注二）指杜甫《海棕行》。此诗是杜甫到绵州借海棕之出群而不得移栽宫苑，以寄托自己怀才不见用的愤慨。

（注三）至德二载（757），杜甫自长安逃到时政府所在地凤翔。奔走流离，"麻鞋见天子，衣袖露两肘"（《述怀》）。

（注四）陆游有《代乞分兵取山东札子》《上二府论都邑札子》等奏章，均是有关抗战、建都的政治论文。

（注五）杜甫以神话中的杜鹃为古帝魂灵的化身，《杜鹃诗》，以寄望帝的意思。"胡马"，杜诗原指安史叛军，这里双关，也指元兵。

（注六）夔峡、耒江，一在四川，一在湖南，都是杜甫晚年漂泊的地方。

（注七）杜甫家在洛阳，客死外地，所以说"归骨"。文天祥也借以自抒其怀。

【论词】

唐宋词说[*]

曩在清华，拟授词选，常写词说，浦江清先生亟称之，而未能脱稿。暨来津门，羁于他事亦未能补写，而多从苦水师①学词，兼亦续写《稼轩词绎》，复以蜀丞师所说词意通之。今浦先生、苦水师均已作古，蜀丞师②远在京华，亦不得朝夕侍坐，获聆绪论。乃借重授词选之需，复订定旧稿如次。

一九六二年十一月　高熙曾

一　敦煌词说

（敦煌词约早及盛唐玄宗时期，而中晚唐时为多。共一百六十多篇，多无主名，少数有文人词，仅四篇。）

敦煌曲子词为现存较早之民间词，或名曲、杂曲、曲子、大曲、词、曲词、曲子词等称。任二北③谓大曲与词为一类，曲、曲词及曲子词为一类。《艺概》："词即曲之词，曲即词之曲。"《乐府余论》："以文写之则为词，以声度之则为曲。"一指乐，一指词，乐亡而词为案牍文学。

---

 * 作于 1962 年 11 月，据手稿整理。此稿计收敦煌词五首、唐五代词九首、北宋词十首，为避与后文重复，略去贺铸《青玉案》、秦观《鹊桥仙》、李清照《声声慢》共三首。原稿天头、地脚多有补充，兹置之正文相应位置，用楷体加括号以区分；标点为整理者所加；又为便于阅读，对文中部分人物、作品和相关掌故加了脚注。

①　顾随（1897—1960），号苦水，著有《稼轩词说》《东坡词说》等。

②　孙人和（1894—1966），字蜀丞，著有《唐宋词选》等。

③　任中敏（1897—1991），号二北，著有《敦煌曲初探》《敦煌歌曲校录》等。

词为配乐之抒情诗，至于所抒何情，自须具体分析。按谱填词之长短句与抒情诗，兼有声乐诗歌之长。王灼云："盖隋以来，今之所谓曲子者渐兴，至唐稍盛。"（《碧鸡漫志》）概说之则始于唐，盛于宋，初则流行于都市，调即题，篇、句、字，日趋定型。宋文人词与市民词异，遂又有《乐府雅词》《琴趣外篇》等名。宋人或名"诗余"，未切。

望江南

天上月，遥望似一团银。夜久更阑风渐紧，为奴吹散月边云。照见负心人。

写被抛掷之女子思人，而以望月出之。含意甚广甚深，语则亲切如闻如见。写望与思，两线交错，其情始深。

"天上月"，初升之月也。白日已自思人，夜来乃更望月。月可见，而人不得晤也。且写月，"遥望似一团银"，一在于"遥"，月在天边，人在地角；一则月既如"银"，则发光耀目，可以照人；再则"团"，是圆形者，月圆而人不圆也。由此发生联想，己不得见，乃发奇想，使月为我照见负心人。

然犹不立见主题，而写月景之变化：初升之月，光彩照人，正作倩月照人之想，聊解白日苦思，却渐渐不见明月，则望亦不能实现矣。"夜久"，立久始觉夜长也。"更阑"，闻更漏始知五更渐尽也。"风渐紧"，身感寒意也。风紧云生，月亦不见矣。即在天欲明之前，捉住之片刻时光，向月申诉：不谓云生由于风紧，而欲其"为奴吹散月边云"。虽寒侵罗衣，亦所心甘，以免白日一出，虽此月照亦不得矣。苦心可见，苦思可怜。

末句点题"照见负心人"，始知此望月之女乃为人遗弃者。古代男子负心故事甚多，亦反映封建社会不平等之现实也。

一以眼前景抒情，有啥写啥，使抽象之思通过具体事物体现出来，而交错进行。

一则结尾点题，画就点睛之笔也。

格式未定：三五七七五，此第二句有衬字。

望江南

莫攀我，攀我太心偏。我是曲江临池柳，者人折折那人攀。恩爱一时间。

歌妓多遭侮弄，积愤于心，复受抛掷，再遇人攀，乃严词以拒。试观此词，乃似诚眼前狎客之作，语语沉着而又婉然。苦申心意者，妓女命运之悲惨，内心怨恨。

"莫攀我"，你莫攀我也，抗阻之词。次句直指其因，原在于你心之偏（不正也）。前两句说"你"之偏心，由过去之被弃而推论及眼前之男子一定心偏也。

下三句说"我"，凄婉之至。相攀之地当在曲江，长安城东南之公园也。游客揽妓常在此地，是游宴之所。眼前取喻，折柳攀花，本狎妓之常用的象征，此用隐喻。不说"如"，而说"是"——"我是曲江临池柳"，柳之轻扬美妙，其似一也；任人攀折，二也；"临池柳"，池边游人众，柳无人管，折者亦多，三也；点曲江，则非大家闺秀可知，四也；交谈之所，即曲江池畔柳下，五也。（与柳不仅在形式上相类，且于命运遭遇相合，更紧切。任人摆弄，没有自由，没有幸福。）三个"我"字凄婉，三个"攀"字愤激。

"者人折折那人攀"，"折折"，非"折来"，唐人口语词也，非一折也。是今日抵拒之缘由。

"恩爱一时间"，痛苦却长。非不要恩爱，而苦于"一时间"。即前句"者人折折"与"那人攀"之综合描写也。是悲惋愤怒，屡为男子抛弃造成痛苦（由被污辱、被损害到心灵之被摧残），对封建社会之控诉。抒情愈深，控诉愈有力。

菩萨蛮

枕前发尽千般愿。要休且待青山烂。水面上秤锤浮。直待黄河彻底枯。　　白日参辰现。北斗回南面。休即未能休。且待三更见日头。

此双调之体，上下片不分（从词义上说）。早期词有此，辛词亦有之，独北宋周清真、秦少游与南宋之玉田、沂孙专讲规格也。

首句是纲，"愿"字是眼，"千般"是指比喻之事物。说"千般"已自夸张，绘出在情人面前剖心明志、热烈表白的场面，而必于"枕前"发之者，黑夜中二人共话也。无寐而幻念以生，力求巩固爱情者，足见封建社会对爱情之破坏力、压迫力之大，负心汉之多。

不正面说相爱，而从不可能之事说起，且看它如何比法。

上片地面：先山后水，水又分两层，纵使秤锤浮，黄河亦须枯，而且要彻底。（由高及低，空间之广也。）

下片天上：白日至三更。枕上见星月，引起联想。说到三更，乃有末句也。（由晨到夜，时间之长也。）

（喻之次序有层递作用，从不可能到绝不可能。从地到天，从轻到重。两个以上，又有轻重之别。）

夏瞿禅①谓此与《上邪》②很相像，这两个作品，同出民间，语意也相近似。然由汉至唐亦有其发展：汉乐府沉着、热烈，毫无婉转之情；此词则多用重复之语词，"要休""未能休"，"直待"、"且待"（两用），口吻急切而情愈烈而深。一不同也。再则，乐府举"山无陵，江水为竭，冬雷震震，夏雨雪，天地合"五喻为誓，此则先说"千般愿"，然后举出五事，放开一笔，再举二事，以示尚有九百九十回事未说尽。二不同也。三则，乐府诗开篇即呼天抢地，不似此枕前之密语之絮絮相谈，然后尽举比喻，不夹"我欲与君相知，长命无绝衰"一类直抒心愿语，故不似乐府之朴拙如古器斑斓之美，而有情深婉转之口吻，摹语气更近实际。此三不同也。

盖下及于唐，封建礼教、婚姻门第制度束人愈甚。语气愈重，誓愈多而且奇。

（《诗》："之死矢靡它。"《上邪》是此词之血亲。此传统一直传下去，略无衰颓。明民歌《劈破玉》："要分离，除非天做了地；要分离，除非东做了西；要分离，除非是官做了吏。你要分时分不得我，我要离时离不得

---

① 夏承焘（1900—1986），字瞿禅，著有《唐宋词选》《唐宋词欣赏》等。

② 汉乐府民歌《上邪》："上邪，我欲与君相知，长命无绝衰。山无陵，江水为竭。冬雷震震，夏雨雪。天地合，乃敢与君绝。"

你。就死在黄泉，也做不得分离鬼。")

鹊踏枝

叵耐灵鹊多谩语。送喜何曾有凭据。几度飞来活捉取。锁上金笼休共语。　　比拟好心来送喜。谁知锁我在金笼里。欲他征夫早归来，腾身却放我向青云里。

通篇借鹊之语抒情，写怀人之思。调名题目统一，故不立题。

上片人语，下片鹊语。实则上片叙事中有抒情，下片借鹊写远思，婉而不约，意思显豁，笔致方法清新，语气活泼。此拟人化之作用也。

"叵耐"一开篇辄作急躁之情，下具体写。鹊而名"灵"者，当可验也，却"多谩语"。何以见得，举事实言之，送喜非止一番，总无实效而使人惊心。故"活捉取"之，锁入"金笼"禁其几度飞来飞去也。"休共语"，莫与之再言语也。

鹊不得与人共语，乃独语如次："比（音必）拟"，刚才打算好心来送喜，结果相反。末两句，上句本思妇内心言语，却从灵鹊口中吐出，腾身之愿。

菩萨蛮

敦煌古往出神将。感得诸蕃遥钦仰。效节望龙庭。麟台早有名。　　只恨隔蕃部。情恳难申吐。早晚灭狼蕃。一齐拜圣颜。

此怀念祖国之作。敦煌于唐德宗建中元年（780）为吐蕃攻陷，沦陷后人民怀祖国。

"古往"指沦陷前事，"出神将"者，保卫边土之勇士，今日可怀念者也。次句写其镇蕃（古统治者对外族的称呼）之功，"遥钦仰"，远仰朝廷威力不敢入侵也。有效节尽忠之功、向往朝廷之心，死后即名标麟阁。今无此人，故思之也——怀神将。

下片写与祖国隔绝之苦，与望归故国之怀抱。"只恨"者，除此无他恨可说，突出其恨也。只此"隔"字，恨之所在。情真而不得申者，以身在沦陷区域，即上句之"隔"字所造成者。着一"难"字，久感此恨此痛也。

"早晚"二句，是希望祖国领土完整，重回祖国怀抱。

既写武功，颇多凝重浑厚之词：敦煌、古往、神将、诸蕃、龙庭、麟台、蕃部、狼蕃、圣颜。ㄨ、ㄢ、ㄣ等音，可引起重大浑厚之特质之联想。

本词有忧国之情，是历史上民族战争之反映。中唐以后国势日衰，始有此作，是阶级矛盾之反映。即归唐亦有之，然在丧乱时人民每对外族侵略者有强烈憎恨。

二　唐五代文人词说

渔歌子　张志和

西塞山前白鹭飞。桃花流水鳜鱼肥。青箬笠，绿蓑衣。斜风细雨不须归。

张子同，肃宗时金华人，因事贬官。赦还，居江湖间，自号烟波钓徒，故有此作，以放荡湖泊为乐。有消极一面，亦有不同流合污之一面。

由景写入，山是青山，鹭为白鹭，桃花则红，流水则绿，鳜鱼淡黄褐，箬笠则青，蓑衣则绿。颜色缤纷，而以斜风细雨，增其迷茫，有画面之美，故不须归也。上有鹭飞于西塞山前（吴兴西），鳜鱼游于桃花水下，中间着此渔翁，美将何似？不须归也。鹭飞以有鱼也，鱼之肥，钓始知之，不须归也。不畏风雨、穷困，而美化渔父生涯，为其逃出仕途也。长句，夹以短韵，故流畅。

以景托情胜于直写点题。

苏、黄摹之用之，复有唱和集。

望江南　白居易

江南好，风景旧曾谙。日出江花红胜火，春来江水绿如蓝。能不忆江南？

"江南"，已有美感，佳丽之地，写者多矣，如"江南三月"（《与陈伯之书》），而无此情景。白氏曾任杭守，故思之。

通篇以"好"字为题，且不说如何好法，先将景色涂上一层回忆色彩，则此江南佳景便不孤立、客观，况"旧曾谙"乎？

江南风景甚多，独选极具江南特征之景物言之，是今日居地所无者也。"日出"二句，日与花均火红，故云"胜火"，日升火亦向上，晨景甚好。江水至"春来"而平满，"绿如蓝"（蓝草），则静止，早春之美也，故有生意，盎然可感。

"曾谙"者实，"忆"者虚，经此比较，实者更美。忘却之景均不奇特，只余此二句矣，故特精醇也。

用问语结，有力，原于上二句之美也。此无深刻社会内容，而形象新鲜明畅，调子轻快。

长相思 白居易

汴水流，泗水流，流到瓜洲古渡头。吴山点点愁。　　思悠悠，恨悠悠，恨到归时方始休。月明人倚楼。

本题即长相思也。写相思易，写长字难。如以时间言之，则堕俗套，谁都能说，此却以水之长、地理之隔说之。

汴泗南流，已远，合流至瓜洲古渡，而尽是吴山。（思君若流水也）"点点"，广而且众，远而无极，皆愁之象征者也，足见其长。（行人去路如是也。）下片两说"悠悠"，思恨连绵，顶真又用"恨"字，水有所汇归之处，而人不归，思无止境也。思而生恨者乃为了挤出一"归"字来，则此恨始休也。

"月明"句，夏谓归时双倚，非是。盖以上所见均倚楼望中之物，从早起直望到月上，而不休也。然此时离人可千里共明月矣，如说"人"之所指当包括远人，始得谓为相思。

更漏子 温庭筠

玉炉香，红蜡泪，偏照画堂秋思。眉翠薄，鬓云残，夜长衾枕寒。　　梧桐树，三更雨，不道离情正苦。一叶叶，一声声，空阶滴到明。

词至温、韦，多写儿女离愁别绪，题材过狭。"绮筵公子，绣幌佳人"，歌席享乐之具，南朝宫体多写女子容姿风情，反映没落之反动统治者之情感，城市中庸俗生活之特色，字字秾丽，唯美之作也。民间词之风格特点渐失。

胡仔①以此词为飞卿佳作：庭筠工于造语，极为绮靡、奇丽，此词尤佳。"绮靡"谓语艳而音靡，"奇丽"指构思奇妙而辞藻绚丽也。

首三句写画堂秋思，颇有画意。以其有炉香之温润迷茫，浓雾满室，人不得见，此白昼之静谧；至暮乃有烛光，为下句"照"字作根，而说"蜡泪"者，已暗示"画堂"中人，虽处富贵之境，而颇有愁情也。（"香"写静，"泪"写久，皆象征秋思之深沉，以身外之物易为人所感者托情。"秋思"，秋与愁近，一年将尽，易苦心相思。）一个"偏"字，不照其他，只照此种"秋思"，似为此设，乃全篇之主干。因上下抒此情，此种章法甚清楚，北宋慢词多用之者。

下仍写物，渐及于人。眉翠应浓而淡薄者，终日懒画之也；发当整而松残者，慵梳洗也；衾应暖而生寒者，不能入寐也。"夜长"句一缩，复堂②云"似直下语，正从'夜长'逗出，亦书家'无垂不缩'之法"者，语意欲尽，在尽处生发下文，下片只写此"夜长"二字，此处却缩住不讲也。

此种以物积于一词，因景见情，（善于选择特征性之物写内心，形象突出。）多描绘之景，多暗示性，故多以词形为丽采，不明言所抒之情，而情已见。如此词上片玉炉之香、红蜡之泪、画堂、眉翠、鬓云、衾枕、夜长，凑泊一处，而亦有选择，故曰精艳，特殊之处尤在于腻（味）丽（形），故形成浓郁重拙之笔。多含蓄也。

下片正面写"夜长"。笔致细，感觉锐也。不先说雨，而用倒笔，借梧桐言之，形成满纸秋声。叶大、雨疏，故一叶一声，为愁人不寐所闻者也。而雨之落却"不道"（想不到），正是离愁最苦之时，三更时分，夜最静，思最专，人最感孤独之时候，说"不道"，雨之来非其时也。然而竟

---

① （宋）胡仔（1110—1170），字元任，著有《苕溪渔隐丛话》。
② （清）谭献（1832—1901），号复堂，著有《谭评词辨》。

来而不去矣。卧数更漏，一夜不过五声，此雨声却连声不断，滴到明矣，则愁亦随之，乃更觉夜长乎？况"空阶"，无人之院落可知，雨声之清晰更可闻。"滴到明"，不仅写时之长、夜之久，亦喻雨之多也。

上片室内诸物，均可受人摆弄，可以避之。而下片之雨却无法禁治。然香烬烛灭，可以入睡矣，衾枕又寒，可以重衾叠被以护之，然雨又来矣！此无可奈何之境也。

其情则别愁，空虚无聊之生活苦闷，仅可见富贵人家之妇女亦甚苦闷而已。

温抒情写景的小词，比较明朗清新，如《望江南》《更漏子》。他善于选择具有特征性的事物来描绘人物心理活动，而且形象突出，色彩鲜明。由于他大力作词，并在艺术手法上做了某些探索，对词的发展起了一定的推动作用。可是他以秾丽雕琢的语言描写艳情的词风对后来的词人产生了恶劣影响。

望江南　温庭筠

梳洗罢，独倚望江楼。过尽千帆皆不是，斜晖脉脉水悠悠。肠断白蘋洲。

"梳洗"，梳头洗面也，谁不知之。然此词中之思妇，容颜既美而又装束起来，"女为悦己者容"，以期今日爱人归来也。（"天下人何限，慊慊只为汝。"）不仅叙事，一以示晨兴，是晨妆也。着一"罢"字，此亦日日所常有者，今日则梳洗一毕，立上江楼，毫无闲歇，盼归心切可见。点"独倚"，以示俟人之归。下接写江景，重于在"望"。"过尽千帆皆不是"，是总结语。试想，一帆来，以为是，既近江楼，乃知不是，如此失望次数既多，竟至千帆，则时间亦久，日已晚矣！（按时间之迁移、变化写情感之起伏。）"斜晖脉脉"，欲落不落，犹依依不舍。（"斜晖"，表时、表情，表适才不见此斜晖，只见帆也。）"脉脉"犹默默，含情之态也，犹冀其归也，直不分是楼头落日，抑或楼上思妇。"水悠悠"，夏云此"作无情解，如'悠悠行路心'"，说行人之"全不关心"。则水犹远人之无情也。有日与水之比较，以衬思妇与负心人之不同，方逼出末一句来。采蘋花以寄远人，更见情长。

由晨至暮，均沉于远思、遥望。望中所见，仅是"帆"。帆，一点白，经久注目。帆尽，而始觉眼前辽阔。先是目送帆之来去，此时则定神于一点白色之蘋洲，言既不得盼其归来，则只得寄蘋与之，故肠断也。非必即时亲手采蘋以寄之。

温词因景见情，所抒之情多借他人之口以言之，然仍寄托自己之感触、空虚无聊之生活情趣。此与五代之难离、贵族阶级之没落情感有关。多写妇女（贵族妇女和歌妓）的体态、服装、游宴之外，更多无可奈何之思。此不过适应其淫乐生活、不遇之感耳。然亦多少反映了封建社会中妇女被负心人弃掷后之内心苦痛，故多写离情。

（温词蹙金结绣，高者不着痕迹。）此词明朗、清新、朴素、生动、形象，不浓艳，不隐晦，而仍婉约。盖由于因景见情，故无垂不缩，隐其意于景中，景物形象又多具有特征性（与情适应者）以象征心理、情思。此其高者，写景不隔，如见，情亦可感，情亦真切。（隔与不隔即就情景交融与否及其所产生的艺术效果的高低而言。）而题材狭止于嘲风月、伤离别，使敦煌之广阔天地缩入情隘景小之境地。

思帝乡　韦庄

春日游，杏花吹满头。陌上谁家年少，足风流。　　妾拟将身嫁与，一生休。纵被无情弃，不能羞。

写游春少女对爱情之热烈追求，以为幸福，生动、真切、大胆。《诗经·国风》有之，卫道者所不敢道者也。此效民歌。

"春日游"，明其为"溱洧"之游①也。"杏花吹满头"而不知者，非为观花而来也。说"满头"，足见游之已久也。然而，却仍不归去，尚未觅得意中人也。而春日之春情，杏花之热烈，已见其人。

---

① 《诗经·郑风·溱洧》："溱与洧，方涣涣兮。士与女，方秉蕳兮。女曰：观乎？士曰：既且。且往观乎？洧之外，洵讦且乐！维士与女，伊其相谑，赠之以勺药。　　溱与洧，浏其清矣。士与女，殷其盈矣。女曰：观乎？士曰：既且。且往观乎？洧之外，洵讦且乐！维士与女，伊其将谑，赠之以勺药。"

下句一转：转入写觅得之意中人。尚不知其为谁家年少，只于陌上遇之，亦不写其服饰、面貌，而只说风流，且是"足风流"（十分风流，仪度万千，均甚美好），是总体印象，却甚准确。故下定决心，嫁与他。

但既不知其为谁家、姓字年里，尤不得知其肯与不肯，是只能说"拟将身嫁与"也。古诗多写女性主动求婚者（如唐诗之《长干行》，宋人之《碾玉观音》话本均是），以女性社会地位又低于男性，有双重之压迫，却更具有大胆热烈之情感。

"纵被"两句，决心之辞，再用直笔，高在不写景，力量却大，直注到篇尾。从内容说，即从陌上相逢起，此愿直达死后。然复曰"被无情弃"者，以负心人之多也。真挚，直抒其情。与温飞卿《南歌子》[1]意同而不同，即在于温词专写双双之鸟类，暗示成双，不肯明显道出感情，此则直抒心愿也。

飞卿特重于写景，偏重外表之描写，故丽；常景胜于情，故腻。韦则移温之外表描写为内心抒情。一重于形象，一重于词意。无温之词，不丽；无韦之词，不清。

韦则以景助情，词意盎然显豁，改浓丽为清丽，却不浅薄，情积之厚也。以其自抒胸臆，不借他人之口，不尽为应歌之作，分路扬镳，下开苏辛。

温有不言之妙，韦有言之之快，冯有寄言之深。

蝶恋花　冯延巳

庭院深深深几许，杨柳堆烟，帘幕无重数。玉勒雕鞍游冶处，楼高不见章台路。　雨横风狂三月暮，门掩黄昏，无计留春住。泪眼问花花不语，乱红飞过秋千去。

被弃女性之悲哀，常在冯笔下流露，此仍温韦之遗风，而后主所无者。盖南唐国势日微，故多有衰飒之情。但其处理情与景之方法自不同于温韦，变为即景即情。

---

[1]　温庭筠《南歌子》："手里金鹦鹉，胸前绣凤凰。偷眼暗形相，不如从嫁与，作鸳鸯。"

试看此词，先将此思妇立脚点之高楼隐去不写，只画其与外界隔绝之种种障碍物。开头一句是总起，前庭、后院，已深，复曰"深深"者，叠之以见其邃也。"深几许"者，设问，不仅提起下文，而又重一"深"字，愈益增加读者隔绝之感。（《艺概》："冯延巳词……欧阳永叔得其深。"此"深"字仍指比兴，即形象中寓有情意。）是乃突出环境之特点——深深。庭深院邃，已是二"深"；"杨柳"一层，三深也；"堆烟"，絮影重重，又一重迷茫，四深也；"帘幕"已隔两重，是五深、六深；又曰"无重数"，则更加隔阂矣。（所写之物均起了刻画少妇心理的作用。尤其后两句，写得既形象又深沉，即"以我观物，故物皆着我之色彩"。）一句问答，写出七个深字，此并非凑数，词中明明放着这七个字，赖有眼光发之耳。

如此说法，直是没头脑，但设想于此中居住该如何窒息。

下句忽掉转过笔来写门外。男子豪贵，驾玉勒，坐雕鞍，章台走马，飘转不定，心不定也，情不专也。然总有个处所——"游冶处"。原来七个"深"字均为"楼高不见章台路"而设也。我亦掉转回去说，帘幕之后，乃是此人所居，须揭幕卷帘，重重揭，重重卷，始得外望，待揭开后，徒见柳烟深院。然楼总是高出于庭院杨柳之上，是由于远，而不由于隔，却专写隔者，乃身在禁锢之中故也。身为关闭，心却飞扬，如此则此七个"深"字，便成为眼中之障矣。是以象征之景以寓深情，词于是乎深而亦于是乎隔矣。怨慕之情，不得不托之妇人之口，张惠言《词选》曰"宛然骚辩之义"，虽求之过深，不如陈世修《阳春集序》所云"燕集"之"乐府新词"为宜，亦足证其由两性之悲欢离合中寓人生之感慨（尤其是政治上的失意），故《人间词话》谓其"堂庑特大"欤？

下片"雨横风狂"，柳烟散矣。一以标时令，一以写时不我与、美人迟暮之感。帘幕将垂矣，院门掩矣（掩门，人不归也，能留春于门内亦佳），花飞矣，人却仍未入室也。"三月暮"，三春之尾；"黄昏"，一日之终；"无计留春"，人亦渐老也。未老而夫君已游荡不归，老而若何？故于"无计"之中，忽生痴念，"问花"，眼前只余此飞红也。而泪眼足以观花，此言此情无可诉者，（伤人，伤春，此情谁诉？）含泪问之也，一层。（"泪眼问花"，无计之计。花是春的象征。）花之不答，不语，亦不同情，二层。细审之，非不同情，同遭风雨，花自己亦飘零矣，三层。"飞过秋千"，则游嬉处也，四层。"乱红"之飞，由于"雨横风狂"之摧残，反映春暮，五层。（伤春，自伤也。惜花，自惜也。）刚才只是独自伫立楼头，并无一语，只是看，至此将入于室中，而不得不发问也，六层。秋千在杨柳荫下，即"杨柳堆烟"处，絮飞而花舞者，春留不住也，七层。（通篇写所见，实皆衬"不见"。故深。）

易安有效此词之作，《序》属"六一"，故夏《选》以为欧作。然复见《阳春集》，《词综》从之。与"六曲栏杆""谁道闲情""几日行云"三词一色笔墨。

[张以为为韩琦、范仲淹被斥逐而作，句句有所指。黄蓼园谓"通首诋斥，看来必有所指"。夏承焘："借这个不得丈夫之爱的女子写自己的政治感情。"王国维以为是"兴到之作"，"固哉，皋文之论为词也"。史以为欧受党人排挤、嫉恨，但他是一个论事切直的人，敢于直言犯上，知无不言，不把小人之嚣嚣放在眼里。（《宋史》）很难设想，这样性格的人会用词来曲意表达内心的怨愤，且当时当甚少将词与政治联系。]

虞美人 李煜

春花秋月何时了？往事知多少。小楼昨夜又东风，故国不堪回首月明中。　　雕栏玉砌应犹在，只是朱颜改。问君能有几多愁，恰似一江春水向东流！

后主亡国之君，荒淫无道，被俘于开封，日日以泪洗面，每念建康故国，如："晚凉天静月华开，想得玉楼瑶殿影，空照秦淮。"（《浪淘沙》）"故国梦重归，觉来双泪垂。"（《菩萨蛮》）其所念者无非宫中享乐之生活，如："归来休放烛花红，待踏马蹄清夜月。"（《玉楼春》）《虞美人》词即诸词之集中表现，据闻此乃其被害前之作，被虏君主哀鸣也。

"春花秋月"四句两两相承：一、三，二、四，均同一内容，而感慨愈深。"何时了"，直将花月为恨事，原因是此时花月，只能触动"花月正春风"之回忆也。有"往事"寓于其中，故有次句。曰"何时了"者，直欲觅死，以免再触愁情也。（自写襟抱，不事寄托，而复宛转缠绵。）

浪淘沙　李煜

帘外雨潺潺。春意阑珊。罗衾不耐五更寒。梦里不知身是客，一晌贪欢。　　独自莫凭栏。无限江山。别时容易见时难。流水落花春去也，天上人间。

《浪淘沙》本唐教坊乐调之一。

上片倒叙，"一晌贪欢"之梦醒，盖由于"五更寒"，感寒又由于"罗衾"之"不耐"五更寒意。（"不耐"二字有多少反侧？）如此则闻"帘外"雨声，乃知寒意之来源。因写来由，故用倒叙，出人意料；以理推之，又在意中。

梦——前欢（往事），醒——今愁（下片度人今愁），形成不可决之矛盾。惜梦者，以不知身是客而暂忘其为俘虏也。且可"贪欢"，欢而曰贪恋者，稍纵即逝也。乃怨罗衾之薄、春雨之潺潺、春意之残、五更之寒。叙事寓情：春去梦醒，欢亦尽也。身寒，心亦凄凉也。"一晌"者，已梦至五更，实长而觉其短，故曰"贪欢"也，《相见欢》所谓"太匆匆"者是也。（梦中不知身是客，故贪欢，欢乃贻醒时之悲，如知其为客，便无此比较。身是客，一层。梦里不知，又一层。醒时才知，梦里之主是幻景，又一层。不如知之，又一层。）

梦醒则知身是客矣，下片便写出一个客子身份来。

"独自"，被幽禁也。"莫凭栏"，足见其独，自劝语，而日日却凭栏南望之结论也。所见者"无限江山"，不得见者，梦中之故国也，今则非其所有矣，天明乃独去凭栏也。又以"春"喻故国好时光，"别时"两句上下双关，故国如此，春亦如是。忆别时之容易，不在意，而如"春去也"，如"流水落花"之易于飘逝。"见时难"者，今日不得见此故国，有"天上人间"之感。国亡前后之生活，有天上人间之别。春归何处，天上？人间？均无可寻觅也。

建康不见，而见"江山""流水落花"，眼前如是，故一感故国别易会难，一感春去之易。而易如流水落花，不知不觉春便归去；难如天上人间之不得见也。梦回之易，醒时则难见。梦中天上，醒后人间；过去天上，今日人间。春在天上，不在人间，觅亦觅不到矣。以不结为结，故韵长也。

室内是梦，帘外江山风雨也。上片写梦回，下片则梦后之事。

前后片之联系："雨" —— 流水；"春意阑珊" —— 落花；梦中天上，醒来人间；"无限江山" —— 远也；身是客也，不得归去也。

含意深广，故幽。笔畅，故雄。不独笔法细密，而大笔淋漓，重、拙、大、悲、伤，多而重也。

三　北宋词说

踏莎行　欧阳修

候馆梅残，溪桥柳细。草薰风暖摇征辔。离愁渐远渐无穷，迢迢不断如春水。　　寸寸柔肠，盈盈粉泪。楼高莫近危栏倚。平芜尽处是春山，行人更在春山外。

儿女爱情、伤离，成为婉约派之通常主题，是有其社会基础与阶级根源的。妇女的痛苦如是，词人多写此处境心情。欧则更多就男性来写。前者或反映封建制度、社会给予人的苦痛，尤其男性负心；后者则较直接写封建社会造成人们离别之苦痛。借女性言愁，往往如是，身份有类似处。

欧公亦有伤感之作，不打破，不跳出，而是置之不理。并非颟顸，而是消极陶醉于听歌看舞与对大自然的欣赏。故其词思想内容不甚可取，不过大官僚闲适享乐生活情趣、空虚寂寞之感，欧词反映其道学面孔之另一面。用小令适宜歌筵应用。

欧多直抒情意之作，豪放之情，散文之笔。（欧文清而婉，词亦如之，章法层次有法可寻。后主直无法摸索，故高。）

通篇只不过写离人在外漂泊思念家中而已。然思情真切，形象清新，有清丽委婉风格。（"深婉开少游，疏隽开子瞻。"）最特别的是，他创立了慢词的章法——虽然他写的是小令，而且依然保留自然之语言。代字故实，绝无仅有，此技至欧公而臻于绝顶。易安虽具规模，气象不逮；柳则市民俗滥，少游尖酸；苏辛亦大量使代字及故实，是大病。

先说本篇结构：上片写行人在外思家，自叙；下片又从行人怀念中写家人对他之想念，代叙也。杜甫《月夜》亦此章法。以"渐远""渐无穷"为主干。

试看"候馆"已在家外，远也。（云"候馆"是早已出门，不从家门写起。）"溪桥"，又出于客馆之外，更远。登程，则愈行愈远矣。两个地名，已点明客子身份。"梅残""柳细""草薰""风暖"，冬尽春来，写早春如画。工丽则由于行人之敏感，故曰"残""细"也。由此可知其居外又一年矣。

写途中对景物的感受，"草薰风暖摇征辔"：（逆东风而闻薰，则家在汴，而人向东也。）①《别赋》"闺中风暖，陌上草薰"是其所出，然宋代社会基础不可忽也，已伏下片。则"草薰风暖"，表面上是行人之感受，又隐含下片之内容。彼概括，此演绎也。②"薰"从"残""细"演来，从视觉写到嗅觉，"风暖"又是感觉。已写出三个节令。③"摇"：以"东风摇百草"推之，则属上四字；以下三字推之，则行于道路上矣。④写路程时序，不言愁而透出离愁来。

"离愁渐远渐无穷"二句，以长句写，以"春水"喻，写愁而写出路程来，全词主体也。两"渐"字，有行走之感受。

下片写入家中。所谓"远"，距家远也；"渐远"，愈行愈远也。掉笔写近，亦以喻远。因先写远人："柔肠""寸寸"者，断也，"粉泪""盈盈"者，满也，一写内心，一写外形。远一步断一寸，多生一泪也。行人未见，可以推知，以己之肠断而泪盈也。"楼高"句是设想，构思方法与"今夜鄜州月，闺中只独看"同。说"莫近"，已近也。从客中想到家中。

"平芜"句，"平芜""春山"皆登楼可见，而人却在春山之外，则上片"渐远"所致。从家中又想到途上。

上片以水结，此以山断。皆行途所历。

全篇写一人离愁，幻出两人相思，因成两片，而上片已伏下片。先写行人之行，一层思家，二层再写家中远念，复从远念中写出设想中之行人，四层渐递进而情始深婉绵长、曲折深入也。

比喻切，形象生色，与主题离愁有关也，故艺术境界富有诗意。（升华之情。）

（下逮《西厢》："到晚来闷把西楼倚，见了些夕阳古道，哀柳长堤。"因此种词不实指何人何事，故影响离合精神细致刻画，为范本。）

采桑子　欧阳修

群芳过后西湖好，狼籍残红，飞絮蒙蒙。垂柳栏杆尽日风。　　笙歌散尽游人去，始觉春空。垂下帘栊，双燕归来细雨中。

此前人未有之作，写大自然，非仅为写自然，其中有人物，有人事，开后人流连光景之篇。从写景见其人生观也。

颍州西湖，欧曾守此郡，故以十三支《采桑子》写之，均以"西湖好"为首句（白氏《忆江南》之遗），成为组诗，连套之始也。然尚无一定次序。

"群芳过后"，似已阑珊而曰"好"者，已见有望，而非尽意伤春。然犹有残红铺地，飞絮布天，上白下红，色泽仍艳美也；而夹以柳丝之翠，更足堪玩。着一"风"字，则均动矣，故曰"狼籍"，曰"蒙蒙"：直成一片混合画图也。说"尽日"，则春尚在，不觉春空也。

"笙歌散尽"，风中传响，尽日歌奏，到此风停奏止，一片寂静从动中来，则更觉其静得要死。"游人去"，寂寞始来也。"始觉春空"，虽高官而亦有空虚之感也。欲逃避此感，故"放下帘栊"，不忍再观湖上也。忽有生机，则"双燕归来细雨中"，打破静境，是下帘之时也。

欧公词富贵中见衰飒，力求有生机，此与其处境国势有关。北宋开国便有荏弱之态，以闲适排之，故多空虚之感。而词语有五七言诗之手法，疏放明朗，风格洒脱。

又

轻舟短棹西湖好，绿水逶迤，芳草长堤。隐隐笙歌处处随。　　无风水面琉璃滑，不觉船移。微动涟漪，惊起沙禽掠岸飞。

（通篇写水上游船，是春水西湖。）"轻舟"，易浮；"短棹"，可不用划也。"轻""短"，即甚轻松，淡荡情调，愉快悠然。水之"逶迤"，绵长，有可游者也。"长堤""芳草"，倒映在水中。舟经长水，长堤之实感也，所见、所经也。舟入画中，轻纵入湖。"处处"即长堤上也，以其曲，故不见笙歌队伍，有风吹送，故闻，似为此舟歌唱——上片写春天湖上荡舟，从堤上写。

下片再从湖面上写。"琉璃滑"，浓绿、滑溜、澄澈、静止、凝结，与湖面甚似。舟在琉璃上，故"不觉船移"。"无风"亦行，自行漾去。上片已写笙歌之随，是舟之移矣，不明点，是不觉也。点明时，也才觉得其不觉。"随"，舟行之速也，声总在舟后。然舟移必动波面，故微动"涟漪"，细察方知。结句以"沙禽""惊起"之动态破静境，生机，活泼。

上片写舟初行水面，下片越行越快。静中之动，才静。

用淡笔写，清新自然，动人处在于景中心境，无丽藻。

八声甘州 柳永

对潇潇暮雨洒江天，一番洗清秋。渐霜风凄紧，关河冷落，残照当楼。是处红衰翠减，苒苒物华休。惟有长江水，无语东流。　　不忍登高临远，望故乡渺邈，归思难收。叹年来踪迹，何事苦淹留。想佳人，妆楼颙望，误几回、天际识归舟。争知我，倚栏杆处，正恁凝愁。

柳三变创为新声，写成慢词，如此篇乃与欧词①同一内容而扩大铺张，却远过原作。

上片加重写秋景，亦有景中情。下片专写情，反复推衍，细密如织丝镂线，行针处显然。

"对潇潇"二句，概括写秋景。用领字"对"起，写倚栏远望也。"江天"之大，无处不有秋"雨"，"清秋"如洗，百卉俱凋，淹留已久也。曰"暮"，是一日之晚，曰"秋"，是一年之将终也。

"渐霜风"三句，细致刻画，具体描绘秋景。曰"渐"，则不自今日始感秋意，而秋意渐深，今暮始觉之也，此字仍写时光。雨止风生，易为霜

---

① 欧阳修《踏莎行》（候馆梅残）。

矣。（霜上冷意。）"凄"，凉也。"紧"，劲也，客子心身所感也。"关河冷落"写所见，无人也。"残照当楼"，斜阳虽生，而无暖意。"当楼"，正对楼头，客子伫立之所也。细细写来，只为下文作引。东坡谓"于诗句高处不减唐人"者，以其排除俗艳，有雄浑之气欤？而萧条之感甚深。孤寂、无成也。大幅渲染，小令所无，苍凉以寄忧郁。（《九辨》《登楼》之遗。）

"是处"四句："是处"，处处也，综上五句。"红衰翠减"，再用具体事物总。又隐去"愁杀人"三字，以伏下句。"苒苒"，"渐"也。"物华休"，又总。时节迁变，淹留不变，寂寞如昔，又一年也。此内心抒情由物华销尽而生，然仍未明说，缘景物境地而生情触感也。"惟有"句，一切皆洗净矣，只长江流水无语东流也。由外而内之写法。

下片写伤离念远。一层深入一层，以见淹留之苦。

"不忍"句，明说。"不忍"，而竟登临矣。上片实即登临所见也。

"望故乡"二句，不忍之因。此二节正与上片两两相当。

"叹年来"句，欲归之情既深，乃反躬自问，自伤无成。

"想佳人"二句，转写佳人望我。我思家中，家中亦在望我，已觉何事淹留。况几回天际误识归舟欤？为人着想。

"争知我"二句，上句放开，此句折回。从己设想家中，从家中想到己之倚栏独望，是佳人思己也。勾回一笔，其力始足，比《踏莎行》更深一层，妙若连环，愈写愈复，细如穿针走线，往复循环。盖上片之沉思又由于佳人之念我也，极写孤寂无聊，全篇主旨所在。

此羁旅之词，"游宦成羁旅"以生此感。

此反映封建社会文人怀才不遇时的牢骚、漂泊之感，柳漂泊崇安、汴、扬、润、浙东等地，不拟淹留，在一定程度上有对功名的藐视，对仕途的厌倦，游宦与爱情之矛盾，内心描写特细。景物均有愁情之主观色彩，为下片直接抒情必要之背景。情景交融、曲折，铺叙，层次分明。然以愁反封建却是伤感、悲凉的，是其阶级本性软弱之表现。

层次：前景后情，景分详略，情有深浅。前后叠唱，以深其意。每领字一韵，八韵为八声也。每韵一层，每层又有次第，始得言铺叙也。

雨霖铃　柳永

寒蝉凄切，对长亭晚，骤雨初歇。都门帐饮无绪，方留恋处，兰舟催发。执手相看泪眼，竟无语凝噎。念去去、千里烟波，暮霭沉沉楚天阔。　　多情自古伤离别，更那堪、冷落清秋节！今宵酒醒何处？杨柳岸、晓风残月。此去经年，应是良辰好景虚设。便纵有千种风情，更与何人说？

（抒写羁旅情怀的作品在柳词中占有最重要的地位，如《雨霖铃》《八声甘州》。）

此三变本色之作，而后世戏曲小说多用之，以其能概括封建社会中青年男女分携之苦也。

"寒蝉凄切"是清秋之景物，实是秋声。蝉曰"寒"，已点明季节，声"凄切"，又衬出离绪。"对长亭晚"点分携之地点，上一下三句法，则虽四言而异于首句之结构，故不复。"骤雨"句明当日之气候也。（一、点明分别的季节、地点，未言别而有别景；二、别筵之心理。）是此三句才写得季节、地点、气候三事欤？细绎之，盖如剧之开场先列布景，演奏音乐，制造气氛。寒蝉有声而噤，凝咽之情已现。对黄昏本日日常有之事，今在长亭，乃恨其一日将尽也。《西厢·长亭》一折，"恨不倩疏林挂住斜晖"，后又云"疏林不做美"，均从此晚字引申而出，成为一大块文章，铺叙满场。三变原亦善于铺叙者，则王实甫实从此出。曰"骤雨初歇"则雨过日明，合当上路矣。适才有雨，原可借此停留也。此三句均长亭外景，已有凄然欲绝之情、依恋不舍之意，如此写，下文始有背景。

"都门"七句，写将别。而层次井然有序，细如蕉心。

说"都门"，则在郊外，又长亭所在地也。"帐饮"，别筵也，点分别。"无绪"，无好心绪也。下言"无绪"，一笔比一笔细腻具体。

"方留恋处"二句，不忍别时而不得不别。（《西厢》亦有之。）更为情苦。

"执手"二句，是将别时光景。情苦之处，却在相看之中，千言万语包孕于泪眼之内。曰"竟"，不当无语，却只余凝咽也。此不独是真实情景，且为下句以至下片留无限余地。

"念"者，凝咽中所思也，未登兰舟，而已见别后，仍概括写，以景实之。前人多赞后片"杨柳岸"句，予则以为此二句乃亦"高处不减唐人"者。唐诗以景结而韵远，以其"盛世"，故多雄奇之气象。此小儿女别情离意事耳，而笔力之健、之重、之深意亦如是，孰说三变只会"恩怨尔汝"耶？试看"千里烟波"已自不凡，孤帆远荡，从今漂泊天涯，眼前不复再见也。此尚不足，下句"暮霭沉沉楚天阔"，始觉雨后虽霁而暮色黑将下来，"楚天阔"复一望无际。天无际，此"沉沉"亦无涯也，则千里有限，暮霭无边，兰舟一片将消逝于此中，当作何想。"千里"，长也，念亦永也。"沉沉"，重也，愁亦随之也。"烟波"，路也，"暮霭"，时也。"楚天"，笼此二者，尽包之也。

说了半晌，却尚未发船，仍在"方"字上掉来掉去，而用想象填补了此一空白。正因其为虚写，情寓景中，而韵始绵长也。

下片似当写别后如何思念矣，却夹一理智语，仍是随放随收笔法。以时论，方才只写得当时一场将别情景，不过日暮雨晴，片刻时事。而陡提转一笔，却总起自古之离别来。真夹叙夹议之笔，情中有理。伤别者，多情，一层；自古如是，二层；今番当不例外，三层。总上片之伤别耳，却推及往古，亦不知是三皇，抑是五帝，大约从来如是，只要多情，便会这般伤法，原不特别，伤之不甚也。但奈何我等之离却偏遇上个"冷落清秋节"，不仅综上叙景物，交代与读者为何细写诸般景色，且当又推进了一层，故曰"更那堪"也。

以下始接上片，由眼前之别，先念到"今宵"，帐饮无绪，当然易醉，酒醒，而愁始生也。是送行者虽醉而未迷，行人之上兰舟，乃醉中解缆也。曰"何处"者，是千里水程到在何处，若实写，直不过领航员耳，此截取千里之一程，而曰"杨柳岸晓风残月"者，晨风寒吹，酒亦初醒，霭色全失，仅余残月。此画面之佳，不在于写景如在目前，似有动态，专在于抒出行人内心之凄楚。长江远矣，此岸不知是泊在何地，而有杨柳则是实（其实亦在想象之中），是秋柳也，当必萧疏，枝上残月，只作微明，晓风微弱，风荡柳摇，月迷人远，无处不是迷茫，不是凄清，不是孤寂。则此行人当何以堪之哉！

此上均寓动情于秋景，则蝉鸣、雨歇，孟秋之景以助离情也。"千里烟波"，兰舟所往，远别之思也；"暮霭"，愁思之沉重，将暮也，始发之时刻也；"杨柳岸"，别后之情也。则此情之哀，思之深，念之远，此清秋节所致欤？能日日清秋欤？显然非是。故下句又转换一笔："此去经年"，言秋去春来也；"应是"，揣测之词，而臆必之语；"良辰好景"，必当有之，以其无我在目前，则此虚设也。此由今宵竟想到来年。（曰经年者，以见时久也。）

（上片以景语起，景语结。下片以情语起结，交融而不离于情。）

渔家傲　范仲淹

塞下秋来风景异，衡阳雁去无留意。四面边声连角起。千嶂里，长烟落日孤城闭。　　浊酒一杯家万里，燕然未勒归无计。羌管悠悠霜满地。人不寐，将军白发征夫泪。

诗之边塞诗，当自《东山》《采薇》始，是行役诗，为《十五从军征》、孟德《苦寒行》、唐人边塞诗之先驱。大约外敌压境，遂有军兴行役之事。而历代边塞情况不同，诗之气魄亦异。（唐人边塞诗如王昌龄《从军行》，洪亮，乃时代声音之反映。）宋国势自立国便荏弱，外有辽夏之患，而宋先南后北，便养痈遗患，北方契丹重起，高据幽燕，宋无可守，高梁河、岐沟关两役失败，便取防御之策，十一世纪澶渊之盟虽胜而输银绢。中期，西夏居甘肃东部、陕西北部河套一带，结辽攻宋。宋败仍守甘凉边境，禁军增倍，守西北，东南粮远不便，故构和，岁赐金帛无数。范生活时代，正是赶上西夏点起向赵宋王国侵略火炬。

范仲淹曾两入相，自请知延州，大阅州兵得万八千人，屯田于边。主塞外天寒，我师暴露，不如俟春深入贼。要求许他"以恩信招徕之，不然，情意阻绝，臣恐偃兵无期矣"；"不效，当举兵先取绥、宥，据要害，屯兵营田，为持久计，则茶山、横山之民，必挈族来归矣"，此"拓疆御寇，策之上也"。（范居北宋外患日亟之时代，思有所为，永熄边烽，时代不容，颇受阻难。早在副夏竦经略陕西前，即受吕夷简之打击，要求出镇延州，一报国，一自疏也。）

范"以天下为己任，裁削幸滥，考核官吏，日夜谋虑，兴致太平"。

（《宋史·范仲淹传》）"宝元中，西夏叛，仲淹连官关陕，皆将兵。纯祐与将卒错处，钩深摘隐，得其才否。由是仲淹任人无失，而屡有功。"（《宋史·范仲淹传》）范有"军中一范"之誉，敌称之为"龙图老子"。

排奡中见哽咽，沉郁中见悲凉。（时代阶级之限制。）关怀现实有深且广之义愤，故排奡、沉郁、悲凉、低沉、雄壮、沉郁互相对立、排斥而维系统一。

此宋词边塞诗篇之先驱也。敦煌有之，韦应物、戴叔伦《调笑令》有之。此类词，当有豪放英雄气概、胜利欢快，以鼓舞士气。而亦有悲凉气氛，因广大人民疲于征战，饱受长期戍守之苦。范以亲身经历为题材，反对久战边疆，而抽象地写此政治主张则不可，即将秋塞久戍写出。今日读来，不当抽象理解，以此反面理解之。

辽阔的景象，悲壮的感情，为宋词另辟蹊径。当绮丽之词笼罩词坛时，豪壮之作也有幼芽。

上片写一"异"字。从边塞景色之变异引起无可奈何之乡愁，渲染忧郁黯淡色彩。声调低沉，却不完全消极。

首句点"塞下"，地点；"秋来"，季节；"风景"，风光事物也，下所写者是也。"异"者，时之异也，中原所无也，故此句总起。次句以"衡阳雁去"，衬出秋景，亦寓人不得归也。不仅南国所无，反衬征人久戍。庾信诗"近学衡阳雁，秋分俱渡河"可证。雁无留意，人亦思归而不如雁也，遥应"归无计"。连用六物，点以"起""闭"二动字，是眼，合而后开。写景由大而小，总归戍人所居之"孤城"。凡边声、画角、千嶂、长烟、落日、孤城，是军伍中物，亦边塞风景，而颇带衰飒之气，直是荒寒、黄昏之边塞。上片用粗线条勾勒边塞风光，构成莽苍悲凉画面。写声（动境），然后呈现边城晚色，万峰屏立，孤城紧闭，用长烟落日烘染，更觉秋气逼人。写色（静境），边声晚角，出现于静境是静中之动，托出死寂，又是动中之境。（天上雁鸣成阵，地下则边声四起，相映。千嶂，暗也。烟自亦渐暗也。有回声，声住而城闭者，晚也。）

（上片写白天。）下片抒情，写夜。写酒不解愁、功又不立、归复不能，如秋雁南飞。三层意思，相矛盾。"羌管"，亦边声也；"悠悠"，漫长也，动人心弦；"霜满地"，夜临矣，此由角声落照晚景直递而下，仍是动中静境。"不寐"始得闻"羌管"也,出帐始见"霜"华也。"将军白发",劳而成久也,此句介于抒情语,中间是融景入情,即景生情。"征夫泪",驱使于统治者之苦也。此不寐者,由于燕然未勒。下片以上片写景(实境)为基础,"家万里""归无计",均有伏笔。

雄心在"燕然"一句。"归",非左思《咏史》"功成不受爵,长揖归田庐"之归。表自己(将军)过表征夫,故非是,乃解甲归田之归也,有《东山》遗意。

其低沉黯淡乃北宋封建苟安政治、国势不振、时代不景气之反映。其雄壮处,"归无计"由于"燕然未勒",乃范思卫边疆之壮志。进退维谷,春蚕自茧,故有孤独彷徨之忧伤,内心深处复杂矛盾,悲苦语含壮心。

(不寐——心事——最后七字因忧心国事,对久戍同情而白发。理解不得离开时代特征、社会阶级内容。词中强调战地生活悲苦,一面冲淡反侵略拿云壮气,因而缺少了鼓舞人心的积极力量。欧称之为"穷塞主",即刺其词之缺陷。)

鹧鸪天　晏几道

彩袖殷勤捧玉钟,当年拚却醉颜红。舞低杨柳楼心月,歌尽桃花扇底风。　　从别后,忆相逢,几回魂梦与君同。今宵剩把银釭照,犹恐相逢是梦中。

小晏、纳兰、贾宝玉均出身贵族,有其反封建的一面,而小晏特为伤感。按小晏为大晏之暮子,号为痴人,不苟合于贵人,不肯一作新进士语,安于寒饥,不疑人之欺己,多狂篇醉句,多以付歌儿莲、鸿、蘋、云,悲欢合离,如幻如电,如昨梦前尘,则不得改易封建之现实,徒令人目为狂痴也。

此词《野客丛书》谓出于老杜"夜阑更秉烛,相对如梦寐"。或以此为诗词之别,一直一婉,一丽辞一朴素,一浓缩一铺叙。

上片回忆相逢。"彩袖",歌女之服也,装美而人亦不能非佳丽也。复殷殷劝酒,双手捧至口边,袖之艳,钟之美,宁得不拚一醉乎?而曰"醉颜红"者,又与"玉钟"相映成趣也。看舞以至夜深而曰杨柳楼心月

"低"，听歌以至桃花扇底之风"尽"，是则以杨柳楼、桃花扇之景与物之美饰歌舞也。柳之袅娜如舞腰，歌声按节，桃花扇底之风以生，载歌载舞也。此固其富贵享乐之生活之写照，而当年以此自慰自解者也。

下片写"从别后"。由于忆及上片之欢情，久思成梦，且几经梦幻中同你在一起。"今宵"二句，相逢、入梦，相逢、疑梦。

唐宋词选讲[*]

一　花间词和南唐词

花间词和南唐词，一般说来，思想性都不强，缺乏深刻的社会内容，而有些词艺术性却相当高，针对这种情况，就必须用马克思主义的批判态度来处理它，既不能无原则地继承，也不能把这些作家与作品开除于文学史之外。我们评价古典作家要有全面的、科学的阶级观点和历史观点。下面根据具体作品进行具体分析，提出我的看法，供讨论研究。

（一）花间词的特点——简论温、韦词风格的异同

温庭筠与韦庄并称"温韦"，是花间派的代表词人。《梦江南》和《思帝乡》是他们作品中较好的，不仅艺术性高，也有一定的社会内容，和那些空虚、无聊、浓艳、华靡、脂粉气很重的作品不同。温庭筠处于晚唐时代，封建军阀纷争割据，唐帝国国势衰微，政治腐化到了顶点。士大夫的没落空虚之感，常常通过抒写女性的悲哀来表达，也往往用女性体态装束的描绘，表露其空虚无聊的生活情趣，这是必须批判的。词中辞藻华丽、五彩缤纷，而实际内容空虚、颓废、感伤，这是六朝以来宫体诗的逆流的遗风。宫体诗是封建统治者的享乐之作，有一种日暮途穷将要覆灭的哀感。他们整天过着荒淫奢侈得乐且乐的生活，写些玩弄女性的作品。同

---

* 本文包括"花间词和南唐词""秦观、贺铸、周邦彦、李清照""岳飞、陆游"三部分，均系作者 1962 年为天津和平区语言文学业余讲习班授课的讲义，有删节。

时，也有些小词写得较好，能倾诉出当时女性的某些悲苦心情。韦庄因其生活道路和温庭筠不同，他把那种酒宴前的歌词变为抒发个人身世之感的作品，但多数内容仍和温词相近。在艺术手法上，温词与韦词也不同。

在处理情与景的关系方面，温庭筠采取因景见情的方法，而韦庄则采取以景助情的方法。《梦江南》，温庭筠通过和主题思想相关的景物描写使读者看到一个封建社会中的思妇内心，如："过尽千帆""斜晖脉脉""水悠悠""白蘋洲"全是景物描写。一个作家选择什么样的景物来描写，与他的思想和世界观都有紧密关系，往往根据他的思想来选择与心情相适应的景物来描写。如温庭筠的《更漏子》有句"玉炉香，红蜡泪"，玉炉雾香，此白昼之静谧，已是无聊，至暮乃有烛光，而说"蜡泪"，暗示画堂中人处富贵之境，而颇有愁情。这都是因景见情的写法。这是什么时代、什么阶级的感情，要具体分析。例如，《梦江南》写出了封建社会妇女被丈夫弃掷的痛苦，不完全是贵族空虚之感，用因景见情的写法就更加提高了艺术感染力。情与景的关系要处理好，因为情含在景物之中，要让读者通过景，而去理解，写不好就隐晦了。温庭筠的词有婉约之情，写得含蓄，把感情包容在景之中，是"石韫玉而山晖，水怀珠而川媚"。"斜晖脉脉水悠悠"，用太阳似落不落之景衬托出女子要归去而又舍不得离开，还有一线希望盼丈夫归来的深情，给读者以很大的想象余地。韦庄的《思帝乡》的写法是以景助情，用景物帮助抒发感情。词中写景不多，仅有"春日游，杏花吹满头"两句。从"陌上谁家年少"到"不能羞"全是直接抒情，与《梦江南》因景见情的手法不同。作者只用"春日游，杏花吹满头"来写景，下面全是抒发追求的急切而执着的心理。夏承焘先生说：温词"密而隐"，"密"，就因为情景结合紧密；"隐"，情不完全露出来。韦词"疏而显"，"疏"，是由于情景隔得远；"显"，感情显露。这说明他们处理情景关系的手法不同。

我们今天评价词要坚持"政治标准"第一、"艺术标准"第二的原则，分析作品中的阶级感情居于哪个阶级，在当时有无进步意义，对今天有什么启发，评价花间词也应如此。总之，花间词的特点是：

①思想内容往往有封建时代没落地主阶级的贵族情感。有的作品有一定的社会意义。我们对那些宴乐、安逸、颓废、无聊，甚至色情的部分应

当注意批判。

②那些不是单纯玩弄女性而艺术手法较高的作品，能够给人以一种美感享受，有一定艺术价值的，仍应该吸收其中有益的部分，如在处理情景关系方面，有各种不同类型的手法可供我们参考。

（二）花间词中受民歌影响的一例

胡蝶儿　张泌

胡蝶儿，晚春时。阿娇初着淡黄衣，倚窗学画伊。　　还似花间见，双双对对飞。无端和泪拭燕脂，惹教双翅垂。

这是一首仿效民歌的花间词，风格活泼跳动。这首词写蝴蝶儿，调名与题名一致。《唐宋词选》① 解说："这首词不是写蝴蝶，而是写少女画蝴蝶。'还似花间见'，用'似'字，就不是真的花间的蝴蝶，而是绘画中的蝴蝶。'无端'两句是说由于落泪而把蝴蝶画坏了。少女为什么爱画双双对对的蝴蝶？画蝴蝶为什么又无端落泪？作者没有明说，这是含蓄的写法。"我认为这首词所写的蝴蝶有二：一个是真的，一个是假的。"倚窗学画伊"，是在明窗之下照着一个真蝴蝶来画的，所以用"学"字。

"胡蝶儿，晚春时"，暮春的时候，花谢了，蝴蝶也少了，不像花盛开时蝴蝶在花丛中飞来飞去，暗示出这个真蝴蝶是在花盛开时捉的。"还似花间见，双双对对飞"写出了这点。因为爱蝴蝶所以现在又画蝴蝶，此处人即蝴蝶，蝴蝶即人。"阿娇初着淡黄衣"，"阿娇"，指十几岁的少女。因为天气暖和了，她初次更换了像蝴蝶双翅那么轻盈的浅黄色的衣服，写出她的衣着外形像蝴蝶，体态轻盈，神情活泼。"倚窗学画伊"，她在窗前聚精会神，一笔一画地画蝴蝶，在画的过程中想到蝴蝶也是娇嫩的浅黄色的，和自己穿的衣服颜色一样，于是联想起这个蝴蝶是什么时候捉的："还似花间见，双双对对飞"。是在初春百花盛开的花丛中，看见你们（蝴蝶）双双对对飞来飞去穿过花丛。当时捉蝴蝶的人，应当也是两个，而今

---

① 《唐宋词选》，夏承焘、盛弢青选注，中国青年出版社，1959。

天画你们（蝴蝶）时，蝴蝶变成了一个，而作画的阿娇也是独自一人了，因此才有下句"无端和泪拭燕脂"。这句是说不知不觉眼中充满了泪水，用手一擦，眼泪正好直落在真蝴蝶的双翅上，而"惹教双翅垂"，使得蝴蝶的双翅低垂下来，因此画不下去了。

这首词的情调像民歌。民歌的特点是情感健康，有许多是抒发青春少女的感情。她们生活在封建社会中，爱情得不到满足，因此产生这种感情是很自然的。作者运用了巧妙的构思，通过画蝶写出思人的情怀。风格轻松活泼，情感跳动，不完全是悲哀。

（三）冯延巳词及其特点

南唐有三个比较重要的词人：一个是冯延巳，又名延嗣，字正中；一个是李璟，南唐烈祖李昪的长子，即南唐中主；一个是李煜，字重光，是李璟的第六子，即南唐后主。

冯延巳的词与花间词的写法不同，既不是因景见情，也不是以景助情，而是即景即情，情景交融在一起。他常用女子的不幸遭遇作为自己的寄托。

蝶恋花 冯延巳

几日行云何处去？忘却归来，不道春将暮。百草千花寒食路，香车系在谁家树？　　泪眼倚楼频独语，双燕来时，陌上相逢否？撩乱春愁如柳絮，依依梦里无寻处。

这首词写一个女子望看自己外出游荡的丈夫，而又望不见的苦闷。她登上楼头，看到天空飘忽不定的浮云，她感叹地说："几日行云何处去？"写行云，实际是写她的爱人。"行云"，在这里简直变成了她对丈夫的称呼，因为行云和她的丈夫都是游荡无所归的。因此，她问道：这几天，你这个行踪不定的浮云到哪里去了呢？这是自言自语。全篇都是写"何处去"这一问。"忘却归来"，是说她的丈夫忘记了回来的日子。"不道春将暮"，想不到春天又将要到了最后阶段，你若还不回来，春天就真的过尽了。写春天实际是写自己的青春，这是说游子不归，她的青春却逐渐消磨殆尽了。站在楼头向大路上望去，只见"百草千花寒食路"。在寒食节前后这个春游的时期，大路上人很多，妇女尤其多，你一定另有所欢了。"香车系在谁家树"，你的香木做的车系在谁家的树上呢？意思是说丈夫的去处无方向、无地点、无日期，因此没法找，也没处问。上片写她一人独语。

下片"泪眼倚楼频独语"，她看到清明景色，丈夫不归，才含泪倚楼独语。这时燕子双双飞来，巢于楼头的屋檐下，是天已将暮了。她站立一天也没个人问，于是竟痴痴地向燕子打听丈夫的去处："双燕来时，陌上相逢否？"你们这双双的燕子（用双双表示自己的孤独），在寒食节的田野上碰见我的丈夫了吗？但是燕子只会呢喃，而不能给她以明确的答复，因此她心头更加烦闷起来，以致"撩乱春愁如柳絮"。写春愁纷乱一团没有头绪，像满城的飞絮一样纷乱，并点明春将暮，青春就快要过去的意思。"依依梦里无寻处"，天黑了，燕子回来了，我也进屋了，在这种情况下还想找你，只好到梦中去找，可是即使在这渺茫的梦中，又叫人到哪儿才能找到你呢？上片用独语写寻觅，终日都不曾打听到你的去处；下片问双燕而不得，就又从梦境中去寻，这是翻进三层，结语用"梦里无寻处"再跃进一层，煞住，而思念之情甚远甚长，是婉转情深的写法。

这种词在唐末五代作品中有代表性，它的特点是：

①主题总是被遗弃女性的哀愁。因为作者本身所处的环境是统治阶级内部矛盾重重、国势衰微、朝不保夕的状态，他虽做到宰相，又时时有被遗弃的危险，因此很自然地就会采取思妇的主题来表达自己的苦闷。在客观上表现出封建社会被遗弃妇女的悲哀，主观上却只能使自己服下麻醉剂，来排遣这难以解脱的愁闷。不是直接抒发自己的感情，也是借思妇来抒发情感，因此，这种词往往与别人的词混在一起，因他们有共同的阶级感情和哀愁，风格也有近似处，所以这首词也有人说是欧阳修所作。

②情景关系是即景即情。南唐词不像温词那样景多于情，使读者感到腻而黏，又不像韦词那样情多景少、率直疏快，而是即景即情。北宋许多词也采用这个办法，欧阳修第一个学冯延巳的手法，直到《西厢记》还是如此。这首词价值不大，但在风格与手法上给后代的影响很大。

（四）南唐中主李璟和后主李煜

南唐词与花间词是晚唐五代时期词的两个流派。花间词产生于西蜀，南唐词产生于江南，这是由当时社会环境决定的。那时，中原一带是军阀割据状态，宋朝没有统一全国，西蜀和江南，很少遭到军阀纷争的兵祸，社会秩序比较安定，经济发展，都市繁荣，因此适合市民口味，歌唱、弹奏的词获得了开始条件。后来词逐渐上升到贵族文人手里，变成统治者的享乐工具。这种情况在南唐更为显著，李中主、李后主在位时期，江南偏安，国内经济情况很好，地区肥沃，产品丰富。他们的享乐基础就完全建筑在人民的劳动创造上面，宫廷生活奢侈荒淫。李后主记载年轻时的生活：一天只是听歌看舞，不问国事，把自己的皇后也培养成音乐家、舞蹈家，天天过着淫靡的生活，经常用酒来麻醉自己，其豪奢情况十分惊人。如《浣溪沙》中所写："红日已高三丈透，金炉次第添香兽，红锦地衣随步皱。……"南唐在政治上屈服于强敌，每年给北周纳贡，换取国内暂时的安定，向强大的北宋称臣，以求暂时保住他们终日享乐的奢靡绮丽的生活。但宋朝消灭北周后，便举兵进攻南唐，在大将曹斌的率领下毫不费力地攻下金陵。城破之日，后主仍在拜佛听经，仓皇中肉袒出降。于是曹斌就把他以及皇后、宫女、文物、图书等俘到汴梁，五代十国的混乱局面从此被宋朝结束了。赵匡胤因李后主是最后一个被征服的，所以封他为违命侯，并且把他监禁起来，让他过着"以泪洗面"的日子。他想念过去的宫廷享乐生活，经常梦见金陵的情景，如"多少恨，昨夜梦魂中：还似旧时游上苑，车如流水马如龙，花月正春风。"（《望江南》）但是他是无力恢复的，他只是留恋故国的王权和自己的享乐生活。没落阶级的愁感，集中表现在他的作品里。不仅李后主如此，李中主就早已经在词中流露出日薄西山的衰颓情感了。

摊破浣溪沙　李璟

菡萏香销翠叶残，西风愁起绿波间。还与韶光共憔悴，不堪看。　　细雨梦回鸡塞远，小楼吹彻玉笙寒。多少泪珠何限恨，倚栏干。

"菡萏香销翠叶残"，情感健康乐观的人写荷花，总会写它的茂盛和光彩，古代民歌写采莲女子把船划到荷叶丛中，看到田田的莲叶心情充满了无限的喜悦，而李璟笔下的荷花，不仅香味消失了，甚至于花瓣也落光了，连荷叶都枯萎残败了，国事的衰败与内心的落寞情感通过景物表现出来。"西风愁起绿波间"，荷花荷叶全没有了，水面露出了一片绿波，西风掀起来的乃是我的愁情。"还与韶光共憔悴"，我是与美好时光一起憔悴的人，面对这种景色，触目伤心，经受不住。下片更借思念远人来抒写他的莫名的愁情，梦中到了远方，醒来百无聊赖，独坐小楼，用炭火焙暖笙簧，吹了又放下，以致簧片都寒冷了，身上、心中也透出丝丝的寒意，便倚栏远望，不禁珠泪涔涔而下。用"多少"，是说泪珠之多；用"何限"，是说恨意之长。作为一个偏安的小皇帝，李璟终日写这种愁闷无聊的词，正反映出他的国势将亡的心理状态。

我们分析批判李后主的词，可参考《李煜词讨论集》①。归纳各家的论点如下。

1. 从"右"的方面来肯定他的作品的思想性

持这种论点的说李煜词有爱国主义精神、人民性、人道主义精神。论据是：

①李煜后期词中，不忘故国。南唐亡后新的统治者赵匡胤对江南一带人民压迫剥削很重，那里的人民想念后主，后主想念故国。并根据宋代笔记提出：后主死后，江南父老痛哭，证明李后主对人民很好。所以说他的词有爱国主义精神和人民性。

这些论点是不能成立的。李后主词中的"故国"是指"雕栏玉砌""玉楼瑶殿""凤阁龙楼"这一类的东西。这实在是对帝国享乐生活的怀念，对封建王位的恋恋之情，怎么能和爱国主义等同起来呢？李后主这个封建统治者，终日过着荒淫无道、腐化享乐的生活，"他比赵匡胤好一些"的说法，是没有站在无产阶级立场，没有从具体作品的内涵去分析，没有认清封建统治阶级的本质。

②李煜的词，如果说作品本身没有爱国主义，那么他的词却起到了爱国主义的效果。有人认为，在抗战时期，有些处于沦陷区的人，爱读后主的词，因为后主的词替他们抒发了怀念故国之情，所以说李煜的词有爱国性

---

① 《李煜词讨论集》，文学遗产编辑部编，作家出版社，1957。

质、有启发人爱国之思作用，有客观影响，因此证明他的词是爱国主义。

这种单纯用读者的感受来解释后主的词是有爱国主义的，而不从作品的具体思想内容来分析，也是不能成立的。

③李煜词有人道主义。写俘虏生活的哀愁悲痛，使人同情，也证明宋太祖赵匡胤对他很不人道。

人道主义不是超阶级的，它有阶级性，也是个历史概念，我们说的人道主义绝不是同情封建统治者的遭遇。赵匡胤对人民的统治当然是不人道的，却不能和李后主遭受的迫害混为一谈。

总之，持有右倾偏向的人，牵强附会地从李煜的词中去寻找"人民性"或"爱国主义精神"，对这些作品予以盲目抬高，把消极成分也保存下来不加批判，这是有毒害性的。

2. 从"左"的方面来全部否定

持这种态度的是简单地否定，认为李煜词是反现实主义、唯美主义的作品，把李煜从文学史上开除于词家之列。

李煜的词不像温词那样，只写女性，风花雪月，专门琢磨字句。他被俘后所写的词，在一定程度上反映了现实，不能简单地粗暴地加以否定，不能以"反现实主义""唯美主义"等名目，把李煜开除出中国古典作家的行列。

3. 用马列主义观点，从具体作品的分析中来评价

①总的看来李煜的词思想性不高。李煜前期的词主要写宫廷淫靡艳丽的生活，是最不足取的；有些写爱情的词，虽写得真切、大胆，也是写他和小周后的偷情，有什么意义？总之是不能肯定的。李煜后期的词比较好，因为他由皇帝下降为俘虏，承担了巨大的苦痛。由于生活的剧烈变化，词的内容与前期不同了，表现被俘后深沉、哀伤的情感。这种情感很容易引起旧社会一些小资产阶级知识分子的共鸣，具有无产阶级革命乐观主义的同志就不会被他唤起同情。正如高尔基所说：形象往往大于作者的思想。李煜的愁情是有阶级性的，绝不是人类的共性。

②高度的艺术性。李煜的词思想内容不强，为什么在文学史上有一定的地位呢？因为他在艺术手法与词的发展上给后代很大影响。他的作品之所以被大家传诵，是因为他把悲伤用形象化的比喻、词的意境表现出来，"恰似一江春水向东流"，用具体事物作比，表现出作者愁之深广。由于作

者没有指出愁的内容，允许读者去考虑，所以就引起许多小资产阶级知识分子的共鸣，使作品中的形象大于作者的思想。李煜的词，从史的发展角度看，对词的创作发展有很大作用。他扩大了词的内容，打破花间词只表现男女相思、女性苦闷的主题，以前很少有人写过他亡国后那样的作品，这与花间词的唯美主义是不同的。李煜的高度艺术概括力，在古代词人中达到了较高的境地，用形象化的语言表现出抽象的感情，这种创造，说明他的艺术才能很高。

我们应看到李煜词在思想内容上有很大的局限性，而艺术性很高。他的宫体词是糟粕，后期词虽然内容有了变化，也应分析批判。李煜的词在艺术性与词的发展上有较大成就，对北宋词人有相当大的影响，但不能称李煜为"伟大的词人"。

二　秦观、贺铸、周邦彦、李清照

北宋时期，苏轼突破了词的范围，不仅写别离或爱情的题材了。与他同时仍有婉约派的作品在词坛上流行，最能集中表现婉约派词的特点的作家是秦观、贺铸、周邦彦、李清照。

秦观是与苏东坡同时代的人，是"苏门四学士"之一，却是婉约派词人的代表作家之一。他的词许多是写哀愁，这与他在政治上的失意有关。他屡次受章惇等人的打击，贬于浙江湖南一带，最后死在放还途中，死于西南一带。秦观因政治失意而对当时处于社会底层的歌妓有同情心理，能用平等的态度对待她们。词中又多写情，主要是写封建社会中妇女爱情生活的不幸，但过于柔靡，有伤感情调。他的写法与一般人不同，柳永写的多属市民歌词，而秦少游加工了，有新的意境，语言也更加优美，婉约派词到秦观手里上升到了新的高度。

鹊桥仙　秦观

纤云弄巧，飞星传恨，银汉迢迢暗度。金风玉露一相逢，便胜却人间无数。　柔情似水，佳期如梦，忍顾鹊桥归路？两情若是久长时，又岂在朝朝暮暮。

《鹊桥仙》是词调名，本词即写"鹊桥仙"（织女）。古代民间相传，每年七夕，织女渡过天河去见牛郎，喜鹊在天河上搭了一座桥，帮助织女过天河。仙是指牛郎织女，这首词单咏织女。

这首词是游仙词。"游仙"是从古诗开始的，如《昭明文选》中，有郭璞（字景纯）的游仙诗，写法是假借仙界来寄托某种理想，超脱人世之外，有脱离现实的，也有批判现实社会的，这种游仙诗中多少带有方士色彩。最早写游仙诗的应该是屈原，他在《九章·涉江》中写道："驾青虬兮骖白螭，吾与重华游兮瑶之圃。"上天和舜在一个花园中游玩，超脱了他所处的混浊的世界——政治黑暗的社会。而词中游仙很少，比较著名的是这首《鹊桥仙》。这种题材便于写理想的世界，容易体现浪漫主义精神。

这是一首写牛郎织女的词。如写成牛郎织女一年一度七夕相会的依恋之情，当然也可以反映封建社会中青年恋爱的不自由，可是在宋代以前的许多七夕诗，都写过了，因此这样的词很难写，如没有新的意境也就不能超过古人。在某一个时代的新思想，放在以后的另一个时代那就落后了。而秦观能不落在古人七夕诗的窠臼，也是难能的。《昭明文选》中古诗十九首的《迢迢牵牛星》出现以后，写牛郎织女的诗越来越多，大都是同情牛郎织女一年一度的相逢，有反封建作用。秦观更结合了他自己的生活感受，通过牛郎织女的真挚爱情的歌颂来反映他对爱情的严肃态度，这和当时那些玩弄女性的贵族文人是不同的。

"纤云弄巧"，是说织女为了度过她的一年一度的佳期在那里做准备工作。怎么做呢？织女用丝织成云彩，犹如薄雾一样，而且变幻成很多又很新鲜的样式。这些纤细的云做出许多巧妙的形状，不仅好看，还有遮护住织女过桥的娇羞情态的作用。"飞星传恨"，流星飞过河去，传过牛郎织女一年没见面的别离之恨。"飞星"指织女飞过河去。还有一种讲法：织女有织布梭，在织云时，梭像飞星一样。"飞星"也象征布梭，在织云之下传出了离恨。"银汉迢迢暗度"，"银汉"，银色的天河；"迢迢"，远，指辽阔的天河；织女在夜间有云遮着可"暗度"（偷渡）。前面烘托了场面，下面再写暗度。度过去之后是什么季节，什么时间呢？"金风玉露一相逢"，"金风"，西风，就是秋风，古人认为西、秋皆属五行中的"金"，所以叫"金风"；"玉露"，白露，七夕正是刮西风下白露的时候。在"金

风玉露时"，两人才能相逢一次！是用李商隐《辛未七夕》："由来碧落银
河畔，可要金风玉露时。""碧落"是青蓝色的天空，点明相会地点是银河
畔，时间是"金风玉露时"。"便胜却人间无数"，用人间无数次的相逢作
比，衬出这"一相逢"的可贵，正由于牛女之爱是真挚的。上片主要写当
七夕到来的时候，牛郎织女在银河之畔一年一度的相逢，比人间总在一起
和无数次相逢好。

　　下片具体写如何"胜却人间无数"。"柔情似水"，这是写相逢时，柔
情像水一样永长，缠绵不断。因为在"银汉"相逢，就又和上片联系，牛
女情长，就像"银汉"一样。"佳期如梦"，"佳期"，两人相会的日期。
晏几道的《鹧鸪天》（彩袖殷勤捧玉钟）即写"佳期如梦"，正说明别后
相忆，常常梦中相会，今天在一起还像是梦中。"柔情似水"是长，"佳期
如梦"是短。欣赏婉约派的词要深入挖掘，要看到作者没有写出来而又可
以从形象背后捉摸得到的东西。此处"柔情似水"之长，永流不断；"佳
期如梦"之短，片刻消失。因此"忍顾鹊桥归路"，相逢时间如此短暂，
怎么忍得回头看鹊桥的归路呢？这是内心的犹豫，但既然有"柔情似水"，
就不怕"佳期如梦"，因此说"两情若是久长时，又岂在朝朝暮暮"，这里
用真诚的相爱克制了庸俗的朝暮相处。这首词对天上牛郎织女真挚的爱情
进行了歌颂，也就是对"人间"（封建社会）不同于剥削阶级玩弄女性的
爱情的肯定。对当时青年男女受到封建礼教约束，而不得终日相见的苦痛
有解脱作用，也不引导人们沾滞在爱情上面。题目是旧的，意思却新颖。
对牛郎织女故事的反封建一面没有发挥，那是因为作者着眼在歌颂牛郎织
女之情这一点上，所以就限制了这一方面的抒写。

青玉案　贺铸

　　凌波不过横塘路，但目送、芳尘去。锦瑟华年谁与度？月台花
谢，琐窗朱户，只有春知处。　　碧云冉冉蘅皋暮，彩笔新题断肠
句。试问闲愁都几许？一川烟草，满城风絮，梅子黄时雨。

　　"凌波不过横塘路"，曹子建《洛神赋》用"凌波微步，罗袜生尘"
来形容洛神的步伐。这里就以"凌波"（在水波上行走）来形容作者思念

中的女子的轻盈的脚步。"不过",再没有重来经过横塘路。"横塘",地名,在苏州城外。写盼望人来,也写出了当初从这里分手。"但目送、芳尘去",回想离别时,眼看着人走了,走远了。现在盼望芳尘再起,而不可得,因而有"锦瑟华年谁与度"的慨叹。"锦瑟",上面刻有锦一样的花纹的拨弦乐器。"锦瑟华年",李商隐《无题》诗:"锦瑟无端五十弦,一弦一柱思华年。"后人即用以象征"华年"(青春时期)。这句词的意思是说,你走了谁和我在一起度过大好的青春呢?"月台花榭,琐窗朱户",观月的台,赏花的榭,雕花的窗棂,朱漆的门户,这些地方是过去我们生活的所在,现在你不在了,"只有春知处"。只有春天知道一年一度归来,此处,而人却不归来,用《诗经》"其室则迩(近),其人甚远"的意境。上片从今年春天写起,写到去年春天的送别,最后又写到春归人未归。

"碧云冉冉蘅皋暮","碧",墨绿颜色的玉,引申作墨绿颜色讲。"蘅",香草。"皋",水边。《洛神赋》"税驾乎蘅皋",是写洛神在长满香草的岸边停下了车。这里用"蘅皋"暗示读者,希望作者心目中人能在此停车卸马。"碧云",一本作"彩云",不对,这里也在暗用江淹诗句:"日暮碧云合,佳人殊未来。"说碧云渐渐地合了起来,那可以停车的水边也日光暗淡下来,写景中间都包含着等人而人不来的意思。"彩笔新题断肠句",人既不归,我只好用彩笔写断肠之词来排遣思念,但排遣不了,"闲愁"却愈来愈多了。下句设问:"试问闲愁都几许",问问寂寞的相思之愁总共有多少啊?愁是抽象的,没有重量也没有长度,不好具体答复,可是作者却巧妙地用形象作了比喻:"一川烟草,满城风絮,梅子黄时雨"。罗大经《鹤林玉露》:"盖以三者比愁之多也。"愁多得如布满平原的烟草,像飞满春城的风中柳絮,也像绵绵不绝的黄梅雨。这是一层意思,写愁之多。第二层是说愁之广,"一川",郊原说"一",就包括了全部平原,是面积广;"满城",则城中充满了风絮,着重在"满";是"梅子黄时雨",雨是无处不下,写出无处不是闲愁,无处不充满离情。第三层是写愁的性质:如烟草的迷茫,飞絮的蒙蒙一片,更如梅子雨的淋漓。第四层写愁情的时间之长,青草如烟是初春的二月,"满城风絮"是三月到四月,"梅子黄时雨"是四月到五月,出现闲愁的时期是从二月到四月、五月,暗示了愁情从初春到春暮夏初。第五层是"一川烟草"很快会消失了，"满城风絮"被大风一吹也就散开了，唯独"梅子黄时雨"可以下两个月，腻烦人的滋味如同我排遣闲愁排遣不开的滋味一样。在写一种东西中含蕴着许多层意思，这是婉约词的特点。

此词以景物收缩、总结。离人走时是春天，想她的开始也是春天来的时候，"只有春知处"，春天来了而离人未归，从"一川烟草"的二月直想到现在写词的"梅子黄时雨"的时刻。这是词的比中有兴的写法。"比"，有意识地寻找适当的东西来打比方。"兴"，看见事物引起联想，用景物把感情融化进去。

这首词是写盼望离人归来而离人未归来，透露出自己的闲愁难解、空虚寂寥之感。这在宋词中也是一个常见的主题。在封建社会里，一个封建文人能对他所怀念的女性有这样深挚的爱，总应该说是好的，但今天看来，就说不上有多么重大的社会意义，更没有高度的思想性，甚至使读者沉溺在缠绵悱恻的爱情中去。不过，这首词却集中表现了婉约词的如下几个特点。

婉：结构章法由分别写到思念，写到今天不归来，一步推进一步，结构婉转、多变。

约：①融化旧诗词入于词。把自己的意思通过别人的词句毫不显露地表现出来，融会得比较妥帖，有时也能创造新的意境。②融情入景，以景抒情。用比兴的手法，把抽象事物用具体的风景概括出来，包含的内容丰富，情景结合。

周邦彦，曾被俞平伯等人推崇为婉约派的正宗。这种看法不全面。他的词，尤其是慢词，集中了婉约派的特点，内容不是爱国与革新的思想，而是一般的传统主题，但字句、章法非常讲究。

满庭芳 周邦彦

风老莺雏，雨肥梅子，午阴嘉树清圆。地卑山近，衣润费炉烟。人静乌鸢自乐，小桥外、新绿溅溅。凭栏久，黄芦苦竹，拟泛九江船。　　年年，如社燕，飘流瀚海，来寄修椽。且莫思身外，长近尊前。憔悴江南倦客，不堪听、急管繁弦。歌筵畔、先安簟枕，容我醉时眠。

"风老莺雏",风已经把黄莺的雏鸟吹得老起来了,也就是说小黄莺在风中飞来飞去,翅膀已经硬了。"雨肥梅子",梅子被雨水冲洗得肥大起来。杜甫《陪郑广文游何将军山林》诗:"红绽雨肥梅。"用人的肥瘦来写植物。词句经过推敲,但并不太好,"老""肥"有炼字的痕迹。"午阴嘉树清圆",在正午时,茂满的树影既清楚又圆正,梅子雨的时候已经过了。"地卑山近,衣润费炉烟",住的地方潮湿,离山又近,衣服总觉得有潮气,因空气湿润,所以用炉火也烤不干衣服。"人静乌鸢自乐,小桥外、新绿溅溅",人很安静,天上的飞鸟自由自在地玩乐。人漂流在"地卑山近"的地区做官,很苦闷,看到小桥外新绿的河水在哗哗作响。"凭栏久,黄芦苦竹,拟泛九江船","黄芦苦竹",白居易《琵琶行》:"住近湓江地低湿,黄芦苦竹绕宅生。"作者打算坐船去九江,写出季节、环境、心情。

"年年,如社燕,飘流瀚海,来寄修椽","年年",押韵;"社燕",相传燕子于春天的社日从南方飞来,秋天的社日飞回去。我如社燕一样,飞来飞去,到处飘落,忽而到沙漠地区,忽而又到房椽上搭窝,我年年的生活漂流不定,感慨身世和官场生活。"且莫思身外,长近尊前","身外",把功名事业等都作为身外之事看待,不要想身外的事情,而要在酒樽之前多喝两杯。"憔悴江南倦客,不堪听、急管繁弦",像我这样的人,听了音响很强烈的音乐会触动我的漂流之情,因此受不住。"歌筵畔、先安簟枕,容我醉时眠",我暂时把席子铺好,放上枕头,在喝醉的时候就睡下了。

这首词把游宦生活的苦闷深刻地描述出来,但也颓唐,过一天算一天。词的章法结构忽收忽放,是周邦彦词的特点。同时,此词选字选得很精确。

周邦彦、秦观、贺铸是北宋时期比较典型的婉约派作家,他们共同的特点都是只能在一定程度上反映了一定的社会现实,没有新的主题。(秦观、贺铸有些新的意境,但基本没跳出愁情的圈子。)他们能锐敏地写出对一般情、景、物的感受,能选择经过提炼的精粹的语言来写形象,把情放入景中去抒发,情很含蓄,语言考究。周邦彦在慢词和音律中还讲究把婉约派的词提到新的高度,但也走上了形式主义的道路,只管词句、音律的加工,而对思想内容考虑少,这是应批判的。

李清照是在周邦彦、秦观、贺铸的基础上出现的中国文坛上少见的女作家，并且把他们的词加以发展，赋予新的东西。

《李清照集》是上海中华书局编辑整理的，是关于李清照的作品与有关材料搜集得比较完备的一本书。李清照以词最著名，她也写诗、散文、骈文，她的散文很好，但流传得却很少。在两千多年的文学史上，这样的女作家很少，说明了在封建社会（男性中心的社会）里，女性被剥夺了学文化和参加社会斗争的机会，生活圈子窄小，被限制在窄小的天地里。李清照则写了许多作品，名气很大，当时许多作家不如她，她曾经对她以前的许多词人都有评论。她的作品很零散，在宋代，她的集子有十二卷，到明初就散失了，后来看到的都是不全的本子。《李清照集》经过了整理、校勘，读起来方便，可使我们全面评价李清照。过去有人认为李清照的词不好。我认为批评人要看他所处的时代、生平经历，否则不能知人论世，要了解他的阶级地位，对待当时的社会与人民的态度。李清照的作品有爱国主义的诗歌，也有写愁情婉转的词，也有写得很流畅而又很考究的散文，三个部分统一起来评价她是比较接近真实的。

清俞正燮的《癸巳类稿》中的《易安居士事辑》，是李清照生平资料。她自己写的自传《金石录后序》是其中的主要材料，文章写得也非常感动人。《易安居士事辑》记载："易安居士李清照，宋济南人。父格非，母王状元拱辰孙女，皆工文章。居历城城西南之柳絮泉上。易安幼有才藻……"她与封建社会中一般妇女的处境不同，她受到了当时一般女子不可能得到的文化教养的机会。她父母，尤其她母亲，教给她写作。她嫁给赵明诚后，也经常从事文化研究，赵明诚研究金石之学，"易安与共校勘，作《金石录》，考证精凿，多足正史书之失。每获一书，即校勘整集签题；得书画彝鼎，摩玩舒卷，指摘疵病，夜尽一烛为率。所藏纸札精致，字画完整，冠诸收书家。易安性强记，每饭罢，与明诚坐归来堂烹茶，指堆积书史，言某事在某书几卷几页几行，以中否决胜负，为饮茶先后，中即举杯，往往大笑，茶倾覆怀中，反不得饮而起"（《易安居士事辑》）。他们虽然生活在贵族家庭，但不很富裕，有时是典当衣服来买字画。后来赵明诚在外地做官，李清照"在江宁日，每值天大雪，即顶笠披蓑，循城远览。得句必邀赓和，明诚每苦之"（《易安居士事辑》）。因为赵明诚是研究金石学的历史学家，在诗词方面比不过李清照这个文学家。两个人的爱情在学术问题的讨论和钻研方面、在诗歌创作方面表现出来。就在这样的情况下，忽然金人从北方打来，徽、钦二帝被俘，国家眼看要破亡，李清照带着她们最喜爱的文物、书籍共十五车，不甘于在沦陷区居住，而逃往南方。赵明诚到湖州去做官，途中患疟疾，不久就死了。那时，宋朝政府已南迁至临安（杭州），李清照埋葬了赵明诚，就到了杭州，成为孤苦伶仃的老寡妇，流落在金华一带。有人毁谤她，说她私通外国，这是政治斗争问题。其实从李清照的诗来看，她是主张抗战的。那时她还曾想运出存放在济南的书画、古物，但是全被金人在打进济南时毁掉了。她"惟有书、画、砚、墨六七簏，常在卧榻下，手自开合。在会稽，卜居土民锺氏宅。忽一夕，穿壁负五簏去"（《易安居士事辑》），清照"悲痛不欲活"。五十几岁时，看到自己与赵明诚合写的《金石录》，想念他们的过去，"在东莱静治堂，装卷初就，芸签缥带，束十卷作一帙。每日晚吏散，辄校勘二卷，题跋一卷"（《易安居士事辑》）。而现在却是"手泽如新，而墓木已拱"了。《金石录后序》写出她个人命运与国家命运的不可分割的关系，也表现出她与赵明诚的爱情，既写出国破家亡之感，也有夫妇之情包含在其中。她的前半生处于北宋时期，后半生处于南宋时期，她的词前后期也随着遭遇变迁，有所不同。

如梦令　李清照

　　昨夜雨疏风骤，浓睡不消残酒。试问卷帘人，却道："海棠依旧。""知否？知否？应是绿肥红瘦。"

　　这首词可能是李清照在北宋灭亡之前，生活悠闲、心情比较好时的作品。写出封建时代青春女子对大自然的春光的感觉。

　　"昨夜雨疏风骤"，这是作者晨起的感觉。她回忆昨天夜里下了雨，雨点很大，但不是密密麻麻的雨，还刮着很急很大的风。"浓睡不消残酒"，仍是追忆。在"雨疏风骤"之前，感到春天快过去了，于是在花前饮酒送春，多喝了几杯酒，睡了一夜，还没有把残余的酒意消掉。醒来后还没起床就关怀春天的去留，"试问卷帘人"，试着问卷帘的人，意思是：海棠花怎么样了？"却道：'海棠依旧。'"她关怀海棠，心中已有答案：海棠被风雨吹打得凋谢了，而卷帘人却说海棠仍旧和昨天一样。"却道"，表示她想不到会听到这个答案。"知否？知否？应是绿肥红瘦。"因为昨夜已是"雨疏风骤"，所以不能"依旧"，而应是雨滋润了绿叶（绿肥），风把红花吹掉了（红瘦）。把花看作人，这是修辞学上的拟人格。作者把海棠看为自己亲密的人，非常关怀它，所以写"红瘦"。自己躺在床上，没有看见海棠，但知道它是"绿肥红瘦"，而你这个卷帘人看见了却反而这样讲。海棠不能"依旧"，虽然知道，也还问，这正表现了她对海棠的关怀。"知否？知否？应是绿肥红瘦"，一般讲法是：你懂不懂啊？你懂不懂啊？不应是"海棠依旧"，而应是"绿肥红瘦"。用关怀的心情来看海棠就不是"依旧"，而是有一点变化都能看得出来，而你却看不出来"绿肥红瘦"，说明你是在欺蒙我，因此她告诉卷帘人说，你不必这样不告诉我实际情况，我是知道的。其实，"卷帘人"的回答正是对她的体贴，而"卷帘人"却不知道她早已有了答案。

这首词的内容和唐孟浩然的《春晓》① 差不多，但却用口语对话来表现，句有长短，短的只有两个字一句，音节跳动，使所抑的情表达得更真切如闻，那种婉转体贴之情也就更为细腻。这是词不同于诗的地方。

在封建社会中，尤其是像李清照所处的官僚家庭，对妇女是禁锢的。这篇作品虽然只是从一个少女关怀春光的侧面来描写她的惜春之情，却也反映出上述的现实。

武陵春　李清照

风住尘香花已尽，日晚倦梳头。物是人非事事休，欲语泪先流。　闻说双溪春尚好，也拟泛轻舟。只恐双溪舴艋舟，载不动许多愁。

这首词写于南渡之后。国破家亡，丈夫赵明诚也死去了，李清照变为孤苦无依的寡妇，她的生活与青年时期的情调截然不同。

---

① 孟浩然《春晓》："春眠不觉晓，处处闻啼鸟。夜来风雨声，花落知多少。"

　　"风住尘香花已尽"，风住了，花落在地面上连尘土都熏香了。春天过去了，好时光没有了。"日晚倦梳头"，不但早晨没心梳头，直到太阳落山还懒得动，仍没有梳头，说明她心情不好，这正由于国破家亡，一身漂泊东南，才产生了这样的悲苦情感。"物是人非事事休"，所有的东西都是原来的样子，而丈夫死掉了，什么事情都完了，一点希望也没有了。她无力改变这个不幸的遭遇，更无法改变国破的形势。"欲语泪先流"，没有说话就先流了许多眼泪。写到这里，似乎是写到了头，情调低沉到了极点。

　　下片转过笔来，又有了新的生意。"闻说双溪春尚好"，我这里春天过去了，而听说双溪那里春光还很好。"也拟泛轻舟"，我打算到那里去划着小船游春。写心情的变化，通过具体游春的设想，便不空洞。"只恐双溪舴艋舟，载不动许多愁"，只恐双溪那里像舴蜢一样的小船，载不动我的愁情。《西厢记》中张生与莺莺分别时，莺莺唱："遍人间烦恼填胸臆，量这些大小车儿如何载得起？"就是借用此意。

　　这首词的情感起伏幅度很大，是曲折发展的。上片是由上至下直到最底层，下片开始飞腾上去，最后两句又沉到底，正是婉约派的特点。这首词也正反映出亡国后作者孤苦寂寞的心情，词的情调是哀婉欲绝，但这种哀愁也间接反映出南宋政府带给她的苦痛，更不必说当时人民了。不过，作者出身贵族，生活的骤变，使她也产生了自己无法克制的颓唐情感，这是和当时人民的乐观精神不相同的。

声声慢　李清照

　　寻寻觅觅，冷冷清清，凄凄惨惨戚戚。乍暖还寒时候，最难将息。三杯两盏淡酒，怎敌他、晚来风急！雁过也，正伤心，却是旧时相识。　　满地黄花堆积，憔悴损，如今有谁堪摘？守着窗儿，独自怎生得黑！梧桐更兼细雨，到黄昏、点点滴滴。这次第，怎一个"愁"字了得！

　　这首词写得很凄惨，和我们今天所处的时代很不相称，我们读它，应该了解这是由她所处的时代和她的身份决定的，而对这种哀愁、容易使人颓唐的情调应加以批判。

"寻寻觅觅，冷冷清清，凄凄惨惨戚戚"，十四个字不是随便下的，而是全词的总纲。"乍暖还寒时候，最难将息"，"将息"，将养，休息。天气刚刚回暖，忽然又冷两天，这时候最难安排自己，很不好对付。"三杯两盏淡酒，怎敌他、晚来风急"，喝了两杯淡酒，怎么能抵得住晚间的寒气。这些都是"冷冷清清"。"雁过也，正伤心，却是旧时相识"，大雁飞过去了，我正思念死去的丈夫时，看到雁这个旧时朋友（原来给我带过书信，今天雁又飞来了），但我的爱人已死，还带什么信呢！看见雁，我更加难过。

"满地黄花堆积，憔悴损，如今有谁堪摘"，深秋的季节，菊花撒满地，并且堆在一起，黄色的菊花都憔悴了，有谁能摘一枝黄花呢？这正是她所"寻寻觅觅"的东西。在枝头找没落的黄花，如果还有黄花，说明秋天没过完；如果没有黄花，说明秋天已经过去了。"守着窗儿，独自怎生得黑"，"怎生"，是宋人口语，即"怎么办"。刚才在院子里，觉得风紧，自己就进屋来，守着窗户，想如何才能度过黄昏啊！"梧桐更兼细雨，到黄昏、点点滴滴"，写出了雨声，不仅有风，还有细细的雨，一点一滴地滴在我的心上。"这次第，怎一个'愁'字了得"，这光景，怎么能用一个"愁"字来结尾呢！而要写出"凄凄惨惨戚戚"六个字。

我们读李清照的词要从她所处的时代来看。李清照词是属于婉约派的，她以词"别是一家"的观点，认为词写哀愁是传统，不能打破，她自己也被束缚在这个小圈子之内。词中所表现的哀愁不仅与她个人的命运相关，也在一定程度上间接地体现出在政治腐化、国破家亡的时代，人民的若干愁情痛苦。但是，人民是乐观的，没有这种哭哭啼啼的绝望的感情。

从李清照的诗中，可以看出她的爱国壮志。汉使胡松年出使金朝，李清照赠诗给他，"闾阎嫠妇亦何知，沥血投书干记室"，在市区居住的民间寡妇知道什么呢？但是要洒血投诗给你的秘书，即给胡松年上书。"愿将血泪寄河山，去洒青州一抔土"，愿意把自己的血泪洒在祖国的河山上，不洒在南方而洒在北方，在自己的故乡——青州，洒上一捧土，要把生命贡献给国家。她渴望着"南渡衣冠思王导，北来消息少刘琨"，也就是说南方应有像王导那样的治国贤臣来保卫祖国，北方少有刘琨那样的爱国将领来打击敌人。我们应把诗中写出的爱国热情与思想，和词中写出的国破家亡的哀感结合起来，这样才能全面地评价李清照。

李清照的词成就很高，她总结北宋以来婉约派词的特点与艺术技巧，语言通俗，形象生动，尤其能把情景关系处理很好。"绿肥红瘦"很准确地概括了春暮的风景。《武陵春》中起伏的感情体现婉约派婉转的风格。《声声慢》用"寻寻觅觅，冷冷清清，凄凄惨惨戚戚"十四字作纲，用一个"愁"字作结，章法结构非常细致谨严，这是婉约派慢词的特点。

李清照在文学艺术技巧上成就相当高，是婉约派词的集中表现者，对辛弃疾也有影响，辛弃疾学她的艺术技巧。但对她的词的思想内容要全面分析，不要过分抬高，也不要过分贬低，我们要批判地继承，"取其精华，去其糟粕"，注意不要受到她那种悲观的落魄情绪的感染。

三　岳飞、陆游

满江红　岳飞

怒发冲冠，凭栏处、潇潇雨歇。抬望眼、仰天长啸，壮怀激烈。三十功名尘与土，八千里路云和月。莫等闲、白了少年头，空悲切。

靖康耻，犹未雪；臣子恨，何时灭？驾长车踏破、贺兰山缺。壮志饥餐胡虏肉，笑谈渴饮匈奴血。待从头、收拾旧山河，朝天阙。

岳飞（1103—1142），字鹏举，河南汤阴人，佃农出身。北宋灭亡后，在南方建立了南宋。南宋在金（女真）人入侵时仍节节撤退，北方完全被金人占领了。南宋以宋高宗赵构为首的投降派当权，另外还有以岳飞为首的抗战派。

"怒发冲冠，凭栏处、潇潇雨歇"，这首词从愤怒写起，最后以欢笑作结。"怒发冲冠"，用《史记·廉颇蔺相如列传》的典故："相如因持璧却立（退立），倚柱，怒发上冲冠。"意思是很愤怒，头发竖起来顶着帽子。《史记·刺客列传》荆轲刺秦王，临行时，"太子及宾客知其事者，皆白衣冠以送之。……士皆垂泪涕泣。又前而为歌曰：'风萧萧兮易水寒，壮士一去兮不复还！'复为羽声慷慨，士皆瞋目，发尽上指冠。"这两件事都是反映复国仇，雪国耻，对敌人痛恨的愤怒感情。此处表现了对敌人痛恨愤怒的感情，对主和派屡次阻挠恢复中原表示愤慨，对祖国失地表示悲痛。"怒"，是由以上三个方面汇合而成。怒气冲冲，头发竖起来了，顶着帽子，这是夸张的写法，表现出无比的、不可抑制的愤怒。这种愤怒是随着倾盆的大雨而上升，雨歇之后，痛定思痛的愤怒随即奔放出来，所以是"怒发冲冠"。"抬望眼、仰天长啸，壮怀激烈"，在雨声潇潇时作者低头沉思，雨停之后才抬头远望。南宋爱国词人的远望总是向北的，因为他们有要消灭敌人收复失地的爱国愿望。词人远望就"怒发冲冠"，把心中的郁闷积愤向苍天呼叫出来，雄伟的爱国热情激烈地沸腾起来。"三十功名尘与土，八千里路云和月"，三十岁了而"唾手燕云，复仇报国"的大功大名都付予尘土了，也就是说爱国的功名还没有建立，披星戴月南北奔驰，北方守河洛（黄河洛阳），南方复建康。这种讲法不太好。我认为可采用下面的讲法。宋人方岳在《古人行》中写道："古人二十四，已自取侯印。"三十岁以前在八千里路上，头上顶着云和月，脚下踏着仆仆风尘，转战南北，而功名未立，徒有辛劳，不能救国，词人对此是非常焦急的。"三十"是成数，"八千"也不是确数，"八"声调响亮，有助于写愤激之情。"莫等闲、白了少年头，空悲切"，劝慰自己，也勉励同志。用长句具体描写"壮怀激烈"。上片主题即写"壮怀"。

下片写"壮志"，开始用四个三字句，音调和谐，非常壮烈，适合表现爱国热情。"靖康耻，犹未雪"，靖康二年（1127），徽、钦二帝被金人俘虏，北宋也就灭亡了，这个国家的"奇耻大辱"还没有洗除干净。"臣子恨，何时灭"，为臣要替国家出力，什么时候能把心中的愤恨消灭呢！不是惋惜自己功名不立，而是惋惜打了许多仗还没洗去国耻。今后应该"驾长车踏破、贺兰山缺"，"长车"，战车；"贺兰山"，在宁夏回族自治区与内蒙古自治区之间，"贺兰"只代表敌人巢穴所在地，不一定实指，这是文学上常用的借代名称。驾着战车的军队，向敌人冲锋陷阵，直打到贺兰山的关塞口，打到敌人的老巢，彻底灭敌。"壮志饥餐胡虏肉，笑谈渴饮匈奴血"，"胡"，古代汉族人对北方民族的称呼，是封建统治者的观点。"虏"，敌人。"胡虏"，其他民族的敌人。作者要打败敌人，"食其肉，寝其皮"，把敌人的肉吃掉，把敌人的血当茶喝，这样才能表现出对敌人的无比愤怒，彻底消灭敌人的壮志。"待从头、收拾旧山河，朝天阙"，"天阙"，皇帝的宫殿。把整个被敌人践踏的山河整顿好，扫清敌人的足迹，以此来上报皇帝。

词的结构，从愤怒北望写起，至收复旧山河笑谈结束。怒起笑收是解决当时国家民族危机的设想。上片写壮怀，现实性强，下片写壮志，理想成分大，上片正是下片的基础。结构完整，情调壮烈激昂，是本词的特点。长短句交错安排，长句后有三字句加以顿挫，声调铿锵，完全符合内容要求，音节和谐，有美感作用。

岳飞的英雄形象对后来人们的爱国行动有鼓舞作用。岳飞也确实有爱国热情与雄才大略，《宋史》本传的记载与《满江红》的描写是一致的："使飞得志，则金仇可复，宋耻可雪。"这首词是在抗金风暴中成长起来的爱国英雄为了拯救国家民族而创作的激励人心的作品，在一定程度上反映了民族矛盾上升、人民决心抗战的时代精神，及英勇爱国的美好思想。至于岳飞的忠君思想造成了自己的悲剧结局，这正是他的历史和阶级的限制。《地藏王证东窗事犯杂剧》就假借岳飞死后的自述"我不合扶立一人为帝，交万民失望"批判了这点。元朝的孔文卿对此有了进一步的看法，很有启发。我们在肯定岳飞的爱国思想前提下，批判"臣子恨，何时灭"与"待从头、收拾旧山河，朝天阙"的忠君思想，也是非常必要的。

岳飞死后，其孙岳珂将他的遗作搜集在一起，编成《岳忠武王文集》，其中文章较多，而诗词很少，至于有人考证这首词不是岳飞所作，我认为关系不大，这是文学，只要具有岳飞的思想、写出来这样的古代爱国英雄的性格，在历史上有激励人心的作用就可以了。

陆游（1125—1210），别号放翁，南宋山阴（现在浙江绍兴市）人。他的遭遇与辛弃疾近似，他们同处于民族危机的南宋时代，都是爱国的壮志不伸。陆诗的爱国主义主题与辛词的主题基本上是一致的，因此，陆辛成为南宋诗坛上并称的爱国诗人，但辛诗却远远赶不上陆词。陆游曾批评花间派，从而批评了南宋时期许多诗人在国事危急的时代，沉溺在儿女愁情之中，他开拓了词的题材范围，有自己的特色。他的词的主题大约有以下几个方面。

①爱国壮志不能实现，借梦境写抗敌的理想。如《夜游宫·记梦寄师伯浑》和《十一月四日风雨大作》，虽然一词一诗，主题一致。他经常梦

见自己上战场打败敌人，这梦，有现实基础，也有理想成分。

②坚持爱国理想，用咏物来寄托。如《卜算子·咏梅》，投降派消灭不了陆游的理想，他要坚持斗争。

③怀念妻子。如《钗头凤》，反对封建婚姻制度，抒写封建思想对他美满婚姻生活的破坏的苦痛，对爱情的坚贞也表现出他在封建社会反对封建婚姻的高贵人格。

④"渔歌菱唱"的闲适词。这类词多系隐居会稽时期之作，颇多放浪江湖的慨叹，如《长相思》。

卜算子

咏梅 陆游

驿外断桥边，寂寞开无主。已是黄昏独自愁，更著风和雨。　　无意苦争春，一任群芳妒。零落成泥碾作尘，只有香如故。

陆游做隆兴府通判，劝说皇帝发兵抗战，得罪了统治者，因此在乾道二年（1166）被贬，他在会稽一带写了这首词。词的内容反映了他的被贬心情与坚持抗战的主张。

宋朝范成大的《梅谱》中记载："古梅会稽最多。"陆游的诗有许多也写梅花，他认为梅花的品格高，恰好用来象征坚定的爱国理想和抗战派的斗争品格，如"幽香淡淡影疏疏，雪虐风饕亦自如"。他提倡这种高尚的品格，自己专去梅花多的地方，"闻道梅花坼晓风，雪堆遍满四山中"。他还有奇特的设想，"何方可化身千亿，一树梅前一放翁"。为什么陆游欣赏梅花呢？这是他的爱国思想感情决定的。"咏梅"是词的题目。有的词题是先有的，有的词题是写成后填上的。这首词应该是先有题目："咏梅"。这是一首咏物词，作者的作意相当明显。咏物的作品怕写出来不像物，而最怕的是写出来只像原物，没有更高的思想。好的咏物词写出来不仅像原物，而且给予所咏的物以进步的思想与灵魂，才算能够驾驭物。

这首词笔笔是写梅花，但又不仅是梅花，表现出陆游反投降、反封建迫害的崇高品格和爱国主义精神。不是形似而是神似，这是中国艺术的特点。

"驿外断桥边，寂寞开无主"，"驿"，古代大道旁的交通站。梅花不开在繁华的闹市之中，这个百花之中最先开放的梅花，却生长在无人往来的荒凉地方，没有人管，环境是寂寞孤独的。"已是黄昏独自愁，更著风和雨"，梅花开在月上梅梢的黄昏，同时还加上风雨的侵蚀、摧残，但梅花能禁受寒冬黄昏之夜的风雨袭击，写出梅花的不幸遭遇与愈来愈恶劣的处境，一层比一层深入。

"无意苦争春，一任群芳妒"，梅花占春天之首，最先开放，但决不与其他的花去争春天，不怕百花的忌妒。"群芳"，象征封建社会中的地主官僚，荣华富贵与暂时得意的权臣。陆游不与他们争权夺势，无论官场中有多少人忌妒自己也没关系，有骨气，有高贵的品格。"零落成泥碾作尘，只有香如故"，把零落的花瓣碾成泥土，让人们糟蹋它，梅花虽变为尘土，而香气还是照旧。由此可以表明即使陆游粉身碎骨，也改变不了他的爱国志向。这里显示着作者处于矛盾斗争尖锐的南宋朝廷而坚定不移其爱国之志。"无意"二句，却由于无法再与投降派斗争，无力挽回颓危的国势，才作出这样的无意争竞的消极语句。末两句固然坚持爱国理想，却只是独善其身。

陆游处在民族矛盾上升为主要矛盾、国家危机的时代，投降派千方百计地打击他，致使他被迫隐居会稽。在词中陆游有愁，这是封建统治者给予的，我们应该从陆游的处境来理解，当然，也说明他个人力量渺小，看不到人民的力量、前途的光明，这是受到他的封建官僚身份、阶级出身的限制的结果。

夜游宫

记梦寄师伯浑 陆游

雪晓清笳乱起，梦游处、不知何地。铁骑无声望似水，想关河，雁门西，青海际。　睡觉寒灯里，漏声断，月斜窗纸。自许封侯在万里。有谁知，鬓虽残，心未死！

陆游曾到四川，在军幕中，不得已回到故乡会稽闲居，始终念念不忘的是过去的生活。他的爱国理想不能实现，就只能再现于梦中，这是他思想的主导方面。梦，是他的爱国的理想，也是当时人民的意愿。梦，是虚的，而写来却是实的。他写了不少爱国理想的诗，如"夜阑卧听风吹雨，铁马兵河入梦来"，"三更穷虏送降款，天明积甲如丘陵"，"楼船夜雪瓜洲渡，铁马秋风大散关"，梦中的军事见闻是有他的生活现实作基础的。直到去世前，陆游还不忘为国效劳恢复中原，《示儿》诗中写道："死去元知万事空，但悲不见九州同。王师北定中原日，家祭无忘告乃翁！"说明他坚持爱国理想是多么执着。

"雪晓清笳乱起，梦游处、不知何地"，"清"，高亢，周围军营响起一片军号声，集合出发了，因系梦中，所以不知是什么地方。"铁骑无声望似水，想关河，雁门西，青海际"，杜甫的诗："烈日照大旗，马鸣风萧萧。"以马鸣声音，写严整肃穆，而这里却用"铁骑无声"，更衬托出军队的严肃整齐，一排排的马队像一条长河一样奔流而去。猜想这应该是边塞的关河，是雁门的西方，青海的边际。这里不是实指，雁门、青海，显示出雄壮、威武的气魄。上片由有声写到无声，由不知何处写出到了什么地方。

下片写梦醒后，清笳、铁骑、关河、雁门、青海，都化为乌有，只有"睡觉寒灯里，漏声断，月斜窗纸"。古代无钟，用铜壶滴漏计算时间，"漏声断"是说天快亮了。词人被早晨的寒气冻醒了，只有寒灯一盏，微弱的斜月之光射到窗纸上来。现实的暗淡、孤寂、萧索，与梦境的雄伟、壮阔成为鲜明的对比。"自许封侯在万里"，自己肯定能立功边疆，封侯万里。"有谁知，鬓虽残，心未死"，无奈谁知我老了，头发脱了，但是人老了而心不老，报国的壮志仍存在，表现出陆游的郁郁不平。

钗头凤　陆游

红酥手，黄縢酒，满城春色宫墙柳。东风恶，欢情薄。一怀愁绪，几年离索。错！错！错！　　春如旧，人空瘦，泪痕红浥鲛绡透。桃花落，闲池阁。山盟虽在，锦书难托。莫！莫！莫！

陆游一生的恨事很多，主要是爱国的壮志不伸，也有痛恨封建婚姻制度对他的迫害的恨，直到晚年他还很难忘却。宋周密《齐东野语·放翁钟情前室》记载："陆务观初娶唐氏，闳之女也，于其母夫人为姑侄。伉俪相得，而弗获于其姑。既出，而未忍绝之，则为别馆，时时往焉。姑知而掩之，虽先知挈去，然事不得隐，竟绝之，亦人伦之变也。唐后改适同郡宗子士程。尝以春日出游，相遇于禹迹寺南之沈氏园。唐以语赵，遣致酒肴。翁怅然久之，为赋《钗头凤》一词，题园壁间。"据说陆游和唐氏离婚时他才三十一岁。相传唐蕙仙也和了一首《钗头凤》："世情薄，人情恶，雨送黄昏花易落。晓风干，泪痕残。欲笺心事，独语斜栏。难！难！难！　　人成各，今非昨，病魂常似秋千索。角声寒，夜阑珊。怕人寻问，咽泪妆欢。瞒！瞒！瞒！"不久，因愁怨而死。这首和词，疑是明人伪作，就不作分析了。

"红酥手，黄滕酒，满城春色宫墙柳"，在陆游、赵士程、唐蕙仙三人对饮的酒席上，陆、唐过去是夫妇，唐斟酒给陆，本可直接饮掉，而现在唐氏不是自己的妻子，因此自己不能不低头接受这杯酒，所以只能看见她给自己敬酒时拿着酒的手，所以印象是"红酥手"，她拿酒的手像红色的酥油那样细腻。手中拿的是"黄滕酒"，即官酿的黄封酒。这两句写唐蕙仙把酒斟给陆游喝，两人情意仍很好，是相遇后的难忘情景。"满城春色宫墙柳"，全城春色满园，围墙里一片绿柳，说明陆、唐当初婚姻的美满。"东风恶，欢情薄"，"东风恶"，借春天季节来象征封建恶势力，"恶"，表示作者的憎恨。无情的东风吹散了满园的春色，也把美满的姻缘拆散了。"一怀愁绪，几年离索"，满怀着愁苦的情绪，过了几年离别以后的孤独生活。"错！错！错！"两人不应认识、结婚，而认识了又结婚了，这是一个"错"；结婚后不应离婚，但是两人被迫离婚了，这又是一个"错"；离婚后不应见面了，而又在沈园碰见了，这是第三个"错"。陆游越想越觉得"错"，表现封建社会对他的迫害，也写出他的悔恨悲苦。

"春如旧，人空瘦，泪痕红浥鲛绡透"，"浥"，沾湿；"鲛绡"，鲛人所织的薄绸手帕。《述异记》说鲛人住在海上，眼泪化为珍珠。句意：春天美丽的景色还和过去一样，而人因为相思变得很瘦了，和着胭脂的泪水把手帕都湿透了。"桃花落，闲池阁"，春天过去了，花园也很冷落了，人也没有了。"山盟虽在，锦书难托"，像山一样坚定的永远相爱的誓言虽然存在，两人情意很长，但是我没有办法给你写信。"锦书"，指夫妇来往的书信。"莫！莫！莫！"，"莫"，算了罢，表示无可奈何的一种感慨。这个"莫"字应该是指不要想念过去，也不要留恋现在，更不要指望将来。不过，这也是作者处于封建社会无力改变这种黑暗现实的哀叹。

这首词反映了陆游被封建婚姻制度迫害后的痛苦，在封建社会有其典型意义。词中的"错"字有悔恨，"莫"字包括了对摆脱痛苦的希望。今天的读者主要应该从反封建的意义来理解，而批判其消极的无可奈何的叹惋。

柳永遗事考辨[*]

前　言

研究文学，应该从作品出发，同时还要"知人论世"。对于这一点，鲁迅先生曾经谈过："我们想研究某一时代的文学，至少要知道作者的环境，经历和著作。"（《而已集·魏晋风度及文章与药及酒之关系》）在今天，我国古典文学的研究，正在开展，有关文学家生平及其所处时代的考辨，也比以前丰富多了，精确多了。这些成绩，是应当肯定的。不然的话，"从作品出发"，有时会变为空谈。对作家生活的道路如果不加考辨，那么，作品的内容很可能被曲解，甚至就不能理解。所以我们对于某些作家的"环境，经历和著作"，假如不是文献不足征的话，就应当尽可能地加以考辨。

对词人事迹的精密研究，王国维先生的《清真先生遗事》实开其端。在这以前，清人也有《姜白石传》一类的著作，但是简略不精，对作品的研究帮助不大。近年以来，如夏承焘先生的《唐宋词人年谱》、邓广铭先生的《辛稼轩先生年谱》等作，号称精专，给研究词的学者以很大的方便。（顾学颉同志曾有文章评介《唐宋词人年谱》，对于夏先生用力之勤，考辨之精，非常推重。这是很正确的。）

可是词人柳永的事迹，除了潘承弼先生的《柳三变事迹考略》以外，

---

* 原载《天津师范学院科学论文集刊（人文科学）》1957 年第 1 期。

还没有其他文章综论其事。潘先生这篇文章，已发表了二十多年，比较简略，所论述的问题，也还有没得到解决的部分。所以我试着将历年积累的材料汇为一编，写成《柳永遗事考辨》一文，作为以后研究柳词的参证。

柳永生平，《宋史》不载。他的遗事散见各书，非常零乱。《四库全书总目·史部·地理类存目二》著录了明李让编纂的《崇安县志》，是天一阁藏本，我没有看过这部书。此外，在清代修纂的《崇安县志》中，要以清内阁大库旧藏的康熙《崇安县志》和雍正《崇安县志》算是比较早的版本（以下简称《县志》）。《建宁府志》、《福建通志》（以下简称《通志》）也有关于柳永家世的记载，本文也有所摘取。其他书籍，如宋代以后的地志文集、笔记以及小说、戏曲等，也有不少材料，凡是我查见的，本文也都搜集一起，并加考辨。

至于清人编辑的《历代诗余》、《词综》、《闽词钞》等书以及其他选本所附的柳永小传，太简略了。《词林记事》材料比较多些，可是也还有遗而不录的资料，而且不辨真伪。一般中国文学史的柳永小传，也不出以上这几部书所论述的范围，所以重新考辨柳永的遗事，就很有必要了。

一 柳永的家世

据《县志》，在五代末季到北宋初期，福建崇安一带，几乎成为江南一些士大夫避乱的逋逃薮，而崇安柳氏，正是唐代以来的世宦人家，也是北宋时期五夫里的名门。

柳永的祖父柳崇，是五代末季的处士。《崇安县志》卷七《人材·封赠》有柳崇小传："柳崇，字子高。其先世繇河东来居金鹅峰之阳，遂为五夫里人。柳氏自唐已多显仕，公以儒学著名五季末。（《通志》卷一七五《宋列传》不载以上数句，但有'生十岁而孤，母丁氏，勤自抚教。既冠，以儒学著于时'数语。）终身御布衣，称处士。王近政据建州（按，'近'当作'延'。王延政据建州事，见《南唐书》及《五代史》），闻其名，召补延平沙县丞，力谢不仕。（《通志》记此事较详：'崇叹曰："此岂有道之谷耶？"以母老辞。素敦行义，乡人有小忿争，不诣官府决曲直，取崇一言为定，州里推重焉。'）宋朝中，以子贵，累赠尚书工部侍郎。"又

《县志》卷六《隐逸传》："逮入宋，以子贵，当受官，戒其子曰：'不可以奏请移吾志。'卒赠工部侍郎。"

柳永的父亲柳宜，叔父柳宏、柳宣、柳寘、柳宷、柳密、柳察，除柳密外，都有官职，见《县志》卷七《人材》。《通志》只载六人，无柳密。

《县志》卷七："柳宜，五夫里人，官至户部侍郎。"［原注："雍和（按，'和'当作'熙'）二年，梁灏榜。"］

柳宣，"以校书郎为济州团练推官"（《通志》一七五），"仕至大理司直"（《县志》七），又作"天平军节度推官"（《通志》一七五）。

《通志》一七五又说，"洎南唐灭王氏，宜、宣皆仕南唐，历监察御史。宣试大理评事；宋平江南，宜为沂州费县令"。

"柳宏，字巨卿，五夫里人，崇之子也。咸平中（《通志》作'咸平元年'），登进士第。兄宜官于济，奉其父以行。父没，宏适按狱密州，闻讣，徒跣奔丧。有诏起复，公负哀诣阙，三乞终制，不报；又谒丞相泣诉，终不得如请，时论贤之。后官江东道，过南康，喜匡庐幽胜，遂卜居紫霄峰以终焉。公学负盛名，官历显要，后至终散大夫光禄卿河南开国伯，赠司徒。"《通志》载柳宏"登咸平元年进士，历知江州德化县。天圣中，累迁都官员外郎，终光禄寺卿"。

"柳寘，字朝隐，五夫里人，大中祥符八年，蔡济榜。"（《县志》七）

"柳宷，五夫里人，礼部侍郎。"（《县志》七）

"柳察，五夫里人，官至水部员外郎。咸和（'和'当作'平'）戊戌特奏名。"（《县志》七）

柳永兄三复和三接也都曾做官。《县志》七载："三复官至比部员外郎。天祐（《通志》作'禧'）三年，王整榜。"又："柳三接，字晋卿，五夫里人。景祐元年，张唐卿榜。官至都员外郎。"

柳永有子名涚，"字温之，庆历六年，贾黯榜"。"官至著作郎。"（《县志》七）足见《古今词话》（《岁时广记》引）说他"终老无子"，不是事实。而柳涚的小传又见《京口耆旧传》卷一："柳涚，丹徒人。擢庆历六年进士第，为陕西司理参军，以政绩闻，特改大理寺丞。郑獬当制，其词云：本道使者曹元举等言，尔廉谨治官，有善状，章下有司。有司以为绩效明白，如章所言。为升尔以廷尉丞。尔其祗践，以称懋功之

意。"（郑獬《陨溪集》卷三）奇怪的是柳况的籍贯已不是崇安，而是
"丹徒"，而且还属于"京口耆旧"，这可能因为柳永官于东南时已家居丹
徒了。而郑獬之罢翰林学士在宋神宗熙宁元年（1068）（《宋史》卷三二
一），在这以前，柳况已经去陕西做官去了。

他的孙子名叫柳彦辅，是个"日者"，宋黄庭坚《豫章先生遗文》卷
十《书赠日者柳彦辅》："柳彦辅是耆卿之孙，决王公贵人生死祸福，……
崇宁元年闰六月甲戌，修水黄某书。"足见他的后代在北宋末季已经没落了。

他的叔父柳宏有三个儿子：柳真龄、柳真公、柳真尚。"柳真龄以父
宏荫官比部员外郎。柳真公以父宏荫官太子中舍。柳真尚以父宏荫官国子
博士。"（《县志》七《人材·恩纶》）他们是柳永的堂兄弟。

他的侄子柳淇，是柳三接的儿子，"淇工于书"（《县志》七）。又
"柳淇，字温之，五夫里人。皇祐五年，郑獬榜。"（《县志》七）

《皇宋书录》中："柳淇，学颜书《中兴颂》，笔力虽未绝劲，而间架
已方严矣。有《袁州学记》《杭州放生池记》刻石。"

他的侄孙柳绶，是三复七世孙，"字元章，五夫里人。政和八年，嘉
正榜"。"官至朝奉郎"（《县志》七）。

由以上这些材料，可以推断柳永出身于当时的官宦家庭，他的子侄一
辈，也有著名的人物，至迟到了北宋末季，他的家庭中落了。

二　柳永的官历

清王渔洋《真州杂诗》："残月晓风仙掌路，何人为吊柳屯田？""柳
屯田"这个称号，在清代以前早就家喻户晓了。可是柳永一生的官历却不
止于一个屯田员外郎。

他在景祐元年（1034）中了进士以后，曾在睦州做官。宋叶梦得《避
暑录话》："初举进士登科，为睦州掾。旧初任官荐举法，不限成考。永到
官，郡将知其名，与监司连荐之，物议喧然。及代还至铨，有摘以言者，
遂不得调。自是诏初任官须满考乃得荐举，自永始。"《通志》所载较详：
"景祐元年登第，调睦州团练推官。旧时荐举法，不限成考，三变到官，
州守吕蔚知其名，月余，与监司连荐之。及代还赴铨，侍御史郭铨奏三变

释褐未久，善状安在？蔚私三变，不可从。遂诏初任官须成考，乃得举，著为例。"按，吕蔚的事迹见《宋史》卷二八一，他是吕端之子，吕端卒于咸平中。景德二年（1005），吕蔚为奉礼郎，距景祐元年二十九年。

《乐章集》下有《满江红》词："桐江好，烟漠漠。波似染，山如削。绕严陵滩畔，鹭飞鱼跃。游宦区区成底事？平生况有云泉约。……"按桐江在建德府桐庐县，而《宋史·地理志》："建德府，本严州，新定郡，遂安军节度。本睦州，军事。"这首词当即柳永为睦州掾时所作。

"皇祐中，历迁屯田员外郎，入内都知史志爱三变才，怜其久困选调，常欲引之，不得间。"（《通志》一七五）

他还曾经到昌国（今浙江省定海县）一带去监盐场。宋张津等修纂的《乾道四明图经》卷七："晓峰场，在县（昌国县）西十二里。柳永字耆卿，以字行，本朝仁庙时为屯田郎官。尝监晓峰盐场，有长短句名《留客住》刻于石，在廨舍中。后厄兵火，毁弃不存。今词集中备载之。"按，晓峰盐场是昌国县盐场的子场，见宋罗濬等修纂的《宝庆四明志》卷二十。

元冯福京等修纂的《大德昌国州图志》卷六载有柳永的《煮海歌》："柳永字耆卿，尝为晓峰盐场官，其《煮海歌》云：'煮海之民何所营？妇无蚕织夫无耕。衣食之源太寥落，牢盆煮就汝输征。年年春夏潮盈浦，潮退刮泥成岛屿。风干日暴盐味加，始灌潮波溜成卤。卤浓盐淡未得闲，采樵深入无穷山。豹踪虎迹不敢避，朝阳出去夕阳还。船载肩擎未遑歇，投入巨灶炎炎热。晨烧暮烁堆积高，才得波涛变成雪。自从潴卤至飞霜，无非假贷充糇粮。秤入官中充微直，一缗往往十缗偿。周而复始无休息，官租未了私租逼。驱妻逐子课工程，虽作人形俱菜色。煮海之民何苦辛，安得母富子不贫。本朝一物不失所，愿广皇仁到海滨。甲兵净洗征输辍，君有余财罢盐铁。太平相业尔惟盐，化作夏商周时节。'官至屯田员外郎。"这正是柳永在监盐场时所见到的盐民疾苦，诗人就以充分的同情写成这首长诗。

此外，他还做过泗州判官，改著作郎，又授西京云台令、太常博士。（只见后文所引万历《镇江府志》，他书无考。）

柳永又曾到过余杭。《嘉庆一统志》："玩江楼在余杭县治东，面瞰苕溪，宋柳耆卿建。"所以《古今小说》第十二卷的《众名姬春风吊柳七》

中有柳永做余杭县宰时的故事；《清平山堂话本》也有《柳耆卿诗酒玩江楼记》。故事的真伪虽有问题，可是他曾到余杭却可能是事实。

柳永又曾到杭州，宋罗大经《鹤林玉露》、元刘一清《钱塘遗事》和明梅鼎祚《青泥莲花记》都说孙何帅钱塘时，柳永作《望海潮》词（见《乐章集》下卷："东南形胜……"）赠给孙何。考《宋史》卷三〇六《孙何传》，宋真宗咸平三年至景德元年，孙何为两浙转运使。《鹤林玉露》和《钱塘遗事》虽常有捏造的话，可是柳永曾到过杭州是没有问题的。

柳永有《鹤冲天》词，写他落第后的感慨，这足以证明他曾再次投考。而《古今词话》卷十七《吊柳七》说他"祝仁宗皇帝圣寿，作《醉蓬莱》一曲云：渐亭皋叶下，……此际宸游，凤辇何处，动（宋本《乐章集》作'度'）管弦声（本集作'清'）脆。太一（本集作'液'）波翻，披香帘卷，月明风细。'此词一传，天下皆称其妙绝。盖中间误使宸游凤辇挽章句。耆卿作此词，惟务钩摘好语，却不参考出处。仁宗皇帝览而恶之，及御注差注至耆卿，抹其名曰：'此人不可仕宦，尽从他花下浅斟低唱。'由是沦落贫窘。……"（《苕溪渔隐丛话》略同）《后山诗话》又传述此事，说柳永"作宫词号《醉蓬莱》，因内官达后宫，且求其助。后仁宗闻而觉之，自是不复歌此词。会改京官，乃以无行黜之。后改名永，仕至屯田员外郎。"（《能改斋漫录》《避暑录话》略同）这种说法和志书所记载的监盐场事不相符，可能因为柳永狎妓而蔑视做官，时人才编造出这样故事诋诟他，告诫读者不要学他，有如后文所引的本来子那段话，也是为了维护"圣贤之道"才发出的。

由柳永的官历看来，他的行迹很广，北到汴梁，南到江浙，宦游一生，当时南北许多大都市，他都曾到过。至如崇安，是他祖居所在，《建宁府志》载有他的《青峰寺诗》一首，崇安当然是他曾居住的地方了。从《乐章集》看来，他还曾到过扬州，而且曾经过淮楚一带。

三　柳永的葬地和卒年考辨

柳永生平，过去许多书籍记载的，多有矛盾，其中以葬地问题为最突出，而这个问题却关系于柳永的一生是怎样流浪在江北江南的。

柳永葬地，从宋以来就有不同的说法。

主张枣阳和襄阳说的有以下各书。

宋曾敏行《独醒杂志》："柳耆卿风流俊迈，闻于一时。既死，葬于枣阳县花山。远近之人，每遇清明日，多载酒肴饮于耆卿墓侧，谓之'吊柳会'。"（元佚名《东南纪闻》所记略同。）

元祝穆《方舆胜览》："耆卿卒于襄阳。……群妓合金葬之于南门外，每春月上冢，谓之'吊柳七'。"

《岁时广记》卷十七引《古今词话》："（柳耆卿）终老无子，掩骸僧舍。京西妓者鸠钱葬于枣阳县花山。"

主张润州说的，主要是宋叶梦得《避暑录话》："永终屯田员外郎，死旅殡润州僧寺，王和甫为守时，求其后不得，乃为出钱葬之。"

《嘉庆一统志·仪征府》："柳耆卿墓在县西七里。"（《古今图书集成·职方典》七十六、《扬州府部汇考》十二、《古迹考》之十四《仪征府》略同。）

清代学者对这个问题有许多不同看法，或形诸吟咏，或是引征考辨，先列各家说法如下。

清王士禛《花草蒙拾》："柳七葬真州仙人掌，仆尝有诗云：'残月晓风仙掌路，何人为吊柳屯田'。"《渔洋山人精华录·真州杂诗》自注："今仪真西地名仙人掌。"

清吴衡照《莲子居词话》："宋茗香先生（大樽）《邗江杂咏》：'晓风残月剧堪怜，梦续扬州不计年。一种荒寒谁管领？杜司勋与柳屯田。'诗致绝佳，盖犹沿《分甘余话》称'仪征西地名仙人掌，有柳耆卿墓'之讹，其实柳墓在襄阳，非仪征也。渔洋说似与《避暑录话》较近。"

清赵翼《瓯北诗钞·仙掌路》："一丘两地各争高，只为填词绝世豪。汉上有坟人吊柳，漳南多冢客疑曹。金茎名竟移沙渚，铁板声休唱浪淘。我趁晓风残月到，纵无魂在亦萧骚。"题下自注："真州，地名。相传柳耆卿墓在焉。故王阮亭《真州诗》有'残月晓风仙掌路，何人为吊柳屯田'之句。然曾达臣《独醒杂志》：'耆卿死葬枣阳之花山，每岁清明，词人集其下为"吊柳会"，则柳墓不在真州也，或讹传耳。"

清凌廷堪《梅边吹笛谱·雨霖铃》序："真州城南访柳三变墓，询之居人，并无知者。"

以上各家，多不信润州说，有人还做过实地调查，似乎柳墓是真的了无痕迹了。可是清代学者也有人相信润州说，并且提出有力的证据。

清张云璈《四寸学》卷四："《避暑录话》：'（柳永）死，旅殡润州僧寺。'据此，《真州图经》载耆墓在仙人掌路，及《芥舟撮记》所云'群妓合金葬之郊外'之说，皆不足信。"

清焦循《易余龠录》卷九："近有《拜经楼诗话》内一条云：'查尧卿上舍谓《分甘余话》称"仪征西地名仙人掌，有柳耆卿墓"。考今仪征并无其地，不知渔洋何所据。'按仙人掌在郡城西门外十里，今地属甘泉，王渔洋时属江都，渔洋盖目验之，而误记为仪征也。"

清叶名沣《桥西杂记》："《东南纪闻》云：'耆卿死葬枣阳县之花山。'……枣阳今为襄阳府治。《湖北通志》不载枣阳有柳墓，亦无所谓花山者。……《舆地纪胜·丹阳府》卷七有'花山'，注'东山亦名花山'。元《至顺镇江志》卷七引《润州类集》：'花山在州东北。'今城东有花山寺可证，是润州确有地名花山者，当即柳墓所在。……枣阳则丹阳之误耳。"

以上各家，多从《避暑录话》的说法，主张在润州。明万历《镇江府志》卷三六有《柳永墓志铭》（以下简称《墓志》），此系唐圭璋先生的发现，承赐示，转录于下：

> 永字耆卿，始名三变，好为淫冶之曲。仁宗临轩放榜，特绌之。后易名永登第。文康葛胜仲《丹阳集·陈朝请墓志》云："王安礼守润，欲葬之，藁殡久无归者，朝请市高燥地，亲为处葬具，三变始就窀穸。"近岁水军统制羊滋命兵凿土，得柳墓志铭，并一玉篦。及搜访摩本，铭乃其侄所作，篆额曰"宋故郎中柳公墓志"。铭文皆磨灭，止百余字可读云："叔父讳永，博学，善属文，尤精于音律。为泗州判官，改著作郎。既至阙下，召见仁庙，宠进于庭，授西京灵台令，为太常博士。"又云："归殡不复有日矣，叔父之卒，迨二十余年云"。

从这个材料看来，柳永葬地在丹徒，可确定不移了。

柳淇是柳永的侄子，《墓志》当出于他的手笔，因为《县志》只记载着他这一个侄子，而且柳淇还是当时著名的书法家（已见前）。而《嘉定镇江志》卷十五："（王安礼）直集贤院，熙宁八年，因吕惠卿言，出守润州。"按，柳淇中进士在皇祐五年（1053），下距王安礼为润州守的时期已二十二年，则柳淇应早已成名了。可是柳涗中进士是在庆历六年（1046），下距王安礼为守时已二十九年，在这二十九年中间，柳涗应该曾由京口至汴京，再至陕西，为陕西司理参军。直到柳永的卒年以前，他已经到西北上任去了；再者，柳涗是郑獬所推荐的官吏（已见前引《京口耆旧传》），而王安礼是因吕惠卿言才出知润州的；《宋史》卷三二一称郑獬因反对新法，"为王安石所恶"，身死之后，"家贫子弱，其柩藁殡僧屋十余年"。熙宁八年（1075），正是王安石变法时期，可能因为柳涗是郑獬所推荐的人，不能回乡葬父。况且柳永的孙子柳彦辅在徽宗朝已经没落为日者，那么，王安礼"求其后不得"以及《墓志》上所说柳永死后二十余年才安葬的话便不足怪了。

王安礼出守润州，是在熙宁八年，柳永的卒年就应该在熙宁八年以前。柳永在仁宗时期声名已大，他的卒年那也就应该在宋仁宗朝以后，到神宗熙宁八年以前（约1064年到1075年）。上距柳永中进士已将近四十年，他的儿子柳涗中进士已二十多年，下距他孙子柳彦辅之做日者也有二十多年了。柳永死的时候，年岁当然也很老了。

柳永葬地问题，清人虽多有争论，经过唐圭璋先生的发现，足以证明《避暑录话》的说法是真实的。而且由此可以推知柳永晚年曾定居京口，他一生宦游的最后归宿，也可以确定下来。

四　柳永的狭邪生活和宋人对他的评论

柳永的词，其中有很多赠妓的作品。历来相传的柳永狎妓的故事也相当多，这种故事虽然常常是不可靠的，但是为什么不加在别人身上，而单单附托于柳永呢？从这里也可以看到柳永生活的一面。

《避暑录话》："柳永，字耆卿，为举子时多游狭邪，善为歌辞。教坊乐工每得新腔，必求永为辞，始行于世，于是声传一时。"《后山诗话》：

"柳三变游东都南北二巷，作新乐府，骫骳从俗，天下咏之，遂传禁中。"足见他在中进士以前，已经游妓了，这是唐代举子进士的游妓风习的延续。

至于那些捏造的故事，或是为了贬损柳永或是为了赞扬柳永，当然就不见得可靠了。例如《艺苑雌黄》："柳三变喜作小词，薄于操行。当时有荐其才者，上曰：'得非填词柳三变乎？'曰：'然。'上曰：'且去填词！'由是不得志，日与儇子纵游倡馆酒楼间，无复检率。自称云：'奉旨填词柳三变。'"（《苕溪渔隐丛话》引）宋吴曾《能改斋漫录》也说："仁宗留意儒雅，务本向道，深斥浮艳虚华之文。初，进士柳三变好为淫冶讴歌之曲，传播四方。尝有《鹤冲天》词云：'忍把浮名，换了浅斟低唱。'及临轩放榜，特落之曰：'且去浅斟低唱，何要浮名？'"（《方舆胜览》略同）

骂柳永骂得最厉害的，莫过于宋本来子邵若愚《道德真经直解》陈元卿《纪末》："本来子曰：'向有客言：昔王雱注《道德经》，少年而死。父追雱魂，见荷铁枷云："我不合注《道德经》，故受此苦。"如是论之，书必难行。'（邓）光曰：'详雱所注，虽不中道，粗不失德，设使人从其德，亦可补于世焉。譬如柳七作《乐章集》，观游词废句，不过情境，使人迷情逐境，殢酒色为奇，障闭本心，埋没道德。至闺门听之，动其情，发乎事，钻穴相窥，逾墙相从，污失义方，何异携人于沟壑？任屯田之职，作优伶之事，为儒不能驾先圣之道，遗淫词于世，以翳愚俗之目。此反先圣之道也，且两者罪孰重焉？诳说之徒，谤业自招，而其说难坏，又何畏其嘲谑也？'"（转引孙人和先生《唐宋词选》）

相传宋代的女词人李易安也曾说："柳屯田永者，变旧声作新声，出《乐章集》，大得声称于世。虽协音律，而词语尘下。"此外，晏殊、苏轼也都曾诋诉柳词，主要是嫌柳词不"雅"。而《苕溪渔隐丛话》的说法也常常是托名捏造的。这可以从他所托名的作家的作品中得到反证，例如李易安词的名句"被翻江浪"就是移用柳词的。此外如宋人笔记说晏殊、苏轼都曾讥诋过柳词，可是在晏苏的词集中有些作品就和柳词的风格很接近。这些故事，多不足据，大概和当时那有一班人提倡所谓的"雅词"有关，很难令人置信。

与此相反，更可以由这种激烈的评论推测出柳词风行天下的情况。

《避暑录话》已然记载了："余仕丹徒，尝见一西夏归朝官云：'凡有井水处，即能歌柳词。'"《高丽史·乐志》里就收录了好几首柳词，都不曾提作者姓名，甚至有《乐章集》以外的佚词，足见柳词传播之远（此赵斐云先生说）。正由于到处歌柳词，甚至君臣问答也有引柳词作为戏言的，例如宋朱彧《萍洲可谈》载仁宗问群臣七夕有没有假，有人便引用柳永《二郎神》词"须知此景，古今无价"来回答（以"价"字和"假"字谐音）。宋僧人的偈语也常有借用柳词的，如《五灯会元》卷十六：云门宗"邢州开元法明上座依报未久，深得法忍。后归里，事落魄，多嗜酒呼庐，每大醉，唱柳词数阕，日以为常，乡民侮之。召斋则拒，召饮则从，如是者十余年，咸指曰'醉和尚'。一日谓寺众曰：'吾明且当行，汝等无他往。'众窃笑之。翌晨，摄衣就座，大呼曰：'吾去矣！听吾一偈。'众闻，奔视，师乃曰：'平生醉里颠蹶，醉里却有分别。今宵酒醒何处？杨柳岸晓风残月。'言讫寂然，撼之，已委蜕矣。"

柳词传播广远，最得到一般市民的赞扬，因此，柳永狎妓的故事也就在一些小说、笔记、戏曲里面产生出来。当然，这不见得都是事实。

在《乐章集》里确有许多赠妓之作，而且有些词还写着妓女的名字。例如心娘、佳娘、虫娘、酥娘等都见《乐章集》中卷的《木兰花》；秀香见《乐章集》上卷的《昼夜乐》；英英见《乐章集》上卷的《柳腰轻》。此外，没有提到妓名的这一类作品，还很多。其实，欧阳修、晏殊、苏轼、秦观也有赠妓之词，而且也有写妓名的作品，不过没有柳词那么多赠妓之作而已。

因此，宋元以来的小说，就有好多柳永狎妓的故事了。这些故事，都把柳永说成"仙风道骨""风流首领"。

宋罗晔《醉翁谈录》丙集卷二《花衢实录》记载了许多柳永故事。例如说他："居近武夷洞天，故其为人有仙风道骨，倜傥不羁，傲睨王侯，意尚豪放。花前月下，随意遣词，移宫换羽，词名由是盛传天下不朽。惟是且世显荣贵，官至屯田员外郎。柳自是厌薄官情，遁于武夷九曲之东。至今柳陌花衢，歌姬舞女，凡吟咏讴唱，莫不以柳七官人为美谈。"《古今小说·柳七官》也说他是"风流首领"，"逍遥自在，变为仙人"。柳永临死的时候还说："适蒙上帝见召，我将去矣！各家姊妹可寄一信，不能候之相见也。"而且以"上风流冢""吊柳七"作为结束。这些故事是不足凭信的，如果和以上三章所述的事实来对照，就可以知道了。宋元南戏有《栾城驿》，《南词叙录》著录，现存残曲三支，是演柳永的故事。《录鬼簿》有《周月仙风波明月渡，柳耆卿诗酒玩江楼》杂剧（或曰戴善甫或曰杨暹作，见赵景深辑《元杂剧钩沉》），《盛世新声》《词林摘艳》《雍熙乐府》都收有《商调·集贤宾》套数，所演的故事，即《清平山堂话本》中的《柳耆卿诗酒玩江楼记》。

这"佳话"都是后人编制的。元代杂剧中关汉卿的《钱大尹智宠谢天香》，仍然属于这一类。

小说中，还述说了柳永和群妓狎游的故事。《醉翁谈录》有《耆卿讥张生恋妓》《三妓挟歧（耆）卿作词》《柳耆卿以词答妓名朱玉》等；《古今小说》也述说了他和陈师师、赵香香、徐冬冬相恋的故事。（《醉翁谈录》卷三有张师师、刘香香、钱安安事。）

这些只能说明由于柳永填词赠妓，因而产生了这许多故事，使柳永成为这样的人物，但我们不能认为这就是他的游妓的经历。

《古今小说·吊柳七》虽然曾说柳永"原是建宁府崇安县人氏，因随父亲作宦，流落东京"。可是后来的读者只知道他游妓，而柳永一家原是北宋时代的"名宦"，以及他在东南一带做官等事实，一般人反而不知道了。

至如宋人也有为柳永辩护的，最突出的是宋徐度的《却扫编》里的一段："刘季高侍郎，宣和间，尝饭于相国寺之智海院，因谈歌词，力诋柳氏，旁若无人者。有老宦者闻之，默然而起，徐取纸笔，跪于季高之前，请曰：'子以柳词为不佳者，盍自为一篇示我乎？'刘默然无以应。"这种反对诋诃柳词的言论也常是用说故事的方式来表达的。至如明钱希言《桐薪》说的"柳永死日，戒家人取琴瑟、笙箫、琵琶、箜篌，纳棺中殉葬"也是为了突出柳永和"新声"的关系才这样传述的，不见得是事实。

《县志》卷七也记载了一些人对柳永的赞颂："王元泽歌之曰：'太平风月可怜神，四十年来识主人。赖有乐章传乐府，落落骊珠照古今。'刘屏山尝有歌云：'屯田词，考工诗（按，"考工"指翁挺。翁氏、柳氏都是宋代崇安五夫里的名族，翁挺工于诗，《县志》卷七有传，诗见《宋诗纪事》卷四十和《宋诗纪事补遗》卷三六），白水之白钟此奇，钩章棘句凌万象，逸兴高情俱一时。'其为名贤称赏如此。同郡欧阳凯赞其画像曰：'锦为耆卿之肠，花为耆卿之骨；名章隽语，笙簧间发；盖倡优狭邪之鼓吹，入团扇花间之壸域也。'"这些评论，是修纂县志的人们为了抬高柳永的声名才采录的。

比较持平之论，能以北宋社会背景来评价柳词的，有清宋翔凤的《乐府余论》，现在就借用他的话作为本章的结束语：

> 慢词当始耆卿，盖起宋仁宗朝。中原息兵，汴京繁庶，歌台舞席，竞赌新声。耆卿失意无俚，流连坊曲，遂尽收俚俗语言编入词中，以便伎人传习，一时动听，散播四方。东坡、少游辈继起，慢词遂盛。

结　语

柳永遗事，我所知道的，仅仅有以上所论述的这一些。写完以后，我还又查到有关柳永的材料，足见本文尚未完备，希望得到专家的指正。

本文所述，只是把柳永的家世、官历、行迹、葬地、卒年、狎游等方面，略加考辨，其目的是进一步来理解柳永的作品。现在试将本文和柳词的关系大略提一提，作为结语，借此申明本文写作的目的。

许多文学史和评价柳词的文章，常常只谈柳词中狎妓的作品，如果不读全部《乐章集》，不结合柳永的生平时代来进行研究，确实很容易误认为柳词就只是这一类作品，甚而有人根据这个认识把柳词说成是"俗文学""市民文学"，等等。小说故事以及一些靠不住的资料，也因此被人信为事实，成为这种说法的另一部分根据，可是柳永的一生的生活道路和全部作品特点反而被许多人忽略了。这样的评价作品的方式是不妥当的、不全面的，和鲁迅先生所教导我们的原则（已见本文"前言"）也是大相乖谬的。因此，我们可以说，研究作品，虽不能以作家的身世遭遇等的考订来代替作品分析，可是"至少要知道作者的环境，经历和著作"，才能进一步理解作品。所以在今天研究作家的生平时代并不能停留在这些考订上面，而考订的范畴也要比以前要有进一步的发展。

以柳永而论，我们知道他出身名宦之家，而且他是进士，一生宦游南北，行迹直到海滨，因此他的词里有不少写都市繁华、节序风光的作品；他的赠妓之作和他的全部生活也有密切关系；尤其是《乐章集》里有很多羁旅行役的词，这也应该结合柳永的生活中官历和浪游以及游妓等方面来探讨。宋陈振孙《直斋书录解题》曾提到柳词"承平气象，形容尽致，尤工于羁旅行役"，足见南宋人早就知道柳词的许多特点了。我们今天应该进一步来研究他的词的成就及其在文学史上的地位。

柳词的遣词用事，也不完全是用当时俗语来进行写作的，他的词不但常用唐诗，而且有的作品就完全是隐括唐诗，至于《昭明文选》和经史诸书，更常常被他驱使运用。其实这都是宋代进士文人所熟悉的书籍，他的生活，如果不考辨清楚，这种情况也是不好说明的。

柳词评价的问题，以后拟另文论述，这里就不详及了。

参考书目

宋元四明六志　清咸丰甲寅烟屿楼刻本	易余籥录　清刻本
乾道四明图经　清咸丰甲寅烟屿楼刻本	桥西杂记　清刻本
宝庆四明志　清咸丰甲寅烟屿楼刻本	却扫编　学津讨源本
大德昌国州图志　清咸丰甲寅烟屿楼刻本	豫章先生遗文　影宋抄本
镇江府志　明万历刻本	苕溪渔隐丛话　海山仙馆丛书本
崇安县志　清康熙刻本	唐宋词选　铅印本
崇安县志　清雍正刻本	道藏　影正统本
福建通志　清道光刻本	高丽史　铅印本
宋元镇江志　清道光刻本	萍洲可谈　守山阁丛书本
建宁府志　清刻本	五灯会元　影宋刻本
嘉庆一统志　四部丛刊二编影印清抄本	醉翁谈录　日本珂罗版印本
五代史　清武英殿本	元曲选　影印明刻本
宋史　清武英殿本	录鬼簿　影天一阁抄本
南唐书合刻　适园丛书本	盛世新声　影印明刻本

京口耆旧传　粤雅堂丛书本

皇宋书录　知不足斋丛书本

渔洋山人精华录　清刻本

避暑录话　涵芬楼印本

乐章集　疆村丛书本

古今小说　文学古籍刊行社印本

清平山堂话本　文学古籍刊行社印本

鹤林玉露　明刻本

钱塘遗事　说郛本

独醒杂志　知不足斋丛书本

方舆胜览　元刻本

岁时广记　十万卷楼丛书本

古今图书集成　中华印本

花草蒙拾　清刻本

莲子居词话　词话丛编本

瓯北诗钞　清刻本

梅边吹笛谱　粤雅堂丛书本

四寸学　燕京大学印本

词林摘艳　明刻本

雍熙乐府　四部丛刊影印明刻本

元人杂剧钩沉　铅印本

柳三变事迹考略　史学集刊第二期

宋诗纪事　清刻本

宋诗纪事补遗　清刻本

词综　清刻本

闽词钞　清刻本

词林纪事　清刻本

历代诗余　清刻本

桐薪　抄本

后山诗话　清刻本

乐府余论　词话丛编本

而已集　鲁迅全集本

陨溪集　湖北先正遗书本

南词叙录　曲苑本

宋元戏文辑佚　上海古典文学出版社印本

苏轼及其词[*]

苏轼以前词坛发展概述

东坡所处的时代是北宋中叶。在他之前，新兴的文学体裁——抒情诗的一种——词，早已成熟。唐代由于都市繁荣，有些民歌以及外国乐歌传到大都市，尤其是唐末的西蜀（四川），歌楼酒馆有不少很流行的歌曲，成为士大夫的享乐工具，大多数是男女恋情的艳丽歌词，不少是形式主义、唯美主义的作品。后来有人搜集，编成《花间集》，即《花间集》的序文中所说的"绮筵公子，绣幌佳人"之作，顾名思义，"花"是女人，是达官贵人喝酒时让歌妓所唱的歌。唐朝后期政治走下坡路，当时文人在政治生活上非常苦闷，他们以书写女人的爱情上的苦闷与哀愁作为间接抒情的寄托。在语言上，形成七拼八凑的秾丽的图案画（把若干词堆在一起），又不明白地讲出来，所以当时的词形成婉约风格。"婉"是哀愁婉转，"约"是含蓄，多暗示性的语言。这种词是士大夫经常写的词，词原来是民间的东西，到文人手里，一部分变化了，出现《花间词》，并形成"花间派"。

到宋代，似乎填词的人都要如此，花间派成为文人词的正统流派。宋初偶尔有些作家在个别篇章中突破这种风格。范仲淹写过边塞风光的词，跳出男欢女爱的圈子。柳永在苏轼之前把短小的词变为长调，写了慢词。

[*] 本文系天津和平区语言文学业余讲习班讲义，略有删节。

柳在政治上不得意，寄情于妓女身上，柳词是对市民词的加工与发展。由于柳永接近社会底层的妓女，对他们的处境与生活表示同情，因此其词的领域有所扩大。他的《乐章集》主要写恋情，也写了行旅，开拓了词的部分领域，但主流还是男女爱情。柳永词当时很风行，有人从西夏回来，说，"凡有井水处，即能歌柳词"。朝鲜的《高丽志》中收集了许多乐章，无作者姓名，实际有些就是柳永的词。从上述这些情况可以看出柳永的词不仅风行于国内，而且流传到国外。

苏轼是以反对柳永的身份出现于文坛的。柳永在词的发展上有贡献也有缺点。苏轼也并不完全反对柳永，他认为柳的《八声甘州》很好，"对潇潇暮雨洒江天，一番洗清秋。渐霜风凄紧，关河冷落，残照当楼。"苏轼说这几句词所达的高度比唐人诗句无逊色，肯定了柳永。他反对柳永的词只写妓院生活、男女恋情，他认为词可以抒情、写景、议论、说理，诗可以写的内容，便都可入词，开拓了词的领域。苏东坡是诗人，是词人，是散文家，也是书法家，又是画家。他在艺术上的最高成就却表现在词的创作上面。苏轼之前词的流派是儿女情长，离情别绪较普遍，唯美东西占相当分量。在这种情况下，苏轼改革词的写法，树立新词风，是以前所无。我们讲文学史，应讲出某个作家比前人开创了什么新东西，这一点很重要。东坡也不例外。

苏东坡的生平与思想

苏轼（1037—1101），字子瞻，号东坡，四川眉山人。父亲苏洵，弟弟苏辙，在散文方面都有一定成就，与苏轼合称"三苏"。

1037 年，北宋中叶，当时开国后有一段由范仲淹主导的政治改革，叫"庆历新政"，后来失败了，北宋王朝越来越贫弱。当时在文学上是诗文革新运动，已经成功，大家都反对"西昆体"。（"西"是指西北一带，"昆"是指昆仑山。当时在皇家图书馆工作的大臣把秘阁看为神话传说中昆仑山的藏书之处。他们整天无事可做就写诗，但又没有反映日常生活，只是文字游戏，所写的诗毫无意味，他们把这些作品搜集在一起，题作《西昆酬唱集》，把这类官场上流行的诗体叫"西昆体"。他们自称李义山派，实质是自己无创作而拿别人的诗来拼凑。这样西昆体在大地主大官僚中形成了一种很坏的文风。）欧阳修主持开展了诗文改革运动，在诗词方面反对西昆体，在散文方面反对西昆骈文，主张词要写得平易近人，人人都懂。

苏轼出生在四川眉山一个破落读书人的家庭。父亲苏洵是散文家也是政论文家，擅长用历史人物或历史事件来表达自己的政治见解，如《六国论》《权书》《衡论》，对苏轼写《念奴娇·赤壁怀古》的写法有启发有影响。母亲姓程，在苏轼幼年时候曾以后汉时党争中的一些反对腐朽政治的有气节的人物如范滂来教育他，对苏轼后来在政治斗争中的不屈精神有影响。

苏轼二十二岁考取进士，开始走上仕途。少年时已显露其艺术才能，起试，他写了《行赏忠厚之至论》，文中有个典故，说古时候处决一个罪犯，法官皋陶三次都说"杀了"，而舜三次都说"赦了"。到去拜考官时，欧阳修问他这一典故出于何书，苏轼说，这是他"想当然耳"，捏造的典故。意思是说掌握法律的人应严格，而皇帝应宽宏一些。他的政治见解是儒家思想，实质上是一种改良主义。他认为改革政治主要是在于任人，而不是改革法度问题。他已倾向于维护大地主和贵族豪门的利益的保守派。

三十一岁时其父死去，他送葬回四川。三十四岁时，回到当时京城汴梁（开封）。第二年王安石变法，打击了豪门地主，损害了大贵族的利益。苏轼支持旧党，反对王安石变法，成为保守派的尾巴，这与他的出身和阶级利益是有密切关系。他曾劝皇帝"结人心，厚风俗，存纪纲"，实际是要维护贵族地主的经济利益与政治特权。他在京城住不下去了，请求外调，曾任杭州通判，密州、湖州、徐州刺史等职。他看到新法的流弊，因此在任地方官时，他对人民实行了一些好的政治措施。对人民的同情与守旧观点，爱国家与政治上的保守、改良主义路线是矛盾的、纠结在一起的。

熙宁九年（1076），王安石罢相，新法已无积极意义，变为统治者内部你争我夺的工具。苏轼写诗讽刺这种现象，后被乌台（监察机构）逮捕并受到搜查。他在政治上受迫害后被贬为黄州团练副史，这时期的作品最多，成就也最大。苏轼在地方上接触了人民，也有些开明的政治措施和改革政治的要求，但保守的观点，看不到政治腐朽的本质，限制了他的文艺成就。

　　四十五岁至四十九岁，他在黄州住了四年，诗文中尽力避免议论当时朝政，生活态度旷达，佛道思想成为主要部分，锐气大减。

　　元祐元年（1086），苏轼五十一岁，旧党上台，司马光把新法一律废除。苏轼过去因反对新法被排斥在外，现在被调回汴梁拜翰林学士。他对新法虽然没有完全消失敌意，但对新法中的某些措施却加以维持，司马光破坏新法，他又做了反对派。当时孙升要他"以安石为戒"，可见旧党把他看作是第二个王安石。他在京城待不下去了，又请求外调，先后任杭州、颍州、扬州、定州等地太守。

　　1093年，哲宗亲政，再度起用新党，认为苏轼反对新法最厉害。因之，他的政治生涯更为艰险，一贬再贬，直至琼州（今海南岛）。直到1100年徽宗即位时，才被召回常州，次年就死去了。

　　他的一生是在新旧党的激烈政治斗争中度过的。他在政治上是中庸路线，也有一部分儒家仁政思想，也有中小地主开明清官的政治观点。他的思想、世界观很复杂，政治上占主导地位的进取心是儒家思想；当生活受到挫折后，就去找麻醉剂，相信道教、佛教，把一切都看成无高无低虚无的东西，用这些来解脱痛苦。他所提倡的蜀学就是儒、佛、道三位一体的。他也讲究养生，轻视功名。他羡慕屈原又赞成诸葛亮，也有纵横之气。他的思想是复杂的，进步性和保守性纠结一起，在不同时期，互为消长，却成为一个统一体。

苏词选讲

江城子
乙卯正月二十日夜记梦

　　十年生死两茫茫，不思量，自难忘。千里孤坟，无处话凄凉。纵使相逢应不识，尘满面，鬓如霜。　　夜来幽梦忽还乡。小轩窗，正梳妆。相顾无言，惟有泪千行。料得年年肠断处：明月夜，短松冈。

　　苏轼词旷达。这首《江城子》与《临江仙·送王缄》，同是苏轼词中伤心之作。两首词均极朴实，直抒其情而特为深挚。这首词是给他爱人王弗写的悼词，王弗于英宗治平二年（1065）死于开封，当时苏轼还很年轻。这是他四十岁所作，时其妻已死去十一年。这首词写得沉痛伤心，几如失声痛哭，情真意深，曲折婉转地表现了悼亡的主题。由此可看出作者对爱人的态度、对妇女的看法，绝不是玩弄女性，这也是历史上许多著名作家的共同特点。陆游所写的《沈园》诗也是如此，《诗经》中的《葛生》写得都很沉痛，语言同样是朴素无华的。

"十年生死两茫茫"，十年以来，生和死双方隔绝，互相间什么也不知道。"茫茫"，不明貌。"不思量"是思量之切的意思，如果真的不思量，忽然间做梦是不可能的。这正如元马致远《汉宫秋》中的"不思量"，劝自己别想得太难过了，不要再想了，而下面就说："不思量，除是铁心肠；铁心肠也愁泪滴千行。"说明苏轼非常思量。"自难忘"是忘不了。苏轼妻子的坟墓在四川彭山县，与他当时所在地山东密州东西相距数千里，所以说"千里孤坟，无处话凄凉"，找什么地方和你谈谈你的孤独与我的十年来的漂泊失意呢？从这几句中可看出以下几层意思：一是，十年前是天天见面，长年的欢聚，如今死别不能相见；二是，今天的思念很痛苦，要尽量排开；三是，不思量却不行，这种痛苦难遣；四是，希望相见；五是，不能相见，死别十年，远隔千里，不能到孤坟共话凄凉；六是，假设见面，那只有在梦中。"纵使相逢"，是假如两人相见，按一般常情应是仔细述说十年的想念与凄凉，而作者却用了个"应不识"，很深刻。意思是如真的相见你一定不认识我了，因为我"尘满面，鬓如霜"，风尘满面，两鬓已白，面目全非。这是作者自伤奔走劳碌以致衰老，这才是真正的凄凉。十年来政治失意，调任外官，这些妻子能从变白的鬓头看出来。

"夜来幽梦忽还乡"，"幽"是深暗朦胧的意思。夜间做了梦，梦见忽然又回到家中来。"小轩窗"，仍然是当年欢聚时同居共坐的地方。"正梳妆"，爱人正在梳妆，姿势很美，这是日常生活所见，在梦中重现是自然之事，却是难得的。既然重逢，仍是当年当日，自当千言万语，说个不尽，絮絮叨叨，倾诉无已，东坡却用了一句"相顾无言"，其深痛有过于千言。下面"惟有泪千行"，是凄凉话语变为千行珠泪，一字一泪，彼此会心，不必详叙。"无言"可概"千言"，"泪千行"可补足"茫茫"，这是梦后的回忆。为何有泪？是设想，也是为人着想。因之下文写"料得年年肠断处：明月夜，短松冈"。"料"是推测，是并非真正会面。苏轼料想妻子在明月之夜的凄凉与孤独，短松冈正是年年（十年来，十年后）肠断处。此句回照前面"千里孤坟"句，真是回肠荡气，婉转情深。

章法：上片"十年生死两茫茫，……鬓如霜"，写做梦前与妻死后的难忘；下片"夜来幽梦忽还乡，……惟有泪千行"五句写梦中，似纪实而反映日常生活环境，是今日凄凉情意；"料得年年肠断处：明月夜，短松冈"三句写梦后。

写悼亡词必须是真情实话，所以，语言朴素白描，不加雕饰，而意味深远，使人感到缠绵悱恻。苏轼采用民歌调子，比较自然，音律合谐，叶韵字用"江""阳"韵，更加强了痛哭失声的感觉，表现苏轼对妻子永不能忘的深挚感情。

江城子
密州出猎

老夫聊发少年狂，左牵黄，右擎苍，锦帽貂裘，千骑卷平冈。为报倾城随太守，亲射虎，看孙郎。　　酒酣胸胆尚开张，鬓微霜，又何妨！持节云中，何日遣冯唐？会挽雕弓如满月，西北望，射天狼。

这是苏轼四十岁于密州所作。他在《与鲜于子骏书》中说："近却颇作小词，虽无柳七郎风味，亦自是一家。呵呵！数日前，猎于郊外，所获颇多。作得一阕，令东州壮士抵掌顿足而歌之，吹笛击鼓以为节，颇壮观也。"夏承焘先生曾引此简，定此词为东坡豪放词中的第一篇。

柳七郎即柳永（柳三变），《乐章集》多写女性之作，成为"花间"以来的"正统"流派——婉约派的代表。苏轼写壮词，风格豪放，当时罕见。东坡以抒情、写景、说理、议论、怀古、感事无不可以入词，打破词为"艳科"的范畴，不尽写闺怨。本篇是一首代表作。

"老夫聊发少年狂"，古人四十岁即称"翁"，所以本篇自称老夫，意思是我这个老人要把少年的英俊之气拿出来报效国家，现在打猎就是练武，为上战场做准备，而"聊发"自有感慨在内。因为是写"出猎"，然后就用了许多动物来衬托他的豪情壮气，"左牵黄，右擎苍"，左手牵黄狗，右臂举苍鹰。鹰和犬，都是古人打猎时用来追捕猎物的。下面不直接写老夫的面目，而写帽子、衣服。"锦帽貂裘"，锦鸡的翎毛做的帽子，黑貂皮做的袄，非常英俊。"千骑卷平冈"，"千骑"，是说古代诸侯有兵车千乘；"卷"，表现声势之大；"平冈"，平坦的山冈。意思是说千军万马跟着而来，席卷平冈。"为报倾城随太守"，"为报"是手下人报告太守；"太守"，一州的行政长官，作者自称。满城的人都随同出城去看太守打猎，由太守一人之狂豪，写出千骑、万人。"倾城"比"千骑"更壮伟。最后又回至太守本身，"亲射虎，看孙郎"，大家看太守亲自射虎，可以媲美孙郎。《三国志·孙权传》："二十三年十月，权将如吴，亲乘马射虎于庱亭。马为虎所伤。权投以双戟，虎却废。常从张世，击以戈，获之。""亲射虎"是太守实事；"看孙郎"是以孙郎做陪衬。以上七句写"出猎"之前，叙实。

下片写虚（壮志）。为是射虎，故有壮饮。

"酒酣胸胆尚开张"，酒酣，酒喝得很多，兴致正浓，胸胆正在开张，豪放开朗，正好出猎。有此豪情，"鬓微霜，又何妨！持节云中，何日遣冯唐"？这是词的句法，改成散文就是"何日遣冯唐持节云中"？《史记·张释之冯唐列传》载汉文帝时魏尚为云中太守，他爱惜士卒，优待军吏，匈奴远避，不敢靠拢云中的边塞。曾经匈奴侵入，魏尚亲率车骑阻击，所杀甚众。后因报功时文件上所载杀敌的数字与实际不符（少了六个首级），政府便把他逮捕起来判处徒刑。冯唐认为边疆有战功应当重赏，他率直地向汉文帝陈述了自己的意见。汉文帝便指派冯唐持节（带着传达命令的符节）去赦免了魏尚的罪，仍旧使他担任云中太守，并且任命冯唐为车骑都尉。云中，汉时郡名，今内蒙古自治区托克托县一带，包括山西西北一部分地区。苏轼在这里以守卫边疆的魏尚自期，希望能得到朝廷的信任。此处用典涵蕴，冯唐之遣有日，此则无期，而又切盼朝廷早日派人来召他回京，所以用"何日"。"会挽雕弓如满月"，接上句说，倘被召回，当把弓拉满，像十五的圆月那样滚圆，以见用力，而且有力。写射，而写其势，更为有力。"西北望，射天狼"，天狼，指天狼星，主侵掠，此处喻外敌（时交趾入侵）。向西北看，射掉天狼星，保卫边疆。结句点题。

上片写实际出猎的情景，出猎为将来效忠祖国做好准备；下片写保卫祖国的理想，射虎是为了射天狼。

写豪气，用犬、鹰、锦鸡、貂、马、虎、天狼七种动物衬托，五色缤纷，构成奇丽景象，给人很大感染力量。写壮志，以少年豪情与老夫鬓霜之不调和，愈显出老夫效忠国家之壮志。

水调歌头

丙辰中秋，欢饮达旦，大醉，作此篇，兼怀子由。

明月几时有？把酒问青天。不知天上宫阙，今夕是何年。我欲乘风归去，又恐琼楼玉宇，高处不胜寒。起午弄清影，何似在人间！　转朱阁，低绮户，照无眠。不应有恨，何事长向别时圆？人有悲欢离合，月有阴晴圆缺，此事古难全。但愿人长久，千里共婵娟。

这首诗是大家传颂的作品，有李太白飘逸的风格。

王安石变法不到五年，苏轼请求外调，任山东密州太守。神宗熙宁九年（1076）中秋作此词。当时他政治上不得意，奔波生活二十余年，妻已亡故，与弟苏子由也离别了六年，因此是"兼怀子由"。这首词原不是怀人之作，而与其政治遭遇有密切关系，写出政治上的挫折与今后出路，是一首哲理词。但与李后主写的"问君能有几多愁？恰似一江春水向东流"的情调风格迥然不同。苏轼的人生观不是颓废的，东坡此词比较乐观、旷达，把哲理形象化，通过感情抒发议论，并有创造。

"明月几时有？把酒问青天"，是喝酒后问青天：月亮是从什么时候有的？名作莫不工于发端（开头），其中以曹子建为最，如《七哀》："明月照高楼，流光正徘徊。"屈原《天问》，有些段问开天辟地的历史，也问人类的历史，以楚人当时所保留下来的古代传说为依据。李白的《把酒问月》："青天有月来几时？我今停杯一问之。"上溯到初唐张若虚的《春江花月夜》："江畔何人初见月？江月何年初照人？"莫不望月生怀，追问月魄，似是痴情，实怀愤慨。试看东坡此词，"发端从太白仙心脱化，顿成奇逸之笔"（郑文焯《手批东坡乐府》）。因有中秋与现实缺欠之对立，故有东坡对自然界之痴问。再则此问甚为奇突，乃由于东坡内心深处积愤已久，饱和于中，值此中秋，竟被满月引出，显得豪放、豪迈，是迸发出来的。东坡词多蕴蓄，此处仍以飘逸之笔来写。

"不知天上宫阙，今夕是何年"，今天天上的情况如何，表面是问天，实际是问当时的朝廷，表面说我从天上下来，实际是当初在京做官现在被贬，这两句是象征性的写法。从问宇宙起源而拉到今天中秋，这是幻境，时间特长，力量很大。"青天"、"天上"和"宫阙"都指北宋朝廷。上句问"几时有"是溯其源，此句问"是何年"是捉其尾，其实是一回事。"我欲乘风归去，又恐琼楼玉宇，高处不胜寒"，我想驾清风回到天宫，但思想又有顾虑。琼，原是赤玉，后作白色用；"琼楼"，白玉楼台。"玉宇"，晶白无斑痕的美玉。"琼楼玉宇"，指月中宫殿，被月光照射得非常透明，使人感到高空寒气逼人。清人刘熙载《艺概》以为"空灵蕴藉"。唐诗人韩愈诗："我能屈曲自世间，安能从汝巢神仙。"写其愤激显然可见。朱希真诗："玉楼金阙慵归去，且插梅花醉洛阳。"则失去蕴藉之风较为浅露，是一种玩世不恭的态度。黄山谷有词云："我欲穿花寻路，直入白云深处，浩气展虹霓。只恐花深里，红露湿人衣。"赵秉文词："我欲骑鲸归去，只恐神仙官府，嫌我醉时真。笑拍群仙手，几度梦中身。"以上诸句，皆套用东坡此格，唯东坡词写得含蓄，愤入于景尽去圭角，不露锋芒。东坡之圆融，乃是因他在政治斗争中经受了风险，其旷达，也是他在被迫害中自遣的表现。"起舞弄清影，何似在人间"，"弄"是玩赏，在月下跳舞，欣玩自己的清影，肯定自己还在人间（密州），而且生活得比天上幸福。上片主要写中秋特有的圆月，以及一人在月下寂寞无聊的失意，和是归去天上还是留在人间的矛盾心理。结句"何似在人间"特点明人间之温暖，做地方官亦可做一番事业而又无风险。这是他人生哲理的一部分表现。以此不得意归结到问月——不解之愁，是身世之感慨。

下片过渡为怀念子由之情。

"转朱阁，低绮户，照无眠"，月光洒遍了华美的朱漆楼阁，又低低地穿入雕花的窗棂，月影由始升，到中天，到移转，到低沉，夜已深了，而有心事的人却一直不能安睡。下面又转问月："不应有恨，何事长向别时圆？"月亮对人们不应该有什么怨恨，为什么总是在人们离别的时候圆呢？使人感到月圆而人不能团圆。这一问，仍是个谜。以下又以安慰的口吻作答："人有悲欢离合，月有阴晴圆缺，此事古难全。"人的悲欢离合与月的阴晴圆缺是对立统一的，有时月圆人离，但月也不可能总是圆的，古来月圆人合就很难得。"但愿人长久，千里共婵娟"，用月做联系，希望两人都活着，哪怕分在天涯海角，明月不必引逗人的离思却正好能使千里之隔缩短。用此来排遣愁情，解决上句人别月圆的矛盾，所以说他是乐观主义的。

这首词是苏轼的代表作之一。词的本身表现美好理想，渴求像"琼楼玉宇"那样圣洁、光辉的环境。但美好的理想不能实现，"人有悲欢离合，月有阴晴圆缺"。苏轼虽没有被悲哀压死，但在"千里共婵娟"的热切美好希望之中也涵蕴着无可奈何的苦闷心情。世事难全，是他世界观、人生观的综合表现。东坡在政治上也主张：国有兴亡，如人有生死；而人求长生，国欲长存（《墨妙亭记》），应"宽猛相资，君臣之间，可否相济"（《辩试馆职策问札子》）。这些理想，碰到的却是孤寂冷酷的现实，所以东坡表现了深沉而苦闷无可奈何。然而在他的词中，追求美好的理想是主要的，手足之情是诚挚的。

这是一首哲理词。词这一文体适宜抒情，不能容纳许多事实。说哲理，也要有情，不是东坡这样大手笔是不容易做到的。

念奴娇
赤壁怀古

大江东去，浪淘尽、千古风流人物。故垒西边，人道是、三国周郎赤壁。乱石崩云，惊涛裂岸，卷起千堆雪。江山如画，一时多少豪杰。　遥想公瑾当年，小乔初嫁了，雄姿英发。羽扇纶巾，谈笑间、强虏灰飞烟灭。故国神游，多情应笑我，早生华发。人间如梦，一尊还酹江月。

这首词是"乌台诗案"发生以后，苏轼被贬黄州的作品。他在政治上受到挫折后，心情不好，壮志消沉，即敛去锋芒、磨去圭角，人生观变得消极了，把变与不变看成一样，并有佛家思想。写这首词时苏轼已四十七岁，对入狱被搜查诗文事，感到特别愤懑，而为国家建功立业之心并未全衰。有此不幸遭遇、满怀壮志不伸的感慨，当他独立江头，见壮阔奇险、雄伟之江景，当作何想？这个思想早已埋藏心中，景物是后来才看到的。写起词来却是触景生情，所以上片写景，下片抒情。

"大江东去，浪淘尽、千古风流人物"，长江滚滚向东流去，洗刷干净了千古以来有修养的杰出人物，包括历史、人物、时光，其中有沉痛、感慨、激奋，表现出东坡的豪放。此处是江水与人物合写，他的沉痛结合奇伟的江景表现出来，其气势之盛超过了悲痛，使人觉得"滔滔莽莽，其来无端"，大笔摩天，气概过人。然后从几千年的历史中找出一个典型来写，"故垒西边，人道是、三国周郎赤壁"。黄州西边有过去打仗的营垒，根据人云亦云的意思，把这个地方作为周瑜破曹公的赤壁。实际赤壁是在湖北嘉鱼，并不在黄州。总之，此为有历史意义之地点，赤壁之战的决胜地区，风流人物集聚之所，而今日东坡独临赤壁。如若是胸襟不够开阔，鼠目寸光的人到江边，绝不敢也不可能写出这些雄奇景物，作者心胸开阔才敢这样写。试看，"乱石崩云，惊涛裂岸，卷起千堆雪"（一作"乱石穿空，惊涛拍岸"），陡峭不平的石壁分开彩云插入天空，惊人的巨浪把江岸都要分开了，浪花的顶端犹如千堆白雪一涌而出，席卷而来。作者写的乱石、峭壁之险，惊心动魄，这种激厉风发的情调、豪迈沉雄的气魄通过三句写景表达出来。这三句，江与山合写，由上往下看是"惊涛"，由下往上看是"乱石"；一高峭，一仄险；一写姿势，一写声音。"江山如画，一时多少豪杰"，"江山如画"一句比前三句内容还丰富，总上，而又生发下文。江山，真是壮美。赤壁会聚了多少豪杰啊！不仅包括三国英雄，而且包括苏轼自己在内吧？"一时"是从"千古"引出；"豪杰"是"风流人物"的一种；说"多少"，便有许多。上片写壮丽的江景和雄奇的历史事件与风流人物，主要写"赤壁"。

下片写"怀古"，也就是说今。从"多少豪杰"中又特点公瑾。唐宋诗人都把破曹兵功归于周瑜，李白的《赤壁歌送别》："二龙争战决雌雄，赤壁楼船扫地空。烈火张天照云海，周瑜于此破曹公。"从历史上讲，制定计策的是周瑜，主将也是周瑜，诸葛亮仅是参加者。作者写周郎出奇制胜，不同于一般人的写法。"遥想公瑾当年，小乔初嫁了，雄姿英发"，"遥想"，是从过去遥远的时代来想。想到三国周郎赤壁之战的情况，通常要写战争情况，而东坡却大笔一转，写到周郎结婚："小乔初嫁了。"小乔，乔玄的小女儿，很美丽。实际小乔嫁周郎在赤壁之战前十年，不是"初嫁了"，这地方写初嫁有助于写周郎的"雄姿英发"，表现周瑜有英才，又有好伴侣，正是得意的时候，破曹操就更有力量。初嫁衬托了周瑜的年轻、漂亮，有青春的活力、英气勃勃。"羽扇纶巾，谈笑间、强虏灰飞烟灭"，"羽扇纶巾"是古代儒将的装束，用来形容周瑜的从容闲雅；"纶巾"，青丝带的头巾。如说这句系指诸葛亮，这与"遥想公瑾当年"以下六句脱节。"强虏"，有人说又作"樯橹"，我认为不对。黄山谷写"强虏"（见《容斋随笔》）。那么为什么改成"樯橹"呢？可能由于元明时蒙古族的贵族入主中原，忌讳"虏"字，因而才改成"橹"。这句话的意思是说在很短的时间内就把强大的敌人烧成灰，表现周瑜有勇有谋。"故国神游，多情应笑我，早生华发"，作者神游于故国的战地，见到周瑜的潇洒风度、丰功伟绩，自己感触万端，像周瑜那样年少有为，应该笑我多情善感，老大无成，头发都花白了。但这里绝不是说周瑜与诸葛亮神游，"故国"，指赤壁；"神游"，是作者之事。此句总束上文。"人间如梦，一尊还酹江月"，把有功与无功同等看待，人生如梦，一切虚空，这是消极思想的反映。周郎等人不在了，我只能把酒倒在江中祭奠，奉敬给明月了。

这首词大气磅礴，是千古传诵的好词。苏轼游览赤壁，对着如画的江山触景生情，不仅写出祖国山河的壮美，而且塑造出英雄周瑜的形象，其中渗透着作者想有一番作为的理想。但由于在黄州政治失意，就产生人间如梦的消极想法。这首词基本情调是健康的。

此词调子不长，字数不多，却有许多字重复："江"字重复三次（大江、江山、江月）；"人"字重复三次（人物、人道是、人间），"国""生""故""如""千"都重复两次。为什么我们读后，却一时看不出重复呢？因作者用他豪放的气概笼罩起来，否则就显而易见了。

"风流人物"不仅包括所有英雄，包括周郎，也包括作者自己。其怀古是抒自己的情，写自己的理想，自己是主人，周瑜是客人，借客说主，主客变换无端，而实质是写苏轼自己。

所谓豪放，不能简单地理解为豪迈奔放，而是如苏轼所说："出新意于法度之中，寄妙理于豪放之外。"这才是豪放。也就是说在合乎艺术规律的前提下有创造性，自然而然地写出来，像行云流水，常行于所当行，止于所不得不止。艺术构思孕育时间要长，但不是故意做作，而是自在、活泼、有创造性，犹如地下泉水涌出来一样自然。这同苏轼的书法具有同样的风格，但和辛弃疾的豪放是有所不同的。

稼轩词绎[*]

摸鱼儿

淳熙己亥，自湖北漕移湖南，同官王正之置酒小山亭。为赋。

更能消几番风雨，匆匆春又归去。惜春长怕花开早，何况落红无数。春且住！见说道天涯芳草无归路。怨春不语。算只有殷勤，画檐蛛网，尽日惹飞絮。　　长门事，准拟佳期又误；蛾眉曾有人妒。千金纵买相如赋，脉脉此情谁诉。君莫舞！君不见玉环飞燕皆尘土。闲愁最苦。休去倚危栏，斜阳正在，烟柳断肠处。

此词写于孝宗淳熙六年（1179），稼轩年四十岁，时由湖北转运副使调任湖南转运副使。《九议》不行，又被命至湖南平赖文政，故忧怀苦闷甚重。通篇用暗喻，似婉约而至为激愤也。

四卷本①列此词于甲集卷首，岂以之为压卷之作耶？此本为淳熙戊申（1188）稼轩门人所编，凡晚岁帅浙东守京口之作均未收入，以时推之，稼轩或当寓目。且《鹤林玉露》以小说家言传述寿皇②故事，足见当时已

---

* 作于 1961 年 7 月，据手稿整理。原稿天头、地脚多有补充，兹置之正文相应位置，用楷体加括号以区分；标点为整理者所加；又为便于阅读，对文中部分人物、作品和相关掌故加了脚注。

① 流传至今的辛词版本有两个系统，一为四卷本《稼轩词》，为辛弃疾生前所刊；一为十二卷本《稼轩长短句》，成书于其去世之后。

② 寿皇即宋孝宗。（宋）罗大经《鹤林玉露》卷四论及辛弃疾《晚春》词（即此《摸鱼儿》），谓"词意殊怨"，"愚闻寿皇见此词，颇不悦"。

传诵甚广。

然此词潜气内转，是稼轩别调，非其本色之作。罗大经所述之事虽不经，而"词意殊怨"一语实得其旨。邓广铭仅考题中时日，而不及本词，乃以稼轩于淳熙己亥（1179）之前迁转之由非遭弹劾，亦非真知稼轩心事者。[①]

试绎其词，便得端绪。

此《摸鱼儿》乃一篇宋人小《离骚》也。屈子以楚怀王之愧恶，介于秦齐争霸之间，忧国与民，而其道不行，便以一"怨"字出之，又不得直抒胸臆，故托之美人香草，古所谓"言之者无罪"，实即指斥当时弊政耳。此本词所以上承屈赋者也。

《离骚》一赋，怨悱不乱，古人所称。稼轩则非"怨而不怒"者，每每怒目，情见乎词，观其赋忠愤，叹李将军，以曹刘匹时事，未尝不慷慨言之。独此词与《鹧鸪天》（枕簟溪堂冷欲秋）等篇，怨情为多，遂下开南宋《白石》《花外》，至此则怨意殊深而怒气竟尽矣！

此词上片之"怨春不语"，下片之"闲愁最苦"，是立柱顶梁句子。上写春归，下抒闲愁也。至其取材，则上片取香草，而下片取美人，亦古诗遗意，便于抒写此种不好直说之怨情。有此借托，词意内敛，怨君深，故沉，不明说，故郁耳，终乃以婉转写出。

开端写春归，便见回肠荡气。"更能消几番风雨"，是风风雨雨，十场八场，几经摧落以后语。千回万转，倒折出来，惜春之情始深，怨春之意乃重。若直接写，便浅。此种打叠法，杜诗"一片花飞减却春，风飘万点正愁人"两句两层，而辛老子却一句便有三层，倒载而入，力量更大。

从虚字看，"又"字一层，"何况"一层，"且"字一层，均为"惜"字张目。连用四个"春"字，又以实见虚。

"更能消"者，尚未真个春归，"更"与"又"呼应，"长怕"又推进一层到"何况"。是从春将归去说起，而匆匆春又归去，似实写，却又是虚笔。（"又"者，是去岁前春之实写，以此推论今年也。）欲其深，便又掉转过笔来写春初，即便花尚未开，心愿其开，却怕春归早，竟作迟开之

---

① 邓广铭（1907—1998），著有《稼轩词编年笺注》《辛稼轩先生年谱》等。

臆想，但而今竟已落红无数矣，如此情深，故云"何况"。

"春且住"，喝其暂留，清真《六丑》所谓"愿春暂留，春归如过翼"者是也。"芳草""天涯"，告春无归路也。一句落红，一句芳草，均实写，而时节先后自见。

惜春、留春，皆不得，至此则"怨春"矣！"不语"者，说亦无用。

前片惜春之意，多借落红芳草言之矣，如以《离骚》之比兴法推之，红花、芳草均指君子正直之士，而"蛛网""飞絮"则指谗佞小人也。此清常州派之词论，此词却或当如此解。（盛弢青①以辛自比蜘蛛，不得挽回春光，仍在结网。）然此词系从送别说起，时值残春而有流光电逝之感。稼轩南归后，时时发此感喟，由《水龙吟》（楚天千里清秋）一词可见。

下片一队美人，《长门赋》失意之陈皇后，大得幸之玉环、飞燕，一例均已尘化，而特哀前者，愤慨后者，岂稼轩频频迁转两湖，终不得实现壮志而托此发之？（下片借长门自抒遭遇，以玉环飞燕喻奸臣小人得志。言曾一度见信于帝，以妒又废，故激骂飞燕等，借古喻今。）邓广铭以为此前更调非遭人弹劾，然究属为何移官，史无明文，词已言及，孰谓史录无阙失耶？邓论未免太滞于史料。

试从此词观之，佳期又误，故惜春；蛾眉人妒，故怨春。"不语"与"谁诉"，一而二也。而"闲愁"者，迨南归移官之感也，是全篇之基础。末以一日之夕阳在望以托言国事岌岌，又与前片春归相衬映。说"休去"，又用"正在"来说"休去"理由，有力传达曲折情感。

人每以稼轩之豪放为粗豪，观此词则回肠荡气，其婉约情深处亦不减周、秦，然而基调仍是豪放也。

南乡子

登京口北固亭有怀

何处望神州？满眼风光北固楼。千古兴亡多少事？悠悠，不尽长江滚滚流。　年少万兜鍪，坐断东南战未休。天下英雄谁敌手？曹刘。生子当如孙仲谋。

---

① 盛弢青（1917—2006），有与夏承焘合作选注之《唐宋诗选》。

此稼轩晚岁（六十三岁）镇京口所作词。北望中原，仰望孙权，俯视大江，感慨兴亡昔事，更骂及刘景升辈，实指孝宗一行人也。

上片登楼怀古。风光也，兴亡也，皆满目所见，大有新亭"风景不殊，举目有山河之异"之慨。开篇一问，似点明北固楼头，却又非是，故用问句以突出"望神州"三字，暗用"北顾"。"风光"者，景色也，言神州不见，只见江流满目耳。然此滚滚长江，又隐去多少兴亡故事，悠悠远逝，而长江仍不尽也。"悠悠"上关兴亡，下联江水。

下片专从千古兴亡之往事落笔，以孙权为英雄之典范，从一兴一亡、一战一降着眼，而突出其勇战以兴一面，极力形容，隐去刘景升，实则骂其为豚犬。①

"年少"句，写孙权之英武，切己身之已老。"坐断"句写其踞京口之险要，勇战直前，是"兴"。"天下"二句概括《三国志》曹公之语②，（曹公本只谓刘先主与己为天下英雄，却未言及孙权，实则争雄长者此三家也。）曹刘却成陪客，仍写"兴"。末句仍借曹公原句以发感慨，试问今日之刘景升又为谁耶？此借讽时事，含意不露之笔，韵味乃深，感慨遂重。

四句概括一部吴书，末句是史评。三问三答，以起文势，以抒其感触。一问点神州；二问点兴亡，神州在内；三问点英雄，自己在内，却写出对年少孙郎之壮业的向往，对现在南宋偏安乞和之愤慨，以末一句包之。

鹧鸪天

有客慨然谈功名，因追念少年时事，戏作。

壮岁旌旗拥万夫，锦襜突骑渡江初；燕兵夜娖银胡䩦，汉箭朝飞金仆姑。　　追往事，叹今吾：春风不染白髭须；却将万字平戎策，换得东家种树书。

---

① 《三国志·吴书·吴主传》裴松之注引《吴历》："公见舟船、器仗、军伍整肃，喟然叹曰：'生子当如孙仲谋，刘景升儿子若豚犬耳。'"按，公即曹操，刘表（景升）子名琮。

② 《三国志·蜀书·先主传》载曹操对刘备说："今天下英雄，唯使君与操耳。本初之徒，不足数也。"袁绍字本初。

此居瓢泉时作。"壮岁"四句皆"追念少年时事"也。一句言岁是壮年，军容是万夫，其后旌旗招展，足见其壮，指耿京义军也。"锦襜"，单写自家装束锦衣；"突骑"，快马，言南归破阵事也（廿三岁）。此十四字写尽山东游战、江南归宋，所谓"平生塞北江南"也。均以战字写之。"燕兵"句，一言敌人之整饬军兵，一言我方之箭飞破敌。稼轩词例，上句写敌人之勇，下句必以己方压倒之，此顾老①之绪论也。以此词观之，洵如是也。以句数论之，亦三句汉，一句胡，不言败，而胡人自败矣。

下片"追往事"，总上片事。"叹今吾"，开下三句也。章法清晰之甚。今吾与昔我相较，何其相远如是哉！壮岁、暮年，一不同也。年事已过，"春风不染"，言无法复我青春也。再进一步谈，当年身经百战，奔驰南北，今日则闲居（平戎之策不行），二不同也。即使年老不得上阵，倘平戎策可行，亦可意之事，即此又不得行，三可伤也。妙在末二句，将一肚皮愤慨归之于嬉笑，却悲之甚矣。

以垂暮衰年，怀壮岁盛举，既激奋又感慨，时不我与，霜发知之，壮志未酬，愤懑不已。

破阵子
为陈同甫赋壮词以寄之

醉里挑灯看剑，梦回吹角连营。八百里分麾下炙，五十弦翻塞外声，沙场秋点兵！　　马作的卢飞快，弓如霹雳弦惊。了却君王天下事，赢得生前身后名。可怜白发生！

辛不独以北伐自任，亦寄望于知交同志，（陈）亮最契合。隆兴初，亮上《中兴论》劝孝宗复仇，后被诬入狱，辛救之。带湖新居成，亮书曰："每念临安相聚之适，……又闻往往寄词与钱仲耕（佃），岂不能以一纸见分乎？"此词当是接此信后所作，积久闷怀，为挚友来信激发出来。

此即题中所谓"壮词"也。说此词当以"壮"字为释始得。醉里梦

---

① 顾随。

里，均是军事。言看剑，须醉中看（龙①云：只能在醉中，孤老可见。苏诗"醉里狂言醒可怕"，只亮能解）、灯下看，方见豪情。梦回闻得连营画角，未写何梦，则其看剑之后，当然是梦中上沙场交锋，可以推知；亦备战也，不过是精神方面者而已，及醒来正好上阵也。以下再实写战前准备："八百里"句言旌麾之下分食牛肉；②（有酒始豪，食肉方壮。胡云翼③以八百里为驻军范围，非是）"五十弦"句言战地上军乐齐鸣，促其上阵也。"沙场秋点兵"，特点明"秋"字，是马肥时节，正好用兵。

有此充分准备，马始飞，箭始放。一如的卢之跃檀溪，一似霹雳之闪电雷鸣，皆极言其速也。此又进一步实写战事。

然后总括两句，一是国事，一是自家责任。"天下"指河山地域。"生前身后"，是表明（完成壮业）对功业（获得美名）之热望。

（苦水师云：或喜其豪放，又有人嫌他直率，自开篇一路大刀阔斧，直到"赢得"一句止，以前词家几见有此？不得不谓之"率"矣。前九句，如海上蜃楼突起，前者为城郭、为楼台、为塔寺、为庐屋，末句如大风陡起，巨浪掀天，向之所见，尽为幻灭，何等腕力，谓之"率"不可也。）

依谱式应在"沙场"句分片。依文意九句为一意，末句另为一意。前九句写军容之盛和意气之豪，写建功立业之雄心和希望，皆虚拟之辞。末句却是现实情况，完全否定了前九句。前九句写得酣畅淋漓，正为加重末五字失望之情。辛词纵横奇变，在小令中，此首尤为创见。此由于壮志落空，心头百感喷薄而出，自然打破形式常规。

夏老④云：此词以浪漫笔调写一位意气昂扬、大功告成的将军形象，抒发了自己的爱国抱负；一结转折到在昏庸统治的压抑下，恢复祖国河山的壮志无从实现的悲愤。

---

① 龙榆生（1902—1966），著有《唐宋名家词选》等。
② 《世说新语·汰侈》："王君夫（恺）有牛名八百里驳，常莹其蹄角。王武子（济）语君夫：'我射不如卿，今指赌卿牛，以千万对之。'君夫既恃手快，且谓骏物无有杀理，便相然可。令武子先射。武子一起便破的，却据胡床，叱左右速探牛心来。须臾炙至，一脔便去。"
③ 胡云翼（1906—1965），著有《辛弃疾词》等。
④ 夏承焘。

夏老所云虽是，仅说得辛词之粗处，其豪情往往使结构奇突，而辛老子心细如发处尚未谈及也。试以此词说之。一笔三折，"看剑"句已如前说，且次句乃倒对法，以连述之"看剑"对"梦回"，一在句之尾，一在句之首；"挑灯"正对"吹角"；"醉里"又倒对"连营"。（一写见，一写闻。）"八百"二句文义、词性均对称，平仄却一顺下来。上片以沙场点兵为结，实写了两层：一是战前之准备，上阵前破晓之准备。由一人写出连营兵士之壮豪，写一人即写出全军也。上片由虚入实，全为下片蓄势，正如挽弓如满月，跃然未发也。

下片，马飞弓响，力量全从上片生出。"了却"二句是述志，是实写战场。故此词实分四层，写为九句。"沙场"句处分片亦有其道理，非随意改动格式也。末句一语踢翻前九句，凡实皆虚矣。

曹孟德曰："老骥伏枥，志在千里；烈士暮年，壮心不已。"真乃慷慨悲歌，其无奈已是老骥暮年何。（结句苍凉，只能向知交痛哭。）

永遇乐
京口北固亭怀古

千古江山，英雄无觅孙仲谋处。舞榭歌台，风流总被雨打风吹去。斜阳草树，寻常巷陌，人道寄奴曾住。想当年金戈铁马，气吞万里如虎。　　元嘉草草，封狼居胥，赢得仓皇北顾。四十三年，望中犹记烽火扬州路。可堪回首，佛狸祠下，一片神鸦社鼓。凭谁问：廉颇老矣！尚能饭否？

辛老子六十六矣，始得镇京口，虎老雄心在，于此词见之。讲此词当先明二事，一是生平时事，一是典故意义。

稼轩于乾道乙酉（1165）进《美芹十论》，曾主由山东进攻河北："不得山东则河北不可取，不得河北则中原不可复。"南朝刘宋武帝刘裕，小字寄奴，曾北伐，灭山东之南燕，后灭陕西之后秦。故连类及之。

赵宋屡有北伐之举，其事不终，一如南朝宋文帝元嘉间之北伐不克也。虽王玄谟上书陈北侵之策，使文帝兴封狼居胥之意，草草经营，伐魏失败，乃致北顾涕交流。以喻韩侂胄之用兵亦将如是也。（韩以宁宗叔岳丈身份欲用兵以固其位，起用稼轩，然韩急切贪功，不听辛之积极而又稳重之主张。）

金主深入淮北，长驱河洛，一如北魏太武帝拓跋焘之追击王玄谟直至六合之瓜步山，立祠受享。以喻敌人南下，沦陷区内情景。

稼轩此际已六十六岁，犹为韩起用，故又似赵名将廉颇之为人陷害，奔魏闲居。秦攻赵，赵王思之，命使者往观廉颇是否能战。廉一饭斗米、肉十斤，披甲上马，而仇者赂使者，竟谓之"一饭三遗矢"矣。以叹宋室之不能进用人才。

此词用孙权、刘裕（宋武帝）、刘义隆（宋文帝）、拓跋焘皆京口故事，又与抗敌之事有关。

上片写京口英雄。孙权之与曹刘抗衡，确保父兄基业，以京口起家之人物也。（千古江山曾为英雄所用，辛屡谏阻淮为战，亦思借江山形胜直捣幽燕也。今重游故地，虽壮心不已，能不慨然！致叹时无英雄，有负江山。）刘裕，京口人，从京口起兵北伐，先得山东，再复长安（沦陷已百年），此北伐成功之人物也。用此二人，一守祖宗之基业，一立恢复之奇功，皆稼轩心目中事。

然孙吴之歌舞楼台、繁华景象、风流余韵（此指其英雄人物之仪度），在弱脆不堪之南朝，均是"雨打风吹"消磨殆尽，今不复有矣！此一言孙仲谋之不在，一言今日之萧条国事之衰微也。然事在人为，故又思寻常巷陌出身之刘裕。刘裕北征，铁马金戈之壮气犹存，使人钦羡，至其居地已成丘墟。巷陌是"寻常"，背景是"斜阳草树"，"人道"，言其已成陈迹，不可辨识也。此追慕流连"气吞万里如虎"之英雄气概。

下片写北伐之不能草草经营，以刘义隆之历史教训为戒，刺韩之徒欲封狼居胥之邀功也。深怀忧惧不可抑止。

再写四十三年前之往事（1161 年金主亮曾占扬州），扬州路上烽火烧杀历历在目。今已老矣，此路又将经行乎？（《水调歌头·舟次扬州和人韵》："忆昔鸣髇血污，风雨佛狸愁。"此处回忆，言其曾战败金人之事实也，与下句佛狸祠成对比。）

眼前江北之佛狸祠却是一片喧阗，香火甚盛却不能收复，任其如此猖獗。此实写当时国防前线一任敌人赛会，与张孝祥《六州歌头》相似。

（辛《跋绍兴辛巳亲征诏草》曰："今此诏与此虏犹具存也，悲夫！"）

末以廉颇自匹，无人过问，老骥伏枥，壮志未伸。各段立意以颂抗敌英雄为主体，以批判不图恢复与草草经营为附，以年少与老去为感愤。

此词借古讽今，以颂为斥。以兴亡之感慨与对时事之批评綯成整体以抒其渐进之情。

水龙吟
登建康赏心亭

楚天千里清秋，水随天去秋无际。遥岑远目，献愁供恨，玉簪螺髻。落日楼头，断鸿声里，江南游子。把吴钩看了，栏杆拍遍，无人会，登临意。　　休说鲈鱼堪脍，尽西风，季鹰归未？求田问舍，怕应羞见，刘郎才气。可惜流年，忧愁风雨，树犹如此。倩何人唤取，红巾翠袖，揾英雄泪！

古代有拓落胸衿之人物，自是登临不得。阮籍登广武，王粲登楼，子昂登幽州台，太白登凤凰台，少陵登岳阳楼皆是也，均触景以发其浪漫之思。辛老子亦复如此，特有其时代特色与身世之感耳。

稼轩廿三南归，廿九（乾道四年，1168）通判建康府，且为南厅添差通判，闲官也。壮志不得展，报国无路，已六七年，故有此愤愤之作。

上片写景，是登楼所见，江阔天空，秋色无际，寥落之感随之俱来，如是则"遥岑"也只是"供恨献愁"之具。江流与南天俱远，秋又至矣，一年将尽，亦是愁情，已南来六载，而志未能成也。江山大好，不得恢复，亦不可确保也，何言"赏心"乎？

再写景，则将自己刻画其中，身份是游子。一层是"落日楼头"，北望中原故地也；复闻断鸿之声，以切其失群之慨也。此游所闻所见，皆切。慷慨悲歌，拔刀复视，人以为是赏心，实则抒愤也。挤出"登临意"来了。

下片申登临之"意"，是主题所在。

一层说非效张翰之只思乡，仍是秋日典实。不得退归也。一层言又岂能如许汜之仅图个人温饱。不得安居此境也。两层均用反诘句以加重形容表明自己，亦旁人所不解者。夏云：此两层是宾。

"可惜"三句是主意。风雨如晦,象征国事之飘摇,正堪忧愁也。"树犹如此",自伤流年电逝,不复返也。恐负平生之壮志,又堪愁也。

结语以歌儿"揾英雄泪",是《离骚》之遗,言无知己也。重照前片"无人会"之意,故云"倩谁唤"也。

此词以自慨写忧国忧时。对南宋小朝廷之无志恢复、苟安忍耻、不会用人,非常失望。抱负不行,壮志无人理解,故托河山秋色与历史人物以明之。

苦闷之迸发,故句句迫,字字紧。上片之句势可见,由写景过渡到抒情。下片之婉转,正是深忧之表现,是爱国志士所共有之悲愤。

菩萨蛮

书江西造口壁

郁孤台下清江水,中间多少行人泪?西北望长安,可怜无数山!

青山遮不住,毕竟东流去。江晚正愁余,山深闻鹧鸪。

《鹤林玉露》载隆祐事谓:"南渡之初,虏人追隆祐太后御舟至造口,不及而还。幼安因此起兴,'闻鹧鸪'之句,谓恢复之事行不得也。"此盖臆测之词,先有词而后有此解也。罗书是小说随笔,故多此类说法。

造口事,《宋史·后妃传》《宋史·高宗纪》《金史·宗弼传》均无追至造口事,而《读史方舆纪要》八十七,论之亦本罗书,此一义也。又《舆地纪胜》三十二:"郁孤台,……隆阜郁然,孤起平地数丈,冠冕一郡之形胜,而襟带千里之山川。登其上者,若跨鳌背而升方壶。"(《列子·汤问》:渤海之东有大壑,其中有五山,三曰方壶。又云:五山根无所连者,常随波上下往还,帝恐流于西极,失群圣之居,乃使巨鳌十五,举首戴之,五山始峙。)

唐李勉为虔州刺史,登临北望,慨然曰:"余虽不及子牟,而心在魏阙一也。郁孤岂令名乎?"乃易匾为"望阙"。此词盖用此典中北望之故事以寄其恢复不得行之感慨沉忧也,非专论孟后事。

按此词以望中所见之山与水为主题,即写此"望"字,"西北"二句乃是全篇主脑,即点化杜甫《小寒食舟中作》"云白山青万余里,愁看直北是长安"之句,以"愁看"点化为"可怜"耳。然周济《论词杂著》

所称"借水怨山"者，乃此词之写法布局，贯以"怨"字，谓山能遮望眼而不障流水，实寓恢复不得行之意于其中，未得明言，只以望阙之李勉为怀古伤今之资，以寄爱国之怀耳，不必假托历史故事。（水东流以喻时光之不复，以喻国事之日下，重山不能止之。重峦只是小朝廷半壁偷安之保障，遮望眼足以麻痹人们的恢复之念。）

陈廷焯①谓为"用意用笔，洗脱温、韦殆尽，然大旨正见吻合"者，以其忧国之思、借水怨山之布局，前人所为此调均未曾有，而其含蓄处则正有《花间》比兴之遗风。梁②谓"《菩萨蛮》如此大声镗鞳未曾有也"，却是辛能打破传统之论。

结语黯然：江上斜阳映射清流，金波滟滟即将消逝，正象征南宋朝廷之悲惨颓局恢复之计不行。

八声甘州

夜读《李广传》不能寐，因念晁楚老、杨民瞻约同居山间。戏用李广事，赋以寄之。

故将军饮罢夜归来，长亭解雕鞍。恨灞陵醉尉，匆匆未识，桃李无言。射虎山横一骑，裂石响惊弦。落魄封侯事，岁晚田园。　　谁向桑麻杜曲？要短衣匹马，移住南山；看风流慷慨，谈笑过残年。汉开边功名万里，甚当时健者也曾闲？纱窗外，斜风细雨，一阵轻寒！

稼轩卜居铅山鹅湖在罢职以后（1181 年被劾），愤痛与悠闲相纠结，或外闲隐而内忧愤，或以闲适为痛慨。此以李广之身份与际遇自匹，乃直言忧愤，以健者曾闲为题。

夜读不能寐，静以思之，思而不能入梦，愈看李广愈像自家。李广之杀敌，其似一也；被免职，其似二也；为醉尉所欺，其似三也；是有壮志之健者，其似四也；闲隐失志以山居，其似五也；到死不封侯，其似六

① （清）陈廷焯（1853—1892），著有《白雨斋词话》。
② 梁启超（1873—1929），著有《辛稼轩先生年谱》。引文出自编梁令娴编《艺蘅馆词选》。

也；下中之才，而得志封侯，宋室何尝不尔，其似七也。以是稼轩屡引广事为词（共六处用此事）：

"石卧山前认虎，蚁喧床下闻牛。"（《雨中花慢》）

"千古李将军，夺得胡儿马。李蔡为人在下中，却是封侯者。"（《卜算子》）

"莫射南山虎，直觅富民侯。"（《水调歌头》）

"若将玉骨冰姿比，李蔡为人在下中。"（《鹧鸪天》）

"插架牙签万轴，射虎南山一骑，容我揽须不。"（《水调歌头》）

"但记得灞陵呵夜。"（《贺新郎》）

观此六例，或寄慨，如"李蔡为人在下中""但记得灞陵呵夜"；或诫人退隐，如"莫射南山虎"。与此相反，辛老子自身却是上上，亦不封侯，竟亦是南山中隐者闲人，心却闲不住，亦不甘如此过残年也。

试看此词一起，如夭矫凌云，高唱穿空，句之长，气之盛，音调之响亮、高亢，真如京戏中幕后倒板一起，满堂是彩。然而却又如何辛酸苦痛也，且看"故将军"这一称呼，便有多少感喟在内。如本传所言，"今将军尚不得夜行，何乃故也"。悲在一个"故"字，"故"者，曾经做过也，而今却不是矣。此在于从称呼中抒情，用典切，真不知是辛是李也。

饮至夜方归，当然是闷醉，偏偏遇上个醉尉，长亭解马，亦无可如何之事，倒霉极矣，故曰"恨"。（苦水先生评，"恨"句"隔""凑"。固知此种败笔皆失意事。）此恨意、愤意竟化为"射虎"之力。上句写射虎之势，"山横一骑"，乃广不解此雕鞍，时于南山横骑（停驻）也。下句写弦响，一发入石，何响亮乃尔！

"封侯事"，威武之至，加"落魄"字样，便成滑稽，悲即在此。"岁晚田园"，真泄气矣。苦水师谓本传"明说李广不言家产事，'田园'二字作何着落？"予则以为此辛之自道，直不辨为广事、是自家事矣。

过片"谁向"句，原意是：哪个要向杜曲桑麻田里，移住南山，短衣匹马随李广乎？盖以杜甫《曲江》①之激愤、顽强，以现实如是，不须问

---

① 杜甫《曲江三章章五句》："……自断此生休问天，杜曲幸有桑麻田。故将移住南山边。短衣匹马随李广，看射猛虎终残年。"

天而前途即可卜。"自断"句，总领直卜到"残年"之命运。"幸有桑麻田"，特"住南山边"以隐。"看射"者，估计将以射虎度残年也。"随李广"，继广之后尘耳。而稼轩则云"看风流慷慨，谈笑过残年"，似欢乐，似潇洒，而实即悲哀之所在。（过片五句均"岁晚田园"之具体描绘。）

"汉开边功名万里"，"汉开边"词不达之甚，或当是汉代开边事业也，从事此业，开边万里，可获功名也。本有事可做，有业可为，下句特佳，在于一问，（领字）"甚"字，有多少不平在内！当时健者曾闲，今时之健者如何下场，着一"也"字，直将二人总拴在一起矣！

此词开篇至"惊弦"，写李广夹稼轩在内，"落魄"二句渐写到自家，过片翻杜甫之《曲江》，以自期自断，一开一合，到"甚当时"句直合二人为一矣。

末句是夜读已久之实感，却切不可如此解，盖升华至形象之外矣。写至此，心寒矣，故感满身鸡栗。如此讲法，复落言筌，然又不得不说破之。再实说之，稼轩处境良亦如是。而全篇用李广故事，只此句杀出阵角，以景衬出山居之境清心冷，端不似"龙蛇影外、风雨声中"之壮观，只余一种敏感：窗是纱的，风斜雨细，寒则轻俏，何刺骨之甚，只看"一阵"二字，便足见所感。

沁园春

灵山齐庵赋，时筑偃湖未成。

叠嶂西驰，万马回旋，众山欲东。正惊湍直下，跳珠倒溅，小桥横截，缺月初弓。老合投闲，天教多事，检校长身十万松。吾庐小，在龙蛇影外，风雨声中。　　争先见面重重，看爽气朝来三数峰。似谢家子弟，衣冠磊落，相如庭户，车骑雍容。我觉其间，雄深雅健，如对文章太史公。新堤路，问偃湖何日，烟水蒙蒙。

稼轩绍熙三年（1192）春赴福建提点刑狱任，翌年，迁太府卿，秋，加集英殿修撰、知福州，兼福建安抚使。五年（1194）七月，黄艾劾罢之。冬末，"再到期思卜筑"。庆元元年（1195），"新葺茅檐次第成"，盖因旧居毁于火而徙居也。则此词当作于庆元元年。

此词先写山势，使气象峥嵘，局势开拓，是远望群山也。而以战马形容，已非稼轩莫办。（"万马"，自是当年骑兵。）再次瓢泉、桥身、长松，然后写到小庐，自远而近，法度井然。读者自然随稼轩登山、过桥、观松、入庐矣。（苦水先生说此词谓：辛词不得一味求其豪放、沉着痛快，须看它飞针走线、一丝不苟始为得耳。然则作家构思，谁无章法层次？头尾、次第、间架，皆井井然、秩秩然耶。）

恐理会此词，前片是登山入庐，下片是庐中远望。然辛老子却于上片多作当年军马之思，下片乃今日期思筑庐之修养。一是前尘之回想未能忘情，一是当来之展望自然有寄，非写山容水态而已也，乃欲以此调剂心情，以慰再度罢职家居之慨焉。

且看山容，万马回旋已非澹远，先西驰，再东旋，奔突行怒，气势甚猛。写山势竟有此笔法，郁勃之情，乃昔日铁马生活之再现，今日之悲哀也，故入眼群山顿成奔马。如此写，端由眼前无此万马也。可从下文检校万松参透此中消息。

常见白石①绘草虫，以工细之笔描摹蜻蜓蛱蝶于濡染之花叶间，似此惊湍小桥、珠溅月弓者，乃极纤细之物，而又点染得法者也。孰谓此老兵眼光不锐、心绪不细哉！

稼轩每不欲读者顿然参透词中消息，故多寄其郁勃之气于山水、于典实，而此老兵却又不能不透露此中消息于读者，实则此种牢骚、对宋朝之不满，乃颇露激愤语，固读稼轩词之一法也。

"老合投闲"，反语也，试问稼轩此一"合"字，如何下得来？"天教多事"，托之于天，是颇难忘情者之托词也。故尔检校长松，乃以无步卒可供检阅，竟以长身健实之青松为之。戏而近于悲矣。

"吾庐小"，小是实，"龙蛇影外，风雨声中"，何陪衬之电光雷雨之惊天动地耶。稼轩固自驱使风雷之士，未尝胸中无此物、无此豪气也。"龙""凤""声""中"，皆洪钟大吕之音、豪迈长驱之势，满宫满调，稼轩当行处。

---

① 齐璜（1863—1957），号白石。

过片一变上文之叱咤风雷，则上片所写乃辛老子之本色，下片则今后内敛之功欤？上片我眼底之山，从山下写到山上，从山势写到吾庐，遐迩俱在，而抑制不住奔突之态。下片庐中远望群山，却又变得雍容磊落，文章尔雅，此非山之变易，直稼轩之自道也。"我见青山多妩媚，料青山见我应如是"是也。而今而后，豪芒内敛，一肚皮激愤，得于偃湖中复归平静乎？下片写今日之修养，敛而又扬。

一登齐庵，"青山恰对小窗横"（《浣溪沙·瓢泉偶作》），群山奔赴来朝，重重争至，而我则选其三数峰观之，要朝来爽气中之三数峰者，以其清雅也。此已排去"万马"而求其"磊落""雍容"，有气度、有胸衿者言之。"磊落"，体貌俊伟美于外，故云"衣冠"。"雍容"，温和大方从容不迫，此言山如相如"从车骑，雍容闲雅，甚都"也。则此三数峰者，有魏晋人之俊伟、西汉人之闲雅，盖从此以后辛多取《世说》、陶诗者以此。然此犹外形以见雍容磊落者也。深一层说之，则雄深雅健乃其内在之修养。"如对文章太史公"，又何其凝重耶，见识、修养、胸衿、学问、壮怀、气度，谁得似之？言下之意，此今日之稼轩也。

结语扣题面"未成"，然而却更加迷蒙矣！难道老辛真相又蒙上一层烟水，便使人不识乎？我却笑其假扮不得也。不见其《瑞鹧鸪》云"声名少日畏人知，老去行藏与愿违"者，便是老辛自白也。

摸鱼儿
观潮上叶丞相

望飞来半空鸥鹭，须臾动地鼙鼓。截江组练驱山去，鏖战未收貔虎。朝又暮。诮惯得吴儿不怕蛟龙怒。风波平步。看红旆惊飞，跳鱼直上，蹴踏浪花舞。　　凭谁问，万里长鲸吞吐，人间儿戏千弩。滔天力倦知何事，白马素车东去。堪恨处，人道是属镂怨愤终千古。功名自误。谩教得陶朱，五湖西子，一舸弄烟雨。

老辛自南归之后，壮志不伸，愤词甚多，每登建康赏心亭，便抑制不住心头积闷。如："我来吊古，上危楼、赢得闲愁千斛。虎踞龙蟠何处是？只有兴亡满目。柳外斜阳，水边归鸟，陇上吹乔木。片帆西去，一声谁喷霜竹？""江头风怒，朝来波浪翻屋。"（《念奴娇》）再则曰："落日楼头，断鸿声里，江南游子。把吴钩看了，栏杆拍遍，无人会，登临意。"（《水龙吟》）而皆片言只句及于激愤，不及此作之全写潮、全写怒也。故选此说之。

钱塘潮，赋者多矣，未尝无豪迈之作，然而未有如此之怒者也。老辛胸中自有此怒，不过借潮之来去以发之耳。

怒，本合口韵字，潮之涌、浪之浮，需此音。全篇四十四个合口韵字，便是满纸海潮音，一腔愤火之气。

交友贵知心，读古人词何尝不尔。若只讲潮水，乃是皮相之论，辛稼轩亦自不肯也。不说潮，又自不得，辛乃以潮寄愤也，故仍从潮说起。

潮未至先有信，"半空鸥鹭"取其白、其飞，潮头也。再闻其声，则鼓音隆隆。一望一闻，已自惊心，潮犹未全也。

潮势截江，如组练驱山，鏖战正酣，貔虎未收。（稼轩以战事生活写潮，诸家所无。）稼轩词用力处均欲放辄收，故力气足。"朝又暮"，短韵如波之起伏。（浙江日受两潮，故曰朝又暮。）潮来潮去，直纵容得"吴儿不怕蛟龙怒"者，视风波如平步也，欣看潮头之"红旆惊飞，跳鱼直上"为戏也。

"凭谁问"以下，写潮将去与潮之去。长鲸吞航，为甚如是，人不知也，徒以千弩射之，乃儿戏也，涛倦自去耳。然则究何以涛翻浪滚欤？传说是子胥死于属镂之剑，恨意终存，怨愤千古，乃作涛以灭吴。子胥功名自误耳，空使陶朱浮海而去。

潮之皓白、涛之起伏，皆极尽形容之能事。腕力特大，乃能使得浪涛之去来随稼轩之驱使，更奇者乃以此作史评，则前此之波涛汹涌，战鼓雷鸣，皆此所谓子胥属镂怨愤也。

贺新郎
别茂嘉十二弟

绿树听鹈鴂，更那堪、鹧鸪声住，杜鹃声切；啼到春归无寻处，苦恨芳菲都歇。算未抵人间离别！马上琵琶关塞黑，更长门、翠辇辞金阙。看燕燕，送归妾。　　将军百战身名裂，向河梁、回头万里，故人长绝。易水萧萧西风冷，满座衣冠似雪，正壮士悲歌未彻！啼鸟还知如许恨，料不啼清泪长啼血。谁共我，醉明月？

稼轩送别之作，一以赠人，实际写己。刘过《沁园春·送辛稼轩弟赴桂林官》云："入幕来南，筹边如北。"邓以此词即作于"筹边如北"之时是也。予以所用典实证之，亦如是说，盖四事皆去国之思。当在暮春。

或谓此是一篇恨赋、别赋，似亦似，而未全是也。恨赋、别赋自有其时代背景，作者之意，太白与江淹又自不同也。辛处南宋国势日下之时，送使金之弟，固多伤时寄愤之语。

首尾用啼鸟，首送春归，以言时事败坏；末言恨意，仍以啼鸟出之，却间用四个古代出塞故事，均凝恨意，又总将一笔归之"啼鸟还知如许恨"，大开大合，笔力雄健，直贯到底。

中用四事，各分之于上下片，此词中鲜见之章法，独稼轩一家有此。破格，乃豪放词之特点，精整处又有逾于前人。

以"恨"字起："苦恨芳菲都歇"也，此已明指啼鸟所啼之故。尾复以"恨"字结，乃指上述四事，故曰"如许恨"也。然则壮士悲歌正应啼鸟之啼声也，是一非二。

清平乐
独宿博山王氏庵

绕床饥鼠；蝙蝠翻灯舞。屋上松风吹急雨；破纸窗间自语。　　平生塞北江南，归来华发苍颜。布被秋宵梦觉，眼前万里江山。

绕床饥鼠，用东坡《读孟郊诗》以写王氏草庵穷苦之境。坡老诗云："我憎孟郊诗！复作孟郊语：饥肠自鸣唤，空壁转饥鼠。"

辛老子肠中，书甚宽广，故每用古人成句点化入词，乃亦有胜过前人者，此其一例也。坡诗出句点明自家腹饥，对句始写饥鼠。稼轩隐括为四言，将出句纳入两个动词之内，以"饥"名鼠，以绕床之"绕"字形容此鼠之饥不可忍而又无物可食，则床上之人如何可知矣：以宿止故有此境，以独宿故鼠乃出也。

【论曲】

论宋人之自度曲[*]

两宋的词家多有精谙音律的，但是南宋沈义父的《乐府指迷》和张炎的《词源》都是极力驳正填词之事要注意协律，宋末仇远《山中白云词》序也说："陋邦腐儒、穷乡村叟，每以词为易事，酒边兴豪，即引纸挥笔，动以东坡、稼轩、龙洲自况。极其至四字《沁园春》、五字《水调》、七字《鹧鸪天》《步蟾宫》，拊缶击缶，同声附和，如梵呗，如步虚，不知宫调为何物，令老伶俊娼面称好而背窃笑，是岂足与言词哉。"这足以反证当时有多少填词的人是已忽略了音律的重要性！

在事实上来说，两宋间的大词家，却都是文学与音乐的擅长者，不如此似乎便不足以成为典型的词人。在北宋像周美成曾提举大晟府，晁端礼是大晟府协律，万俟雅言是大晟府制撰，徐伸也曾以知音律为太常典乐。沈义父也说："康伯可、柳耆卿音律甚协。"在南宋像姜夔、吴文英、周密、张炎等都是洞精音律的词人。就是冯艾子，黄昇曾也说过："伟寿精于律吕，词多自制腔。"由此足见当时词和音乐的密切。

至于词和音乐，原是分不开的，不过到后来（南宋以后）它便与音乐渐渐脱了节，但从宋人练习按谱填词的步骤中尚可考见一些遗迹，《乐府指迷》说：

> 初赋词，且先将熟腔易唱者填了，却逐一点勘，替去生硬及平侧不顺之字，久久自熟。

---

* 原载 1947 年 12 月 30 日《新生报·语言与文学》第 36 期。

这只是按旧谱填新词的方法，至于那些按谱制曲的作家，就不如此简单了。他们必须能够深明律吕，知道管色弦声，能辨识宫商、移宫换羽，并且还要能吹竹，才会过腔，其最上者更会懂得琴曲，张炎《词源》下：

> 近代杨守斋精于琴，故深知音律，……持律甚严，一字不苟作，遂有《作词五要》。观此，则词欲协音，未易言也。

这些制曲家既有如此本领，所以便除了填旧谱以外，一方面更会别制新声，借音乐来抒情，一方面又是填以新词，另就词的内容，给这调子题以新名，这一类词，便叫作"自度曲"、"自制曲"、"自撰腔"或"自度腔"，它的意义在表示不是旧调，而是某词家自制的曲调。现在从这些音声久亡只余文学价值的歌词里总可以看到许多这一类的作品。但除了大部分自度曲是纯属创作的以外，又有一部分是属于半创作性的——过腔或说是虇指声；再有一些词是或属因袭性的——依据旧谱的调子。但这是一种怀疑，因为许多词的宫调已不可考见，只能从句式平仄叶韵上面去推测了。

一　自度曲之纯属创作的

这里专论自度曲的意义和创作时的步骤。

"自度曲"这个名词，是为了同旧牌分别而设的，略如上述。而清人吴衡照的《莲子居词话》卷二曾阐明"度"字的训读：

> 度曲之度，今人去声读，而不知当从入声读也。《汉书·元帝赞》："自度曲，被歌声。"注：度音大各反；其义为隐度之度，非过度之度。以此知《古文苑》宋玉《笛赋》"度曲羊肠"、《文选》张衡《西京赋》"度曲未终"，均读如《汉书·赞》。

方成培《香研居词麈》卷五《宫调发挥》一篇里曾说明自度腔的制作步骤：

（宋）时知音者，或先制腔，而后实之以词，如杨元素先自制腔，而张子野、东坡先生填词实之，名《劝金船》；（熙按，此见张子野词《劝金船》序）范石湖制腔，而姜尧章填词实之，名《玉梅令》之类是也。或先率意为长短句，然后协之以律，定其宫调，命之以名，如姜尧章《长亭怨》词自序所云是也。（熙按，后二例见《白石道人歌曲》。）

《香研居词麈》本卷又有说明制腔之法一则：

腔生于律，律不调者，其腔不能工。然必熟于音理，然后能制新腔，制腔之法，必吹竹以定之，或管或笛或箫皆可。惟吾意而吹焉，即以笔识其工尺于纸，然后酌其句读，划定板眼，而后吹之，听其腔调不美、音律不调之处，再三增改，务必使其抗坠抑扬、圆美如贯珠而后已；再看其起韵之处，与前后两节，是何字眼，而知其为某宫某调也。

这种步骤自然是从宋人的歌词或词话等书领悟出的，所以便引用在这里。

这一类词是纯属创作性的，像《白石道人歌曲》，把词按音律体制来分别排列，凡是旧牌都不注明管色，唯独那十七首自度曲，不但都标明了宫调，而且旁注乐谱，这是最明显的例子。至于像《梦窗词集》里有《西子妆慢》，题下曾注明自度腔，张炎的《山中白云·西子妆慢》词序也说："吴梦窗自制此曲。余喜其声调妍雅，……因填此解。惜旧谱零落，不能倚声而歌也。"像这些有题有序的，自然也较易辨认。再有一个方式，就是可以从当时的笔记小说里，拿本实来做佐证，像《忆余杭》这个调子，乃是潘阆的自度曲，因为回忆到西湖诸胜而得此名，这个记载见于《湘山野录》；又如《菊花新》，据《齐东野语》，可以知道是宋时教坊部都管王公谨所作的；又如周密的《玉京秋》，这调名本于词序"长安独客，又见西风，素月丹枫，凄然其为秋也，因调夹钟羽一解"；又《绿盖舞风轻》就是咏白莲的作品。这些调名大概都是先有谱有词，然后按着词意再加以调名，而不是就题发挥的；并且以前并没有此调，因此可以反证地说此调是某人的自度曲。像用这几种辨识的方法去搜求宋人的自度曲，自然是太多了，所以这里就只举出一二个例来。

二　过腔

此类的词虽说是根据旧谱别度新声，但只是把某一宫调的词转移到另一宫调上去，这种情形在北宋已然有了，如晁无咎的《琴趣外篇》卷一于《消息》（"红日葵开"一首）之下注云：

> 自过腔，即《越调·永遇乐》。（按，此词叶语韵。）

这首调子是属于越调（即无射商）的，而《永遇乐》却原属于歇指调（即林钟商），见于柳永《乐章集》中卷（"熏风解愠"一首叶有韵，"天阁英游"一首叶语韵）。但据《消息》和《永遇乐》两词的句法方面来看，并没有多少不同，并且都以仄声叶韵，然而在事实上，宫调住字却全变了。直到南宋陈允平又把它改为平韵，《日湖渔唱》于《永遇乐》（"玉腕笼寒"一首）之下注云：

> 旧上声韵，今移入平声。（按，此词叶阳韵。）

这调子的变化，大概如此。晁氏不过把宫调转移了一下，固然不得算是创作，但总有一半的创作性在内，因为过腔这件事，也必要通音律能吹竹不可。我们更好引下面南宋人的一个例证来借作申述，《白石道人歌曲》卷六《湘月》（"五湖旧约"一首）自序：

> 予度此曲，即《念奴娇》之鬲指声也，于双调中吹之。鬲指亦谓之"过腔"，……凡能吹竹者，便能过腔也。

按，《念奴娇》原隶宫调的变化，王灼《碧鸡漫志》卷五曾说：

今大石调《念奴娇》，世以为天宝间所制曲，予固疑之。然唐中叶渐有今体慢曲子，……后复转此曲入道调宫，又转入高宫大石调。

《念奴娇》原属于何种宫调，此处并未明言，但我们可以说是它先有的道调宫，再有高宫，而以属大石调的为最后。然而依王灼所谓"今大石调"的话看来，似是大石调的《念奴娇》在当时是最通行的；但姜词的《湘月》却把它改入双调了。

清方成培《香研居词麈》卷二《论隔指声》一节里，有对于白石《湘月》自序的解释：

盖《念奴娇》本大石调，即太簇商，双调为仲吕商，（《赌棋山庄词话》云冯柳东谓"双调乃夹钟商，戈氏顺卿谓中吕商，非也"。）律虽异而同是商音，故其腔可过。太簇当用"四"字，仲吕当用"上"字。今姜词不用"四"字住，而用"上"字住，箫管"四""上"字中间只隔一孔，笛"四""上"字两孔相联，只在隔指之间，……故曰隔指声也。能吹竹便能过腔，正此之谓。所以欲过腔者，必缘起韵及两结字眼用"四"字不谐，配以"上"字声方谐婉，故不得不过耳。

近人夏敬观《词调溯源》又申述方氏的说法，阐明过腔之必施用于箫笛不能施于丝弦的道理：

（今考"大石调"和"双调"、"谱字"的不同）只"一"、"凡"、"勾"与"下一"、"下凡"、"上"三字。"一"与"下一"，"凡"与"下凡"，在管色中，只轻吹重吹的分别；"勾"与"上"，则在"谱字"中相连，沈《笔谈》谓"上"字近"蕤宾"，"蕤宾"本配"勾"字，而云"上"字近"蕤宾"，则在丝弦中，"上"字与"勾"字极相近，推之"管色"，当亦如是。……总之，以有定之笛孔，配丝弦之"谱字"，终难准一，故在笛中可以有过腔之法，姜夔所谓凡能吹竹者便能过腔，已说明是箫笛，若谱入丝弦中，则仍是大石调。故曰于"双调"中吹之。

那么，这种过腔只是改变了某调的宫调，也和曲家的翻曲相似，但是《白石道人歌曲》却把《湘月》放在自制曲一类，当然是已认为自过腔是自度腔了。但就以上所述而言，总可以说是含有一半创作性的。

三 依据旧谱的

这一类词，前人往往认为它是自度曲的，但从字句上来说——因为有许多调子在音律方面已无法考察——只是可以推测它是把旧调加以改订或是衍引成章的。

甲，蒋捷《竹山词·翠羽吟》（"绀露浓"一首）自序：

> 王君本示予越调《小梅花引》，俾以飞仙步虚之意为其辞。余谓泛泛言仙，似乎寡味，越调之曲与梅花宜，罗浮梅花，真仙事也。演以成章，名《翠羽吟》。

他说："演以成章，名《翠羽吟》。"当然就是根据《小梅花引》演长其声而另作成此调，并且取词中"梅花未老，翠羽双吟，一片晓峰"句而定名的。但《梅花引》这调子在北宋时期确是稍短的，如贺铸、万俟咏的词，而在南宋时便引长了，如《梅苑》所收无名氏之作（"园林静"一首）。在句式比勘起来，固然可以看出《翠羽吟》是根据了《梅花引》，在宫调上说，也应当同是越调；就是在《太和正音谱》卷下《乐府》篇《越调》一章里，还有吴仁卿的散套《梅花引》，也足见以越调咏梅，是一贯相承的。但在乐谱方面，总无法比较它和《翠羽吟》的不同是在拍眼快慢，还是在乐字的变化。

乙，赵以夫《虚斋乐府》有《双瑞莲》一词（"千机云锦里"一首），这调子在句法上看来，和《玉漏迟》是很相近的，我们试拿梦窗词的《玉漏迟》（"雁边风讯小"一首）来和它比较，它不过比《玉漏迟》前片第二句多一字，前后片之第四句平仄不同而已；并且《双瑞莲》在宋人词中很少见。赵词是咏并头莲，所以就题作《双瑞莲》，因而《词谱》卷二十四就把它别列一体，但万树对于这点有一些意见，《词律》卷十四：

> （此调与《玉漏迟》）应是一体，想赵公原以《玉漏迟》调咏双头瑞莲，或自变其名，或后人因题而误也，不然，何长调而相同如此。

杜文澜《词律校勘记》却反对说：

> 万氏注谓此调与《玉漏迟》应是一体。秦氏玉笙云："此二词宫调各有不同，不得以句同而混之也。"按《双瑞莲》属小石调，《玉漏迟》属黄钟宫，诚不同。

杜氏此说，专以宫调立论，然而他所根据的便有错误。他以《玉漏迟》属黄钟宫，这原是蒋氏《九宫谱》的注语，但吴词"雁边风讯小"一首自注"夷则商"。以时代论，《九宫谱》乃明嘉靖间蒋孝所编，而赵、吴却同是南宋人，自然当据吴词立论，来和赵词比较；又，他说"《双瑞莲》属小石调"，按，小石调是俗名，其正名是中吕商，当以尺字杀，而夷则商即俗呼林钟商调，当以凡字杀，是两词同属商音，然而因了住字的不同，其音节也就各异了。

丙，吴文英《梦窗词·江南好》（"行锦归来"一首）序云："友人还中吴，密围坐客，杯深情浃，不觉沾醉。越翼日，吾侪载酒问奇字，时斋示《江南好》词，纪前夕之事，辄次韵。"按，时斋乃沈义父，沈所赋《江南好》词今已亡佚，而戈载《词选》杜文澜校注却归之于梦窗，想系由于戈选删去原序而致误的。沈氏本精于音律（读《乐府指迷》可知），此调当是沈氏自度曲，而梦窗又次其韵的。然而此却似是本于《凤凰台上忆吹箫》，例如晁补之的"自金乡之济"一首同《江南好》比勘起来，只是在前片第四字与换头句有些不同而已。但从宫调上立论，却无从捉摸了。所以只能说：这两调的句式平仄都极相近，则《江南好》也许是由《凤凰台上忆吹箫》改作的。

以上所论，多从句式四声上来立说，但这种论断方法是否正确，当然是成问题的，然而由于词乐久亡无从按谱比勘，则此种方法实属不得已。《词律》之比较词调即用此法，不过它依照字数的不同，因而排比成"又一体"的式格，一调之下，指不胜屈。这自然应当放开眼光去从词调的发展沿革来推比，不能不说万氏有些拘执，我们且引前人所评论《词律》的话来讨论这个方式。

凌廷堪的《梅边吹笛谱·湘月》自序说："宜兴万氏专以四声论词，泸州先著（按，此谓《词洁》）以为宋词宫调失传，决非四声所可尽。"而吴衡照《莲子居词话》却又说："《白石集·满江红》云：'末句无心扑，歌者以心字融入去声方谐。'《徵招》云：'正宫《齐天乐慢》前两拍是徵调。'今考《徵招》起二句与《齐天乐》平仄符合。然则宋词原未尝不以四声定宫调，而万氏之说，初不与古戾也。"种种评论，意见分歧，就事实而论，用四声和句法分别词调同异，固未见得可靠，即如号称晚唐遗声的写本《云谣集杂曲子》（其实或许是五代北宋间的过渡作品）里面所收的歌词，往往同是一个调，而长短不同，平仄不一，实际上却都是这一个调子，如果以字句比勘成为"又一体"的办法去做，当是徒乱心目的。

本篇所论到的，只是说：宋人之自度曲，可能有许多作品是有所依据而不是纯属创作的，但因为词乐早已死亡了，便不得不从比勘一方面着手，因为两调之相似，甚至于只有一二字之不同的，若非有所因缘，绝不会在百余字的调子中如此近似。因考此说，就把这种方法，附论在篇末。

关汉卿及其《窦娥冤》杂剧*

关于关汉卿

关汉卿是我国十三世纪的伟大戏曲家，也是我国古典戏曲的奠基人。他的杂剧，有六十多本，具有光辉的成就，典型地反映了元代社会阶级斗争的现实，体现了这一时代的精神、人民的反封建思想。

据《录鬼簿》的记载，关汉卿号已斋叟，大都人。这是一般说法。《析津志》："关一斋字汉卿，燕人。"有人因此以为他名"一斋"。《祁州志》说他是"祁州伍仁村人"，即今河北安国县。至于说他是大都人，可能是由于祁州在元代属大都中书省直辖，就泛称他是大都人了。他前半生活动于大都，即当时戏曲发展的中心地区，后来才转到杭州，又是北曲南移的南方戏曲中心。他转徙南北，正是和当时戏曲的流行演变一致的。

关汉卿的生卒年，一直没有定论。有人认为元杨维桢《铁崖古乐府》有"大金优谏关卿在"的诗句，疑惑他是由金入元的优伶。

又有人据《析津志》中传记排列的顺序，他的名字排在史秉直之后，粘合中书令之前，因而推断他的生年应在十三世纪中叶，即元世祖中统年间。

有人又从他同当时朋辈排行比较，推断他生于1141—1250年，卒于元延祐七年（1320）至泰定元年（1324）之间。

有人根据他在《诈妮子调风月》杂剧中用了胡祗遹的《阳春曲》（残

---

* 本文系天津和平区语言文学业余讲习班讲义，略有删节。

花酝酿蜂儿蜜），胡生于 1227 年，因而推定关汉卿约生于 1227 年至 1297 年之间。

有人据关汉卿有《大德歌》散曲，"大德"是元成祖的年号，关汉卿写作这首散曲，尚在大德初年，上距金亡（1234 年）已六十多年，关汉卿在宋亡（1279 年）之后游杭州，可能不久死去，那么上推生年到金代哀宗正大元年（1224），卒于元成宗大德元年（1297）至四年（1300）之间。

以上各说都有不同的论断，尚无定论，当前一般的说法是生于十三世纪初，死于十三世纪末。

考证作者生卒，是为了了解作者所处的历史时代，以便更准确地理解他的作品的背景。在没有发现新的依据以前，我们先按一般的说法论述。

自十三世纪初期，蒙古游牧社会封建关系才开始产生、发展。到了中叶，虽然还有很多原始公社制和奴隶制的残余，但封建制已占主导地位。阶级分化，牧民沦为牧奴，俘虏变为奴隶，被征服地区的农民受各种封建剥削。这时的蒙古贵族实际上成为军事封建主。

这说明关汉卿所处的时代是中国历史上的特殊阶段，是由一个原来蒙古氏族制过渡为封建制的时期。当时在蒙古统治下的各族人民所承担的压迫是严酷而沉重的，汉族人民则更受到双重的压迫——民族的和阶级的。蒙古统治者把人民分为四等：蒙古人、色目人（意为色目相异的人）、汉人、南人，实行种族歧视政策，在任官、科举、刑罚上都有差别。关汉卿虽非南人，也只是在第三等。相传他曾为太医院尹，今人考订应作"太医院户"（《元典章》说太医院户，是金元时期一种特殊的户籍，是属于太医院管领的户籍。医生的子女入户，可以免去杂役），他一生没有做官。人们称他关解元，恐怕是当时人们对书会中人的一种通称，并不一定中过解元。他的社会地位是比较低下的，这使他能更好地接近下层人民。

当时中国的社会是农村和城市都笼罩着双重压迫。蒙古统治者横行霸道，汉族的地主阶级官僚分子助虐作伥。社会上民不聊生、冤狱层出。关汉卿的杂剧集中地反映了当时社会的许多面，简直成了这个社会的缩影。

正由于封建压迫的日益加重，农民起义有记载可考的，从十三世纪七十年代开始，在南方一带此伏彼起，到十四世纪中叶南北农民大起义，终于推翻了元代一百余年的统治。

在关汉卿的生活年代里，他的晚年可能正是南方起义的开始，他目睹了当时民族矛盾、阶级矛盾的日益尖锐化，人民的苦痛日益加深。他常年同下层人民相处，尤其是当时的歌妓和书会中的剧作家以及一般市民，非常了解同情他们的疾苦，所以他歌颂他们的反抗封建统治的品质，提炼他们向封建恶势力进行斗争的经验、智慧，更寄予他们的生活前途以美好的希望。这位伟大的剧作家，总是站在被压迫者一边来观察斗争，同情他们的战斗的，他的剧作也就成为当时人民群众反抗压迫的集中表现和锐利的武器。这些成就，尤其是他对当时阶级斗争的锐利而又深刻的观察，足以说明当时和以后的农民起义为什么会风起云涌，他的这种认识正应该是受到人民反封建力量的启发、鼓舞才获得的。

《窦娥冤》

这本杂剧是关汉卿的代表作，是元代社会黑暗现实的缩影，是作者站在元代封建统治下的被欺压被迫害的人民这一边来揭示当时的对立的阶级斗争。他同情支持被压迫者，经过提炼，集中摆出人民在封建压迫下不反抗就走投无路的现实，热情歌颂人民对封建恶势力的坚毅大胆的反抗，又总是欢悦地写出最后胜利属于当时的人民。

我们现在读到的这本杂剧，一般是明万历时期臧懋循编校的《元曲选》本。这是经过后人加工改编过的通行本。臧本以前还有龙峰徐氏刻的《古名家杂剧》的本子，不但文字有不同，情节也有其差异。徐本可能更接近关剧原貌。这说明戏剧在演出、流传过程中是常常改动的。此外也还有后出的其他本子，大都据臧本印行。从几个本子的比较中，可以看到改编或改订、改动的痕迹。以下除另注明版本以外，其余都据臧本。

臧本分四折，外加一个楔子。这是元明用北曲演唱的杂剧的通行体制。"折"，约相当于现代剧的"幕"。叫"折"，是说在全剧结构中的一段，有人说是"摺"的简字。每折曲文都用同一宫调若干支曲子联成套数，一韵到底。四折都由一个角色（或旦或末）独唱到底。"楔子"多数放在剧前做序幕，也有的放在两折之间做过场。楔子中有时有配角主唱一二支曲子。叫作"楔子"是借用木工上的名词，比喻可使原来结构松懈的地方紧凑起来。徐刻本和《酹江集》本"折"作"出",是在传奇盛行以后受传影响,改用南曲传奇的体制名称。徐本并将楔子并入第一出,不如臧木和《酹江集》本放在剧前做序幕好。

楔子

本剧以窦娥反抗封建压迫的性格发展为主线,来揭露批判元代社会各种封建势力的罪恶,这个楔子是序幕,也是幼年的窦娥厄运的开始。

七岁的女孩子窦娥,这样幼小的年龄,就被元代社会普遍存在的高利贷吞噬了。她父亲窦天章因为"一贫如洗",又"不幸浑家亡化已过",曾借蔡婆婆二十两银子,"到今本利该对还他四十两"。他是个书生,就一方面想以"上朝取应"报考做官,作为他摆脱这窘境的唯一道路,一方面又得解决蔡"数次索取"的债务问题,便"将孩儿窦端云送与蔡婆婆做儿媳妇"。他说得好:"那里是做媳妇,分明是卖与他一般。"这在元代社会也是流行的买卖人口的婚姻,《秋涧大全集》就载有一个奏章,说当时大都的婚姻问题,往往表面上是两家结亲,实际上是买卖人口,申请朝廷禁止这种变相的卖良为奴的事件。足见这个幼年的窦娥的厄运在当时也带有其普遍意义,也更具有典型性。

作者在这里特地写了窦天章这个儒生"无计营生",只能以投考作为唯一出路,徐本窦天章下场时说:"儿呵,我这一去了啊,几时再得相见也!"(臧本作"我也是出于无奈",是为天章解脱语。)为第四折回乡为窦娥申冤作了伏笔。

第一折

蔡婆一出场,便是以一个依高利贷为生的寡妇。在窦天章同她商议将窦娥送给她做儿媳妇的时候,她不直接接着说窦娥的事,却同窦天章算清账目,又"借"(臧本作"送")与天章"二两"(臧本作"十两")银子做盘缠,足见其终日经营高利贷的吝啬。徐本写这点更为突出,臧本对她的这方面的性格有所修改。

窦娥三岁亡母,七岁离父,在蔡婆家做童养媳,十七岁成亲,不幸又守了寡。这一折便是写第二个厄运来到以后的窦娥。

她唱道：

【仙吕点绛唇】满腹闲愁，数年禁受，天知否？天若是知我情由，怕不待和天瘦。

【混江龙】则问那黄昏白昼，两般儿忘餐废寝几时休？大都来昨宵梦里，和着这今日心头。催人泪的是锦烂漫花枝横绣闼，断人肠的是剔团圆月色挂妆楼。长则是急煎煎按不住意中焦，闷沉沉展不彻眉尖皱，越觉的情怀冗冗，心绪悠悠。

【油葫芦】莫不是八字儿该载着一世忧，谁似我无尽头！便做道人心难似水长流。我从三岁母亲身亡后，到七岁与父分离久，嫁的个同住人，他可又拔着短筹。撇的俺婆妇每都把空房守，端的个有谁问，有谁偢？

这里突出写她的"节"，为以后抗抵张驴儿的无礼要求奠定了基础。这不仅是封建的节操问题，当窦娥一遇到外来的恶势力压迫时，就显示出她反抗强暴的力量。但这时的窦娥，却不过是一个安于"天命"的孤寡。从幼小长大，一连串家庭范围的厄运已初步锻炼了她的性格。

初步显示出来的窦娥的反抗性，表现在她对婆婆招来张驴儿父子的批判上。

蔡婆向赛卢医讨债未遂，几乎被害，张驴儿父子"救"了她，实际上是将沉重的压迫加在她的身上。蔡婆在两个恶狼似的流氓威胁下，就"招张老做丈夫"（徐本），并且连窦娥也出卖了。这固然是蔡婆终日依高利贷为生而具有的软弱性，但是也反映出这个无依无势的寡妇，也要被大于她的恶势力吞噬。这只是线索，作者安排了这个情节，是为了把第三个厄运——社会上的黑暗势力引入窦氏家中，重加在窦娥身上。

作者开始将窦娥反封建的反抗性格从她和蔡婆的矛盾中显示出来。她嘲笑了她的婆婆：

【后庭花】避凶神要择好日头，拜家堂要将香火修；梳着个霜雪般白鬏髻，怎将这云霞般锦帕兜。怪不的女大不中留，你如今六旬左右，可不道到中年万事休，旧恩爱一笔勾，新夫妻两意投，枉教人笑破口。

【赚煞】我想这妇人每休信那男儿口，婆婆也，怕没的贞心儿自守，到今日招着个村老子，领着个半死囚。则被你坑杀人燕侣莺俦。婆婆也，你岂不知羞！俺公公撞府冲州，阎闾的铜斗儿家缘百事有，想着俺公公置就，怎忍教张驴儿情受？兀的不是俺没丈夫的妇女下场头。

窦娥嘲讽她婆婆的改嫁，说明作者对这个问题的看法，使窦娥和蔡婆形成了强烈的对比。

入赘，本是张驴儿的诡计，至此他落了空，便会生出下折的风波。

徐本只说张驴儿不肯干休。净下场时白：

窦娥不肯，则这般罢了不成？好共歹与我做个老婆。

臧本特地突出了窦娥的反抗性，写窦娥把张驴儿推了一跤，并把蔡婆写成从中劝说窦娥顺从张驴儿，而自己不曾改嫁，许多曲文便不好讲，在恶劣环境的孤立情况有所减色。

第二折

作者继续让窦娥进一步批判蔡婆。徐本把蔡婆招赘张老写成了事实，张老上场白："老汉自从来到蔡婆婆家作接脚。"臧本改为未成事实，第一折末尾蔡婆曾说，"既是他（窦娥）不肯招你儿子，教我怎好招你老人家"，"待我慢慢的劝化俺媳妇儿"。本折张老独自改为"却被他媳妇坚执不从，那婆婆一取留俺爷儿两个在家住，只说好事不在忙，等慢慢劝转他媳妇"。

徐本写成事实，那么，窦娥批判她婆婆的那些曲子才有所指，才更有力量。像"他本是张郎妇，又做了李郎妻"（【南吕一枝花】）；写这一对新婚的老夫妇的丑态如"这一个似卓氏般当垆涤器，……"（【梁州第七】）；吃羊肚汤时是"一个道你请吃，……"（【贺新郎】）。这些都是窦娥对蔡婆的不敢反抗恶势力，而与之妥协的懦弱性格大为不满。作为童养媳的窦娥能这样大胆地指责花了四十两纹银买了她的婆母是大胆的。前折是批判婆婆引狼入室，这里就直接讽刺责备婆婆的妥协了。

但臧晋叔却改为蔡婆只是应付应付，不曾真的嫁给张老，又有他的看法。改编者可能由于窦娥在后场里救了她婆婆并且很有"孝心"，如果前场把蔡婆写得那样坏，就不好交代。所以在放了毒药的羊肚汤药死了张老的时候，窦娥唱的那支【斗虾蟆】曲文，两本就大有不同。

徐本：

……又无羊酒段匹，又无花红财礼；把手为活过日，撒手如同休弃。不怕傍人笑耻，①不是窦娥忤逆。劝不的即：世世哭哭啼啼，烦天恼地。呸！不似你舍不的你那从小里指脚儿夫妻。②〔孛老死科〕③〔卜云〕怎生是好，死了也！④〔旦〕我其实不关心⑤，无半点恓惶泪休⑥心如醉，意似痴，魂飞⑦手慌脚乱⑧，哭哭啼啼。

臧本异文：

①无此句。

②以上四句作"生怕傍人议论，不如听咱劝你。认个自家悔气，割舍的一具棺材停置，几件布帛收拾。出了咱家门里，送入他家坟地。这不是你那从小儿年纪指脚的夫妻"。

③无此四字。

④无此七字。

⑤"心"作"亲"。

⑥作"休得要"。

⑦无此二字。

⑧作"便这等嗟嗟怨怨"。

从这里的异文可以探讨改编者的意图。臧本窦娥的曲词只是一个"不如听咱劝你"，而徐本中的"呸！不似你舍不的你那从小里指脚儿夫妻"

是用斥责语气，更有力地说明窦娥不是被那封建孝道约束的孝妇（曲文也说"不是窦娥忤逆"），而是一个敢于同蔡婆妥协行为做斗争的女性。

徐本写张老被毒死以后，"〔卜云〕与他做了浑家罢"，臧本改写为张驴儿威吓蔡婆，也和这意思相近。

窦娥不畏张驴儿的威胁，敢于同他公堂争诉，自然表现了窦娥不畏强暴的勇气，但同时也说明窦娥从小就被关在蔡家，未曾接触这个黑暗社会。她以为"心上无事"不怕见官，她对封建官府是抱有幻想的，她设想封建官府是"明如镜，清似水"，能够"照妾身肝胆虚实"，她才上公堂，争曲直。但是当她接触到这位桃杌太守时，她在"挨千般打拷万种凌逼"之下明白过来，原来封建官府的黑暗是"覆盆不照太阳晖"！（徐本原作"告你个相公明镜察虚实"，非常无力。臧本这句直将封建官府的黑暗一笔勾出。）

公堂一场，可以说是封建社会官府、流氓纠结一起对孤苦的妇女（人民）的迫害事实的集中概括，是元代黑暗社会的一个缩影。例如着重写了桃杌太守的贪污（"但来告状的，就是我衣食父母"）、昏庸（对下毒药的人弄不清楚，竟："都不是，敢是我下的毒药来？"），并且突出写了封建官吏对人民的阶级偏见、歧视（"人是贱虫，不打不招"）。在糊里糊涂判定窦娥死罪以后，县官便后宅吃酒去也。（徐本）

写窦娥被屈打，作者仅仅用了【骂玉郎】【感皇恩】【采茶歌】三支"带过"曲子高度概括了封建官府、"王法"对无辜人民的迫害。在舞台上演唱出来，形象如在目前，就更加使当时的人民观众清楚地看到自己的命运，从而加强了人民反封建的决心，也使后世的读者憎恶封建官府，而同情窦娥。

窦娥被屈打，并未成招。她的招伏，是为了救她的婆婆，她不忍使年迈的婆婆遭此苦刑。在这一点上，蔡婆也是无辜而被迫害者（虽然她性格有懦弱的一面）。窦娥先是对她批判，是憎恨她对恶势力的妥协，憎恨她引狼入室，而这里则是对她被害的一面的同情。不能仅以封建的节孝作为解释，应该从实质上即从阶级斗争的对立事实中看作站在被害的人民的一边的抗议。屈招是抗议，不是屈服，她以牺牲自己的精神救了同她共受压迫的婆婆。在"尾声"一段里说得很清楚，她是看到别无生路，还是要同封建势力"争到头，竞到底"的。

第三折

法场的一折是全剧的高潮，是窦娥同封建势力斗争最有力的一段表现。

窦娥从小失掉父母以后，她的生活道路上的苦难，已经逐渐把她锻炼成为一个具有坚强反抗封建黑暗势力的性格的人。所以在她被屈打、遭受到封建王法的极刑的时候，她的反抗的精神也就上升到她生活的那个时代所可能达到的高度。

这一折，徐本只写了两个部分的曲文：一是诅咒天地鬼神，否定封建神权，从而怀疑封建王法；一是要求绕走后街，免得被婆婆看见她上刑场而伤心。从全剧来看，反抗性格至此已基本完成，可是作者加上后一部分，更渲染了窦娥善良的一面。在自己临死时还在替婆婆着想，这就使读者对她更加同情，对她的屈死更感到愤慨。她临死时提了三桩誓愿，徐本只用白来写，臧本则用了【耍孩儿】三支曲子，以夸张的幻想笔法抒发了她的冤枉之大和理想之高。这个增改是非常有必要的。这不是迷信，不是荒唐不经的胡思乱想，这说明这个无辜的孤苦善良的女性的被迫害使天地变了色，用这种反常的自然现象来申诉、控诉封建黑暗社会。这正是古代人民反封建的浪漫主义精神的高度表现。

这一折的曲子用"正宫"来定调。《太和正音谱》说这是个高亢雄壮的音调，正适宜表现窦娥的"动地惊天"的冤屈的呼声，表达其反抗封建官府草菅人命的义愤和人民的理想愿望。

第一部分，哭天骂地，这不仅是封建者所不许可的，不仅是对神权的疑问，不仅是窦娥"哀哀无告"才告到天地鬼神，不仅是她临刑时的呼天抢地，而且是对封建王法及其执行者发出正义的质问和谴责，每一支曲子都迸发出高贵的愤怒火花。

她的反抗思想，她的不平的口吻，她的对封建王法的信念的否定，首先表现在衬字上。【端正好】："没来由犯王法，不提防遭刑宪。""犯王法""遭刑宪"是封建统治者强加给她的罪名和罪刑。加上"没来由""不提防"就鲜明地指出这是毫无事实依据而判处她死刑的冤狱来。"叫声屈动地惊天"，这个"屈"字是全折的主要内容，只一个字，因为它很重，内涵很多，竟而动地惊天，这个屈又多么大呵！它不仅概括了第二折，成为全剧的主脑、本折的中心。"顷刻间游魂先赴森罗殿"一句用以上的冤屈和将要遭到非刑的事实为依据，用设问句表现"怎不将天地也生埋怨"，更加有力。读者会对这种感情产生正义的共鸣。我们知道，"天地"是封建统治者统治人民的绝对权力的象征，封建统治者用来宣扬封建道德规范的"善书"中常常把咒骂天地的人作为"大逆不道"，甚至要入什么"拔舌地狱"。在这里，从窦娥的不幸遭遇的事实却证明了天地是"合埋怨"（徐本）的东西，这后三句启下文。

【滚绣球】曲，开头二句"有日月朝暮悬，有鬼神掌着生死权"是说封建社会原有封建的统治秩序，这正是封建统治者用以威慑人民的迷信。窦娥却大胆地提出了它的义务："天地也只合把清浊分辨。"可是事实并不如此，接着她提出了勇敢的质问："却元来也这般顺水推船！"这不是窦娥一个人的问题，正是封建社会广大人民心底的问题。封建统治者虚伪地宣称只有他才是能够掌握人民命运的，可为什么颠倒了是非、糊涂了善恶清浊呢？并且这不是个别情况，是"为善的受贫穷，更命短；造恶的享富贵，又寿延"。当然善恶在阶级社会中是有阶级性的，本剧的代表人物，善良的是窦娥，造恶的是张驴儿父子，这正是代表着这两类人物的典型。她的疑问，终于在受压迫时得到了确切的答案："天地也做得个怕硬欺软。"这是封建统治者的本性，他偏袒欺侮人民的恶棍，同流氓纠结一起来欺压手无寸铁的孤寡婆媳。前折的事实做了这个抨击的依据。"却元来也这般顺水推船"，"却元来"说明窦娥至此完全觉醒，无情的现实拗转了她原来对官府的幻想。照此推断，天地"不分好歹"，"错勘贤愚"，是没有资格再做天地了。这在当时是多么大胆的语言！不过，关汉卿还没有从根本制度上了解这个问题，他的笔触只能直接触及封建的贪官污吏，换句话说，他还是在承认封建王法的前提下来触及封建的。这由于作者处在七百年前的元代社会，还不可能设想有什么一个新的社会来代替它。

第二部分，【倘秀才】写窦娥这个弱女子被死囚重枷压得"左侧右偏"，看行刑的人拥得"前合后偃"，本当走近路，而为怕婆婆看到而绕远路走，更显出她的善良。【叨叨令】写其孤苦无依。【快活三】写她同婆婆哀诉三个"念窦娥"均极引人同情,有事有情。观众会落泪。

第三部分,臧本特别补了这三支【耍孩儿】,以见其冤屈之大,更突出了窦娥"争到头,竟到底"的反抗精神。

第一支【耍孩儿】是用血倒流表明冤屈,使众人都要明白。【二煞】是感天动地六月下雪,使天地也为失去了窦娥而变色反常。【一煞】是对官府的处罚,山阳大旱三年。三曲对象不同,事态不同,但都是表明冤枉的,是"争到头"的表现,语句是有力的。每支曲子都有很多地方用了反义词"不"字(这三支曲子共用了九次),表现和封建势力的斗争的有力;多用命令语气表现出反抗信心的坚定,如"我不要";肯定语气,如用"定要";有假设词是表明当前尚未证实("若果有")。又所设誓愿都用七言对句来突出描写:"半星热血红尘洒"是热血倒流,"一腔怨气喷如火"是六月飞雪,"三年不见甘霖降"是三年大旱。这都是幻想,不是现实,而她的反抗封建黑暗现实的思想却非常真实,愤慨之情,一泄无余,而且有现实基础。"这都是官吏每无心正法,使百姓有口难言",是高度的现实概括,也是本剧的总结;"如今轮到你山阳县",是指斥语,非常有力质朴,再用衬字"你"字,便是直斥语气,是同封建官府面对面的斗争。是全剧阶级矛盾的最集中最高度的体现,本折就成为全剧的高潮,这三句又成为这个高潮的潮头。【煞尾】改得也好,头两句"浮云为我阴,悲风为我旋"化用刘琨诗,不露痕迹。在死前已见天阴风旋,可以感到天地被感动了,开始出现了天地反常的"奇迹"。再申说到"亢旱三年",以见其冤,伏下折。浪漫主义气息弥漫全折,是由于这三支曲子的增加,这比徐本要更为出色。

第四折

第四折是全剧余波,却是矛盾解决的关键。作者用鬼魂告状的方式来使窦娥鸣了冤报了仇,平了对封建迫害的"怨气"。除鬼的问题暂不涉及以外,这个情节是必要的,观众也要求解决这个问题,我们古典戏剧在结局地方往往要给观众表明一个大快人心的结果,不然观众不满意。使窦娥在生前在苦难日子里反抗恶棍、封建官僚,死前仍旧"争到头",死后还要"竟到底",最后取得胜利,这不能不说是作者对人民的力量的肯定和信赖，正说明关汉卿是站在人民方面来歌颂其反封建的。但是把这种愿望寄托在鬼身上，寄复仇热望于被压迫者的身后，却是虚无缥缈的。总之作者受到时代的限制，不可能设想出来其他方式。鬼是唯心的，是说明人们无法或无力在现实社会中改变不合理的现实，而产生一种不在生前斗争，而是善有善报恶有恶报的幻念。因此，作者安排了一个"清官"的典型窦天章、做了廉访使的窦娥的父亲来翻了冤狱，而不让窦娥鬼魂亲自把张驴儿捉住复仇（如果真的这样安排，张驴儿就也变了鬼了，冤也还是报不完），必须是势剑金牌，按封建王法办事。虽然作者批判了官府，在末尾也说到"这的是衙门从古向南开"的现实，非常真实地揭出封建官府的反动本质，可是仍旧落了依靠"王法"才能平冤的窠臼，这说明即使是关汉卿这么伟大的古代唱曲家，他在这一点上也不可能没有他的阶级和时代的限制。即使由窦娥的鬼魂亲手处治了张驴儿等人，难道就没了局限了吗？过去有些文章以鬼魂的出现作为进步性来分析是不对的。

【鸳鸯煞尾】是本剧的主题，好的地方是，为"万民除害"，这是当时人民的渴望；局限的地方便是"与天子分忧"（徐本作"替一人申冤较好"），则仍是服从封建统治的。我们不能要求关汉卿有打破这服膺封建帝王统治的思想，那样，是反历史的，可是也不能不指出他的思想只能达到以上所说的高度。今天读者应肯定全剧反封建的主题是好的，而不要忽视对这种寄望于鬼域的虚无思想的批判。

总之，作者认识到当时社会的黑暗本质，表达了当时元代的时代精神（人民反封建的思想）。前半侧重写窦娥性格的成长，着重对她的遭遇的环境描写，具体、细节、典型、概括，写一个苦难女子的生活道路，就可以"一以当十"，是现实主义的；在这个基础上，明冤、复仇，是人民的理想愿望，是浪漫主义的。带前者性质的语句较质朴，写浪漫主义的就更为华美，以表达出反封建的热望和力量，但并不排斥其更加高度概括的现实主义成分，如"官吏每无心正法"和"这的是衙门从古向南开"，都用极精粹朴素的语言，使所概括的内容丰富、典型。这是古典戏剧语言的典范。明代贵族文人戏曲批评家说关汉卿是"可上可下之才"，是不符合事实的。这一方面暴露出他们对反封建的思想的反对，对语言艺术，他们也是有其阶级偏见的。

关汉卿认识现实的深刻性，比他以前的剧作家要进一步，批判深度就超过了以前的认识。他从千百个"窦娥"概括出一个窦娥来，大德七年（1303）的冤狱就有一千多起。是他从他所接触到的现实生活中提炼出来的矛盾斗争情节，比一般史书的记载更真实更具体，概括得比现实更高，人物也更为典型。并且写出了好的理想，提高了观众对现实认识的水平，使他们敢于起来反抗封建恶势力，这不能不说是本剧的伟大成就，其主流仍是好的——虽然结尾在解决矛盾时显示了他不可避免的局限性。

附注：关于元代社会可参阅《元史》、《新元史》、《元典章》和新著的中国通史，如《中国史纲要》《中国通史简编》《简明中国通史》。

又关于关汉卿全部作品的评价，可以参阅《关汉卿研究论文集》和有关的文学史，如北大五九级同学编著、中国科学院编著的各本。

关于戏曲历史知识可参阅《中国戏曲史长编》《宋元戏曲史》等。

关汉卿的喜剧代表作
《望江亭中秋切鲙》杂剧[*]

  关汉卿创作的杂剧剧目见于《录鬼簿》的有六十三本，现存的只有十七本，其中五本已残缺，只存曲文。《窦娥冤》是他的出色的悲剧代表作，《望江亭》和《救风尘》则应该是他的喜剧代表作。

  不论是悲剧还是喜剧，关剧都是面向现实、反映现实的。《窦娥冤》中窦娥的一连串不幸的遭遇，集中反映了元代人民被反动的官府、恶棍等封建恶势力迫害的真情实况。窦娥的反抗性格的成长以至对封建法令制度的怀疑和否定，正是当时被迫害人民内心的控诉，最后的胜利仍属窦娥。作者以充沛的热情歌颂了被压迫者对封建统治的反抗，善良的窦娥负屈而死，天地为之变色，这是悲剧；又托之魂告和清官的昭雪平冤，却没有指出被迫害者如何在生前向周围重重的恶势力进行斗争、取得胜利的途径，显出来作者思想的局限性。《望江亭》《救风尘》却不然，剧本突出了善良的被迫害者，尤其是处于社会底层的妇女被权豪势要、纨绔子弟所迫害的现实，是同《窦娥冤》一样具有现实主义精神的（《窦娥冤》在这一点上则更为深刻），揭示了封建统治阶级的丑恶本相，对他们，作者都用了辛辣的讽刺。如果说悲剧《窦娥冤》是着重教育群众不能不与封建统治者进行斗争，那么，关剧的喜剧意义就在于教导当时的人民怎样与反动的敌方进行斗争。剧本通过具体的典型，取材于元代现实的事例，集中情节冲突，也就是被压迫者与权豪势要之间斗争，美好的社会理想和丑恶的封建

---

  * 本文系天津和平区语言文学业余讲习班讲义。

势力之间的斗争。对腐朽的势力，在斗争中揭示其丑恶的可笑的本质加以讽刺，教导人民利用封建统治者的腐朽的不可克服的缺点来斗争，使敌人从原来处于优势的地位转到劣势地位，以致失败，被迫害者最终获得了胜利。这是关剧喜剧重要的特色。

元代的社会矛盾是具有其特殊形态的，民族压迫、阶级压迫空前加剧。统治阶级、权豪势要、衙内恶棍，横行霸道，任意掠人财物、夺人妻女，无所不为。即以关剧为例，《蝴蝶梦》中的葛彪是土豪，《窦娥冤》中的张驴儿是恶棍，《鲁斋郎》是衙内，《望江亭》又有个杨衙内。在当时处于社会底层受着数重压迫的妇女就更为痛苦。关汉卿生活在社会底层，有更多和妓女接近的机会，他目睹这种现象，也受到被迫害妇女英勇机智的斗争的鼓舞，想借演剧来为人民的斗争指出胜利和解脱痛苦的道路，才不止一次地写了这类主题剧本。

《望江亭》里的谭记儿没有被恶势力所吞噬，而是战胜了杨衙内。谭记儿凭自己的智勇进行斗争，解救了自己和丈夫，保卫了他们的幸福生活，这和赵盼儿的侠义、为人解脱苦难而斗争又不一样。

剧本四折，前两折是第三折的前奏。

第一折，先由白士中的姑娘（姑妈）白姑姑交代出谭记儿和白士中。谭记儿是"生的模样过人"，这在当时便成为权豪衙内的猎取对象；加以"不幸夫主亡逝已过"，就更加无所仗恃；"无男无女"，便更有改嫁的可能。这就点明了谭记儿的身世，又为下文与白士中结合做了伏笔。她的苦闷是很深的（【仙吕点绛唇】【混江龙】二曲已说明），更重要的是，她有一种在夫妻平等互相敬重的前提下，情愿重嫁的思想（【元和令】下白："嗨！姑姑，这终身之事，我也曾想来，若有似俺男儿知重我的，便嫁他去也罢。"），再加上白姑姑的"恶叉白赖"，"甜言热趱"，才随白士中赴任。川剧改编本①去掉了白姑姑软硬兼施的威胁，强调了谭记儿的自愿改嫁，增加了同白士中赠诗的情节，就在修改白姑姑的性格的同时，修改了谭记儿的性格，使这个形象更加完整；并且在谭记儿出场前便点明杨衙内的胁迫，使矛盾冲突集中在杨衙内对谭记儿的迫害上面。

———————————

① 详见本书《川剧〈谭记儿〉》一文。

第二折，先写杨衙内之无理诬陷白士中贪花贪酒不理公事，再写白士中为官"只用清静无事为主，一郡黎民，各安其业，颇得众心"（这当然只是作者对封建社会"清官"的幻想），以二人先后出场和出场白作为事实对比；又通过白士中的独白，点明白士中久闻杨衙内要图谭记儿为妾，颇存戒心；并进一步形容谭记儿的美貌，尤其在这里强调其"聪明智慧，事事精通"，正是为本折谭记儿猜测和下折谭记儿以智勇战胜杨衙内做伏笔。

本来杨谭的矛盾冲突可以直线发展，作者又安排了谭对白士中观看家书产生疑窦的情节，使正面冲突之外，插入一个曲折的波澜。这不仅说明封建社会中的妇女作为妻子的地位没有保障，并且通过这假设的波澜更深刻地描绘了谭、白夫妻是真诚相爱的。正因为白士中不负心，没有休妻再娶，谭记儿一直有着美满生活的愿望，才只身入虎穴，来保卫他们两人应有的已获得的幸福生活。

当白士中被迫说出家书的真情和烦恼的缘由时，颇有畏惧，谭说："相公，你怕他做甚么？"【十二月】【尧民歌】二曲更衬出谭的智勇。从这里起谭的性格再不是温柔、娇羞、愁闷的了。谭记儿正是由于这个"花花太岁，要强逼我步步相随"，而且祸事就在眼前，她的聪明机智才更加鲜明地表露出来。她说怕事的白士中"只睁眼儿觑者，看怎生的发付他赖骨顽皮"，而且预料一定要"着那厮得便宜翻做了落便宜，着那厮满船空载月明归"，"着那厮磕着头见一番，恰便似神羊儿忙跪膝"。最后一句，点明"智赚"，是全剧的眼，又启下折的直接同杨衙内的斗争。这里给观众提出了一个问题：谭记儿究竟要怎样"智赚"呢？这就有了戏剧性，会引人入胜。

杨衙内的丑恶心理和诬陷好人、夺人妻子的行为是很典型的，先是图谭记儿为妾未遂，至此步步追逼，杨、谭、白三人的关系和纠纷，已因杨衙内的步步追逼而极度尖锐起来。这冲突是具有现实意义和典型意义的，在元代社会中这是极为常见的事例。谭的智勇、美好的性格便在这矛盾的焦点上表现出来。

第三折是全剧冲突的高潮，杨、谭决胜的关键。作者在这里紧紧把握住人物性格的特点，抓住了情节：并不是随便的争吵，而是杨衙内以势剑金牌、皇上的文书为武器来谋杀白士中，夺娶谭记儿；谭记儿手无寸铁，却"淡妆不用画蛾眉"，便智赚了对方的武器。

杨衙内并不是慌张而来，而是自恃先占有皇上官衙的优势，并且有一套奸诈的计划的。照剧本曲辞说，他是"有备"的。这样，不仅真实地描绘出杨衙内的奸猾性格，而且使斗争更针锋相对起来。谭记儿就以智取，集中攻击杨衙内的邪心，也是极其脆弱的心。这种特殊的斗争透露出这迫害者与被迫害者、封建腐朽势力和有美好理想、有智有勇的女性双方性格的特色，使整个的斗争转化了原来优势和劣势的地位，这就叫作"戏"。

《望江亭》的"戏"就是集中表现在这第三折里的。杨是"有备"的，除了上述的"武器"，他一路之上只带了两个"聪明乖觉"的心腹亲随；在船上一个月期程，连头也不曾梳篦，一心想图谋谭记儿；到了中秋，亲随要吃酒，他还不许（当然，他们这好酒贪杯的人是不能不吃的）；并且还命令把别的民船都赶开，以免发生不测。这样偃旗息鼓戒备周至，就更增加了谭记儿斗争的困难。

谭记儿深知对方的丑恶本质，更想到"看那厮有备应无备"，便层层攻入，攻破杨的戒备，以达到智赚金牌势剑和文书的目的。

时届中秋，谭充分利用了这个"佳节"的好时光、好机会，并且利用杨已到潭州，自以为胜算在握、容易疏忽的心理，先唱一曲【越调斗鹌鹑】，借着风吹水送，传入亭中，来打动敌人的心，消释了杨衙内的警惕。曲文说："则这今晚开筵，正是中秋令节，只合低唱浅斟，莫待他花残月缺。"这种及时行乐、饮酒听歌，正是腐朽的衙内经常过的生活、这个阶级固有的颓靡心理，何况杨走了一个多月，该正是渴望吃吃喝喝、寻欢行乐；又正好遇上中秋，便更加不易坚持戒惕。这支曲子只泛泛地唱出来，点出她卖好鱼的鲜美，以为进身之计。这是谭记儿第一着进攻。

【紫花儿序】曲假说身世、目的。"我这一来，非容易也呵"语妙双关。以下的曲文便具体地唱出"非容易"这三个字的内容。原来他是要"稍关打节"，这本衙内习见的事，自然不会疑心，又为自己来这儿兜售做了解释。以下便忽转到"惯施舍的经商"身上，"不请言赊"，更容易解其疑窦，因为她假装不知亭中人是杨衙内，而以为是商人。不请言赊，现钱交易，衙内当然有钱，便会信她是因为贫穷，又要打点官府，急于要钱。

再唱她这条鱼，虽不过是引子，却明言"俺则是一撒网、一蓑衣、一箬笠"，全无其他可疑之物，"先图些打捏"，只先图一些赚儿文钱而已。然后用央告口吻，"只问那肯买的哥哥，照顾俺也些些"，以便自行上岸，攻破了杨不许民船接近亭子的禁令。这两支曲子唱来是由远及近，谭也就随着歌声进入"虎穴"。

谭记儿用财色先攻下了杨的周围亲随。她对李稍的态度是，以风月手段先迷其心。有了李稍的引见，杨便易于接近。李稍的介绍语是"有我个张二嫂"，关系便近了一层。杨追问是"甚么张二嫂"，李稍避而不答，谭就以财贿转求张千，接着便直入亭中，使杨亲自见到她。"衙内做意科"，果见杨衙内见色动心，便不像前面两次追问"甚么张二嫂"那样追根问底了，于是便叫抬过果桌来同饮。这样，谭记儿又攻破了第二关。

杨衙内对来潭州拿白士中一事，甚是精细，怕透漏风声。在谭记儿跪拜之时，杨衙内便提出做夫妻的问题，因而谭记儿得以进一步落座"谈心"。谭记儿假意随便地问："相公，你此一来何往？"杨衙内这时的警惕性仍然很高，只含糊其词："小官有公差事。"而李稍点破了"专为要杀白士中来"，杨衙内便立刻责其失言，说："哎！你说甚么？"谭记儿见事已说破，便热情表示赞同，又进一步去掉杨的疑心。谭再进一步问："州里怎么不见差人来迎接相公？"杨这才吐露了真情，他的警惕几乎全部消失了。谭记儿唱【金蕉叶】先吹杨衙内的权势，再自做腔势，表示已肯做夫妻，进一步巩固了杨对她的信任。

谭记儿又进一步同杨唱和，假意表示相爱情意，杨至此才毫无戒心了，只顾饮酒取乐。等谭记儿要借他的势剑治鱼，杨还只允借势剑，没有注意金牌和文书也被谭记儿一起拿去。当谭记儿用试唱错了的【夜行船】的曲辞来试探衙内是否睡熟的时候，杨和亲随三人都已沉睡入梦。谭记儿这才快慰地唱了两支曲子下场。就这样解除敌方的武装，彻底转换了原来所处的劣势地位，也才有第四折的胜利。

此折作者用插科打诨的方式尽力嘲弄了衙内和亲随的愚蠢和无耻，但作者并没有把衙内完全塑造成一个憨傻的人物，更加突出了谭记儿不仅有勇气，并且有谋略，斗争也才曲折深入。这一场表面上是轻松而内里却针锋相对的紧张斗争，完全拆穿了杨衙内的丑恶面目、奸诈手段。这场戏就告诉了当时的人民，封建统治者势力虽大、诡计虽多，并不可怕，只要你勇于斗争，善于把握其恶劣的阶级本性，即使在敌人暂时强大的情况下，也是可以战胜的。

第四折，作者安排杨衙内自恃以为还有文书，慌慌张张前来杀白士中，不料拿出一读，却是那两首【夜行船】。就这样，杨衙内还自恃没有原告，不怕白士中。这真是"百足之虫，死而不僵"。直等到谭记儿仍扮作渔妇张二嫂来告他时，他才央及白士中。可是他直到这时，还惦记着谭记儿，请求一见。最后他才认清原来张二嫂就是谭记儿。作者在这里怎样收拾结局、解决矛盾呢？他没有让白士中把杨衙内处治，而搬来了个奉皇上之命的都御史李秉忠来下断。这样才把杨衙内"问成杂犯，杖八十削职归田"，让"白士中照旧供职，赐夫妻偕老团圆"，归功于皇帝、清官和封建的法制。

从《望江亭》全剧来看，作者确实是把杨衙内的丑恶面目（即毫无价值的封建统治阶级的腐朽、愚蠢、无能、奸诈而又渺小等本质）层层撕破了，使观众能比较充分地认识到这个阶级的弱点，从而敢于战胜他，有办法战胜他。这场斗争，也就集中体现了当时人民向强大的反动的敌人斗争的智慧。

结局一折是洋溢着欢快的气氛的，具有美好生活理想、丈夫要"知重"妻子的进步思想的谭记儿，终于以机智和大胆战胜了持有金牌势剑的杨衙内。她的曲辞完全是胜利者的骄傲的口吻和欢快的情绪。但是问题的解决，虽然主要是凭着谭记儿本人的智慧和力量，这个过程就和那些只依靠清官（如包拯、窦天章）平冤的杂剧有区别，可是到了收场，作者终究让巡抚湖南御史李秉忠奉皇命"暗行体访，但得真情，先自勘问"，谭记儿并且还唱了【锦上花·幺篇】："呀！只除非天见怜，奈天、天又远，今日个幸对清官，明镜高悬。"而处治了这个"倚权豪、贪酒色、滥官员"（【新水令】）的"强夺人妻，公违律典"的杨衙内，"问成杂犯，杖八十削职归田"，最后谭记儿还向李秉忠致谢说："这多谢你个赛龙图恩不浅。"这说明没有清官，没有皇命，谭的美好婚姻仍然是没有保障的。谭记儿的斗争只是在"天又远"的情况下插进来的一段，那么在天子脚下的大都难道就没有这样的事了吗？显然，这是粉饰了封建统治。这也是关汉卿一贯具有的反贪官污吏、颂扬清官廉吏的思想的反映，又不免落入清官剧本的窠臼。这说明关汉卿在寻找解决这种对立矛盾的途径的过程中，还没有能够觅得正确出路。

关汉卿喜剧的圆满结局，体现了谭记儿的美好的理想、意志和愿望，喜剧主人公就常具有浪漫主义色彩，谭记儿以一弱女子身份而敢于向衙内斗争，是不平凡而罕见的，她自己要掌握自己的命运，让敌人向她作"神羊儿忙跪膝"，而自己决不做绵羊。她在斗争中是有倔强的性格特色的，所以谭记儿是关剧中的理想人物。剧本的进步性在此，局限性也表现在这里。作者突出了谭记儿凭个人的智勇战败了封建势力的代表人物杨衙内，但是正由于她是个人的奋斗，就是胜利了，也还是没有保障的，矛盾是得不到彻底解决的，那就不得不求救于封建的皇帝和"国法"、"廉吏"。关汉卿的时代，《水浒》故事已经盛行，他也没有写一本《水浒》剧，而都是以清官断案做了结，这一点也就可以看到他的阶级思想的局限了。

另外，这本杂剧是关剧中曲牌较少、曲辞较文的一种。

曲牌少，就更便于集中表现矛盾冲突，使几个斗争的焦点一个个突出出来。它不像《窦娥冤》那样需要许多支曲子联在一起尽情控诉封建压迫的罪恶，而需要一支一支地唱，就一点一点地突破了敌人的防守（如第三折）。直到第四折还是"一波三折"，以张二嫂身份见杨衙内时唱【新水令】；以谭记儿身份出现时，改唱【沉醉东风】【雁儿落】带过【得胜令】。一支支曲，像一支支箭，都射在杨衙内身上、心上。这不是汹涌的波涛似的对封建统治者的倾诉、控告，而是紧张的战斗，而是短兵相接的匕首战。所以曲子多寡，是由剧本的冲突的特定性质决定的。一般说来，曲子少些，可以精练一些，使观众可以聚精会神地听，可以使演员（杂剧是独唱到底的）不致过于劳累。当然，需要大段曲辞时，就不能不多写一些了。

这个剧的主题思想和《救风尘》相近，曲辞的风格却大不相同。同一个作者写同一类型的剧本，却还有它的不同点。《救风尘》的赵盼儿是妓女，侠义爽朗、泼辣犀利，曲辞就多用当时市语。《望江亭》中的谭记儿原是学士夫人，又嫁了个白士中，身份不同，曲辞便趋近文雅。例如第一折的【点绛唇】几支曲子，简直像宋元的文人词。另外，其中点化运用古人诗词的地方就更多，例如"是看那碧云两岸，落可便'轻舟已过万重山'"，是用李白的《早发白帝城》诗句（这可能是明代臧晋叔改的）；又第三折【收尾】"只他那冷清清杨柳岸伴残月"，化用宋柳永《雨霖铃》词。可是凡点化运用，都是贴切剧中情景和人物心理的，就是说作者在运用时是经过一番改造才化入曲子里面，而不是照抄的。

关于曲辞的多寡，风格怎样，都要由特定的戏剧冲突和人物身份来决定，这在关剧中是体现了这个原则的，也值得我们今天写剧本时借鉴。

【论小说】

《西游记》的浪漫主义[*]

　　《西游记》这部小说是一部神话小说，又有童话的性质，与《红楼梦》《水浒传》不同。《西游记》一百回，分两个部分来讲。先讲"大闹天宫"，然后讲"八十一难"，把取经队伍中的几个人物——唐僧、孙悟空、猪八戒、沙僧分析一下。这部书对我们启发教育意义很大，在国外也很有影响，越南、朝鲜流传的西游故事与中国的《西游记》相似。在朝鲜有用西游故事作为读汉语的课本的，这是他们过去学习汉语的工具。

　　《西游记》是浪漫主义作品，但浪漫主义不是用了夸张、想象的表现手法就是浪漫主义。《水浒传》是现实主义作品，也用这些手法。现实主义是现实的概括，而浪漫主义是对现实的理想。浪漫主义并不是没有根据的胡思乱想，而是以有积极意义的政治思想、社会理想为内容。改革社会、推动社会前进，符合历史社会发展规律的才是积极的浪漫主义，相反，如果拖着社会后退则是消极的。《西游记》是我国古代小说发展史中浪漫主义长篇作品的丰碑巨碣。《西游记》以前的许多优秀小说，虽然也有其在当时的进步意义，但是，这些作品和《西游记》比起来，其社会理想都还没有达到《西游记》的高度，艺术手法也有逊色，篇幅比较短，不像《西游记》那样波澜壮阔，变幻万端。闹龙宫、闹地狱勾销生死簿，然后大闹天宫，反封建的劲头很足，把玉皇大帝搞得摇摇欲坠。《西游记》的战斗性很强，但没有把玉皇大帝推翻，这是它的时代和阶级的局限。再说八十一难，取经队伍的成员不多，唐僧、孙悟空、猪八戒、沙和尚和一

　　* 本文系天津和平区语言文学业余讲习班讲义，略有删节。

匹白龙马，每个角色属于不同的思想类型，遇到每一个难时表现也都不一样，人物彼此之间是互相陪衬的。他们的不同思想与性格，在今天仍有教育意义。《西游记》的理想超过以前的浪漫主义小说，艺术手法比以前有发展了，孙悟空的在战斗中矫捷、灵敏，是猴的性格，猪八戒的笨拙、又懒又脏，是猪的性格，作者能把动物性格与人物性格融在一起，结合得妥帖、恰当，但基本是人的性格加入动物特性。因此，这部书除去是神话之外，还有童话的性质。《西游记》长达一百回，一般讲，分三个部分：大闹天宫，取经的缘由，八十一难。我认为取经的缘由是后人加进去的，"陈光蕊赴任逢灾，江流僧复仇报本"，"老龙王拙计犯天条，魏丞相遗书托冥吏"，"游地府太宗还魂，进瓜果刘全续配"，这些都是过渡的桥梁性情节。

一　大闹天宫

《西游记》的第一回到第七回写的是大闹天宫的故事。书一开始，写石猴的出世，笔法就带有反封建的战斗性。石猴出世"便就学爬学走，拜了四方。目运两道金光，射冲斗府。惊动高天上圣大慈仁者玉皇大天尊玄穹高上帝"。这一点与明代《西游记》杂剧不同，开门见山就写石猴与玉皇大帝的矛盾斗争，表现了他与玉皇大帝对立，也给大闹天宫做了伏笔。

下面写发现水帘洞，这一段不仅风景写得好，而且在当时的历史时代有很高的思想性。写猴子在山中避暑，在松阴之下玩耍："跳树攀枝，采花觅果；抛弹子，邷么儿；跑沙窝，砌宝塔；赶蜻蜓，扑蚇蜡；参老天，拜菩萨；扯葛藤，编草帏；捉虱子，咬又掐；理毛衣，剔指甲；挨的挨，擦的擦；推的推，压的压；扯的扯，拉的拉，青松林下任他顽，绿水涧边随洗濯。"三字的短句有弹性，和猴子跳的旋律一样，把猴的行动写得自由自在。从历史背景来分析，明代封建统治比以前的封建王朝更加强了，集权力量非常厉害，是前所未有的，锦衣卫是特务的大本营，全国各地有许多特务、太监探听民间"隐事"，同时，苛捐杂税很重，民不聊生，在那个封建社会中很难找到像花果山那样的自由自在的天地。作者的理想通过猴子的自由生活，安闲、乐逸表现出来。花果山上的群猴，原本是住在山里过着不固定的生活，他们"夜宿石崖之下，朝游峰洞之中"。有一天发现了一股水，他们就商量说："那一个有本事的，钻进去寻个源头出来，不伤身体者，我等即拜他为王。"孙悟空冒了生命危险，跳进水帘洞，群猴才有了安身立命的地方。这个水帘洞的好处，第一回有一段介绍：

> 你看他瞑目蹲身，将身一纵，径跳入瀑布泉中，忽睁睛抬头观看，那里边却无水无波，明明朗朗的一架桥梁。……看罢多时，跳过桥中间，左右观看，只见正当中有一石碣。碣上有一行楷书大字，镌着"花果山福地，水帘洞洞天。"石猴喜不自胜，急抽身往外便走，复瞑目蹲身，跳出水外，打了两个呵呵道："大造化！大造化！"众猴把他围住，问道："里面怎么样？水有多深？"石猴道："没水！没水！原来是一座铁板桥。桥那边是一座天造地设的家当。"众猴道："怎见得是个家当？"石猴笑道："这股水乃是桥下冲贯石窍，倒挂下来遮闭门户的。桥边有花有树，乃是一座石房。房内有石窝、石灶、石碗、石盆、石床、石凳。……真个是我们安身之处。里面且是宽阔，容得千百口老小。我们都进去住，也省得受老天之气！这里边：
>
> 刮风有处躲，下雨好存身。霜雪全无惧，雷声永不闻。
> 烟霞常照耀，祥瑞每蒸熏。松竹年年秀，奇花日日新。"

这块"福地"，原来是可以避风雨、却寒暑，"省得受老天之气"的所在。正因为孙悟空替这"千百口老小"找到这样的"安身之处"，才被大家推为"美猴王"。"福地"是道教的术语，这里借以表示是幸福的地方。试想生活在封建社会里的人民，受到重重剥削、层层压迫，谁不想找这样一块"福地"，以安身立命呢？这正是人们对生存的要求。这块"福地"，虽然可以逃避了自然对他们的危害；而且有"水帘""遮闭门户"，足以掩护自己，防止敌人。并且他们从此以后，都"不伏麒麟辖，不伏凤凰管，又不服人间王位所拘束，自由自在"地活下去。这是社会斗争的反映，反映当时人民追求自由、摆脱封建的统治钳制的要求。这种理想可与它以前的作家的社会理想比较一下。陶渊明的《桃花源记》，写一个渔民迷路了，驾着船到桃花源，看到那里生活很安定，反映魏晋南北朝以来的社会动乱和人民想过安定生活的理想。"春蚕收长丝，秋熟靡王税"，反映了废除封建租税制度的希望。而《西游记》则表现出一切封建统治势力都管辖不到花果山，孙悟空等要自由自在地生活，这比陶渊明的思想高得多。在《水浒传》中也没有大闹天宫的情节，李逵有让宋江做皇帝的思想，被宋江批驳了。而《西游记》表现出一定要换皇帝，这种社会理想是以前小说中没有的。但是，它不如十六世纪末英国空想的社会主义——乌托邦思想具体，那时英国是资本主义萌芽时期，乌托邦思想要取消一切私有制，但不科学。当时中国与外国情况不太相同，中国革命是反封建，表现农民的思想，写出封建社会人民对自由、幸福生活的向往。当时它和今天的无产阶级的民主还差得远，有其本质上的差异，这是应该加以区别的。

然而，孙悟空又想到："今日虽不归人王法律，不惧禽兽威严，将来年老血衰，暗中有阎王老子管着，一旦身亡，可不枉生世界之中，不得久注天人之内？"为了解决自己的生命问题，为了脱离"阎王老子"的管辖，孙悟空便出外求仙学道。他刻苦地学习了七十二般变化，而且能够一个筋斗翻出十万八千里。美猴王回到花果山，剿了混世魔王夺了大刀，"逐日操演武艺，教小猴砍竹为标，削木为刀，治旗幡，打哨子，一进一退，安营下寨"，抵御外敌的入侵。但是，没有武器，于是孙悟空又到傲来国，取来许多武器，分给众猴操练，成立花果山武装。

孙悟空自己却没有称心的武器，于是到龙宫，向龙王去要兵器。（龙婆、龙女说："我们这海藏中，那一块天河定底的神珍铁……"龙王领悟空去看，"悟空撩衣上前，摸了一把，乃是一根铁柱子，约有斗来粗，二丈有余长。他尽力两手挝过道：'忒粗忒长些！再短细些方可用。'说毕，那宝贝就短了几尺，细了一圈。悟空又颠一颠道：'再细些更好！'那宝贝真个又细了几分。悟空十分欢喜，拿出海藏看时，原来两头是两个金箍，中间乃一段乌铁，紧挨箍有镌成的一行字，唤做'如意金箍棒'，重一万三千五百斤。心中暗喜道：'想必这宝贝如人意！'一边走，一边心思口念，手颠着道：'再短细些更妙！'拿出外面，只有二丈长短，碗口粗细。"）找到一块神珍铁，在龙王这一类反动阶级统治者手里是废铁，而到孙悟空手里变为得心应手的武器，拿它打龙王、玉皇，经过八十一难一路上打妖魔鬼怪，直打到西天。"金箍棒"要打什么，说明作者反对什么，是作者思想的表现。这种情况在现实的农民起义中有所反映。在孙悟空闹天宫之前，《四游记》中记载有华光闹天宫的故事，他使用的武器是金砖；在《土地宝卷》中记载有土地老用拐杖闹天宫的故事。总之，闹天宫的主人公，有华光，有孙悟空，有土地老，其实是一致的，都反映了人民蔑视、仇视人间统治者皇帝的心理。华光手里的金砖、悟空手里的棒子、土地老手里的拐杖，都是人们日常使用的东西，而一掌握在反天宫的英雄手中，就变化无端，打得天兵节节败退。尤其在悟空和土地老反天宫中，更显示出人民的智慧。悟空、土地老都是以变幻来战胜敌人的。金砖、金箍棒、拐杖都有现实基础，有农民起义的启示。

孙悟空拜师以后学会了翻筋斗、七十二变，龙王手里无用的废铁到孙悟空手里变为神棒。于是他要解决不让阎王老子掌握自己生命的问题，也表现人民的理想。一天孙悟空在睡觉时，来了两个勾死人，这是封建爪牙的形象。阎王是封建统治者塑造出来吓唬人民、麻痹人民的偶像，把阎王塑造得非常可怕便于加强统治。孙悟空被套上绳，拉到幽冥界。"那两个勾死人只管扯扯拉拉，定要拖他进去。那猴王恼起性来，耳朵中掣出宝贝，幌一幌，碗来粗细；略举手，把两个勾死人打为肉酱。自解其索，丢开手，轮着棒，打入城中。唬得那牛头鬼东躲西藏，马面鬼南奔北跑，众鬼卒奔上森罗殿，报着：'大王！祸事！祸事！外面一个毛脸雷公，打将来了！'慌得那十代冥王急整衣来看；见他相貌凶恶，即排下班次，应声高叫道：'上仙留名！上仙留名！'"孙悟空命令阎王取生死簿来查看，"悟空执着如意棒，径登森罗殿上，正中间南面坐下。十王即命掌案的判官取出文簿来查。那判官不敢怠慢，便到司房里，捧出五六簿文书并十类簿子，逐一查看。……悟空亲自检阅，直到那魂字一千三百五十号上，方注着孙悟空名字，乃天产石猴，该寿三百四十二岁，善终。悟空道：'我也不记寿数几何，且只消了名字便罢！取笔过来！'那判官慌忙捧笔，饱掭浓墨。悟空拿过簿子，把猴属之类，但有名者，一概勾之。掼下簿子道：'了帐！了帐！今番不伏你管了！'一路棒，打出幽冥界。"

这一段写在严密的封建统治之下，不服从阎王掌握命运，有很高的反封建意义，在当时非常不简单，只有左手拿棍、右手拿笔才能勾销生死簿。这一点比水帘洞又进了一步，不仅要求在自由自在的天地中生活，而且还要自己掌握命运，不能掌握在阎王手中，其思想高度超过了以前许多浪漫主义作品。但孙悟空不服一切管是超阶级的自由，是封建时代农民理想的自由，因为农民受压迫很厉害，在反抗反动派时往往带有反对一切的思想，在当时历史条件下是进步的。而今天的自由是无产阶级绝大多数人的自由，超阶级的自由是应该批判的。反对一切，这种思想也有其不良影响。

孙悟空闹龙宫、闹地狱之后，阎王、龙王都没有办法，上奏章给玉皇大帝。玉皇大帝开始认为没有人敢反对他，看完东海龙王与地藏王菩萨的表文后，就要派兵去打。太白金星献策说："降一道招安圣旨，把他宣来上界，授他一个大小官职，与他籍名在箓，拘束此间；若受天命，后再升赏；若违天命，就此擒拿。"太白金星很奸诈，是封建统治者的形象，他要招安。对孙悟空我们要肯定其斗争比《水浒传》更进一步，《水浒传》的梁山英雄们被统治者打得不能不招安，这是作者的思想的局限，想不出更好的办法来结束这个斗争。那时，农民起义的结果不是失败就是被招安。《西游记》指出不能招安，说明招安是骗局，不能和统治者妥协，而要坚持斗争。太白金星来传圣旨时，孙悟空正思量要上天走走，决定亲自上天，他说："待我上天去看看路，却好带你们上去同居住也。"孙悟空缺乏经验，受了骗，但到南天门时，孙悟空已看出太白金星的本质。那时，天兵天将"挡住天门，不肯放进。猴王道：'这个金星老儿，乃奸诈之徒！'"，太白金星赶来才同孙悟空一起进去。作者笔下的天上玉皇大帝是和当时的地面上的皇帝相应的，本质相同，甚至连称号都一样。别人见到玉皇大帝都叩头，而"悟空挺身在旁，且不朝礼"。玉皇大帝希望得到天上的安静，因此怕悟空，就除他做个弼马温。开始悟空把马养得"肉肥膘满"。半月后，大家给他接风贺喜，悟空问他们"弼马温"的官衔是什么？是几品官？别人告诉他没有品，最低最小，只是看马。"猴王闻此，不觉心头火起，咬牙大怒道：'这般藐视老孙！老孙在那花果山，称王称祖，怎么哄我来替他养马？……不做他！不做他！我将去也！'"于是又回到花果山。第一次的招安是被骗了，太白金星这个奸诈老儿采取两个手段，接受招安即被软禁，不接受招安就此擒拿，被他软禁后就会发现他的欺骗手段。从这里可以说明封建统治者对人民的招安都是如此，《水浒传》的作者施耐庵没有认识到这一点，而《西游记》的作者吴承恩对现实的认识比施耐庵更进一步，指出不能招安。

孙悟空回到花果山，竖起了"齐天大圣"的大旗。在封建社会，天，代表最高的统治者——皇帝，他们说"天无二日，人无二王"。而悟空要"齐天"，玉帝不允许出第二个皇帝，让天兵天将来打悟空。托塔李天王、哪吒三太子、巨灵神等来与孙悟空交锋，这是写人民第一次与统治者交锋。"巨灵神得令，结束整齐，抢着宣花斧，到了水帘洞外"，口称要收降悟空。悟空说："你看我这旌旗上字号。若依此字号升官，我就不动刀兵，自然的天地清泰；如若不依，时间就打上灵霄宝殿，教他龙床定坐不成！"交锋时的一段描写："棒名如意，斧号宣花。……巨灵名望传天下，原来本事不如他：大圣轻轻抢铁棒，着头一下满身麻。"巨灵神敌不过悟空，斧柄被打作两截，急撤身败阵逃生。"猴王笑道：'脓包！脓包！我已饶了你。你快去报信！快去报信！'"哪吒三太子被悟空在左胳膊上打了一棒，负痛逃走，败阵而回。托塔李天王没有上阵就回去了。这揭穿了封建统治者的本质、官兵的外强中干，如果没有农民起义的实际经验——农民与官兵交锋，官兵被打得落花流水——是写不出来的。孙悟空坚持要玉帝封他做齐天大圣，太白金星又献策，要玉帝"还降招安旨意，就教他做个齐天大圣。……名是齐天大圣，只不与他事管，不与他俸禄，且养在天壤之间，收他的邪心，使不生狂妄"。玉帝承认悟空是"齐天大圣"。孙悟空第二次来到天上，"闲时节会友游宫，交朋结义"，与天兵天将拜把兄弟，交朋友。许旌阳真人认为，孙悟空"交结天上众星宿，不论高低，俱称朋友"，这种行动，天宫里是不允许的，一来是不分等级，打破了天宫中的法定秩序，况且交友既多，真可能一下子推翻了玉帝的宝座。然而他们有前次的教训，只能派悟空"权且管那蟠桃园，早晚好生在意"。这个措施，也表现了统治者的愚蠢的本质。后来悟空又了解了天宫对他的歧视，原来他连参加蟠桃会的资格都没有，而且这就意味着"齐天大圣"这个名号是个"空衔"，是"有官无禄"的。这岂不和以前的"弼马温"在实质上一样，是个"未入流"？于是他化作赤脚大仙，赶赴蟠桃会，偷吃了仙品仙酒，喝得醉醺醺的，走到兜率天宫，看到太上老君的五个葫芦金丹，"趁老子不在，等我吃他几丸尝新"。他就如吃炒豆一样把仙丹都吃了，然后回到花果山。并且又回到天上偷来几瓶仙酒，而天宫仍未发现。

天宫被孙悟空搅乱了，玉帝在听了有人偷桃、盗丹的消息之后，"悚惧"之余，"又添疑思"，等到知道是悟空所为，便"越发大惊"，继而"大恼"，派尽了天兵天将，捉拿孙悟空。结果是哪吒以至惠岸和所有的天兵都不是孙悟空的敌手，最后玉帝请来了外援灌口二郎，和悟空赌变化，也没有取胜。想不到太上老君使了个卑鄙的手段，从天空中掷下金刚琢，暗算了孙悟空，正好打中了天灵，跌了一跤，天兵天将和梅山七圣都不敢上前，只有二郎的细犬，赶上去咬了他一口，这才被七圣按住。这一段写孙悟空被捉非常深刻，作者用讽刺的手法，写出十万天兵天将不如一条狗。孙悟空被捉住后，用"斩妖台""降妖柱""刀砍斧剁""枪刺剑刿""放火煨烧""雷屑钉打"，不论是哪种残酷的刑罚，都"莫想伤及其身"。这正是天宫使用两次怀柔奸计，招安不成以后的必然手段，暴露了天宫的诡计不成，恼羞成怒。不过，孙悟空是不怕这种刑罚的。在天宫毫无办法的时候，太上老君自以为他的八卦炉文武火非常厉害，所以他把孙悟空要了去，而他的主要目的还是想把孙悟空偷吃了的丹药炼出来，恐怕捉拿孙悟空时，老君所使用的暗算之计也是为了这个。

仍然让天宫的群神惊讶的是炼了七七四十九天以后，老君正在怀着兴奋的心情"开炉取丹"的时候，孙悟空又从炉里跳了出来，并且放倒了看炉的丁甲，摔翻了老君，"掣出如意棒"，又重演了一次"大乱天宫"。这一次比以前哪一回都厉害，天宫中"更无一神可挡"，"只打到通明殿里，灵霄殿外"，天兵天将被打得无影无踪，三十六员雷将也抵挡不住，玉皇大帝的宝座已经岌岌欲坠了！"事在紧急"，玉帝派人请来了西天如来佛，如来佛问悟空如何屡反天宫，悟空认为："灵霄宝殿非他久，历代人王有分传。强者为尊该让我，英雄只此敢争先。"接着如来佛回驳了他的话，完全为"玉帝尊位"做无理辩护："他（玉帝）自幼修持，苦历过一千七百五十劫。每劫该十二万九千六百年。你算，他该多少年数，方能享受此无极大道？"照这样说，玉帝之登上高位，乃是因历劫而来的，这完全是封建社会中的统治者宣传的宿命论，孙悟空是不承认这些劫数的，他说："他虽年劫修长，也不应久占在此。常言道：'皇帝轮流做，明年到我家。'只教他搬出去，将天宫让与我，便罢了；若还不让，定要搅攘，永不清平!"在封建社会中,"不应有绝对的皇帝统治"表现了孙悟空的战斗性,带有一定的民主性,在当时是进步的。但最后孙悟空没有跳出如来佛的手心,最后被压在五指山下,达五百年之久。

大闹天宫反映农民反封建起义的理想,从要求自由自主的生活开始,直到要解决根本问题,要当玉皇大帝,夺取封建统治权。其历史背景是历次农民起义冲击的浪潮和巨大的鼓舞,许多次农民起义都使得皇帝的宝座摇摇欲坠,岌岌可危。为什么作者没写出孙悟空把玉皇大帝赶下台呢?因为历次农民起义在现实上都没有成功,没有无产阶级领导也不可能成功,所以作者也写不出成功的结局。即使成功,孙悟空也要当皇帝,还是承认封建统治。作者头脑中除了封建统治阶级的正统之外,并不知道有人民的正统,因此他是在同意封建统治的前提下,来反封建,这是局限性。而作者反映现实,热烈歌颂农民起义,还是应肯定的。另外,把玉帝和天兵天将写得外强中干,破除迷信,鼓励农民起义。大闹天宫是由于地面有皇帝,有封建制度,而且明代社会的封建制度统治人民更厉害,因此作者写社会理想,起义精神更加充沛。《西游记》进一步表现现实斗争的深刻性,宋元的杂剧有《西游记》的故事,明初杨景言写的《西游记》杂剧比《西厢记》还长,《西游记》中许多故事是继承发展了民间故事,加以创作而成的,在改写过程中思想性又有了进一步的提高。

二 八十一难

作者为什么在闹天宫之后安排取经的情节呢?《西游记》主要是写取经。作者吴承恩也是明朝中叶的诗文作家,有诗文集。他主要活动在嘉靖王朝。嘉靖皇帝朱厚熜在位四十五年,出现了严嵩那样的腐朽的宰相。从明代的社会情况来看,嘉靖王朝是明代走下坡路的转折阶段;从中国的封建王朝历史来看,嘉靖王朝标志封建制度趋于崩溃。吴承恩就生活在这样的时代,写成《西游记》的七八十年之后就出现了李自成领导的农民起义。

吴承恩大约生于1500年(弘治十三年),死于1582年(万历十年)。字汝忠,号射阳山人,淮安府山阳县(今江苏省淮安县)人。他的曾祖吴铭曾做余姚县的训导,祖父吴贞是仁和县的教谕,因为家道中落,父亲吴锐回到淮安，与当地卖丝绸的徐氏之女结婚，从此其父弃儒学商，以卖花边绦子为业了，然而还是喜欢读书，"自六经诸子百家莫不流览"，又常常"与人谭说史传，上下数千载，能竟日不休"，论古人多所不平，对时政也常觉"愤惋"。吴锐常常受到里胥的欺压剥削，所以他的不平，不但发之于对史书的评论，而且对时政也"意气郁郁"起来了。吴承恩少年时，父亲常以历史教导他反抗封建的官吏。他曾"以文鸣于淮"，又好读"野言稗史"。他参加科举考试时所写的文章多有反封建的，因此屡考不中，四十三岁才考中岁贡，五十一岁到北京候选，投奔内阁阁老李春芳，通过李对明朝内部上至皇帝下至群臣的腐朽都有了了解。后来，他做了长兴县县丞，以"耻折腰，遂拂袖而归"。他的晚年只是靠友人和卖文生活，并且还当了三四年的荆王府的纪善，最后家居十几年就死去了。

吴承恩由于有走南闯北的生活，北到北京（首都），南到南京（第二首都），对封建政治的腐朽、官场的丑恶、社会习俗的败坏等非常了解，因此他用犀利的笔锋予以揭露、批判，这就是鲁迅先生在《中国小说史略》中说的"讽刺揶揄则取当时世态"。所谓"世态"，就是明代的社会现实中种种腐恶现象。同时又以热情的笔调歌颂了人民对封建统治的反抗的精神，敢于克服困难、不畏艰险的优良品质。通过许多幻想的、奇特的、动人的故事情节，表现了作者认为应有的、新的社会生活样式，体现出作者的社会理想。正由于作者的长久贮藏于胸中的抱负和改造社会的理想是和明代封建统治下的社会现实相矛盾的，他才写出这样一部前所未有的神话式的辉煌巨制——《西游记》。《西游记》一方面批判了明代社会现实中的丑恶事物，一方面也写出作者头脑里想象的事物。这两者常常熔于一炉，其中心乃是吴承恩的社会理想。但吴承恩本身是官僚，也想向上爬，同意封建制度，承认皇帝的统治，他的思想很矛盾，所以他笔下的孙悟空是战胜的失败者，不能推倒皇帝，于是就不让孙悟空的"棒"直接打皇帝，而是打作者认为一切不合理的现象，直打到西天。后半部的孙悟空不仅代表人民对自然斗争的理想，如过火焰山、通天河、荆棘岭、稀柿衕等，更多更主要的是反映阶级斗争情况，改革社会风气，改良明代社会。《西游记》写取经的缘起是如来佛看到四大部洲中的东胜神洲、北巨芦洲、西牛贺洲都很好，只有南赡部洲"贪淫乐祸，多杀多争，正所谓口舌凶场，是非恶海"，取经本是宣传佛法，甚至迷信的故事，吴承恩并不是佛教徒，也不懂佛经，而是赋予这个故事以新的意义。取经是要改造南赡部洲，即当时的明代社会，师徒四人走了许多地方，其实都没走出明代社会。《西游记》在批判明代社会现实的基础上，给读者前进的愿望，使人有信心、有理想地生活下去，敢于正视前途，展望将来。八十一难中师徒四人克服许多困难，水远山高，路多虎豹，峻岭难渡，恶魔难降，除唐僧有时哭、猪八戒有时动摇之外，沙僧是任劳任怨，孙悟空是一直打到西天，在克服困难中有勇有谋，斗志昂扬，志气充沛，给我们很大的鼓舞。在前进的道路上，除自然界的危害，如老虎、黑熊精、通天河、火焰山等以外，妖魔的危害对取经队伍威胁最大，妖魔不仅化身为小孩（红孩儿）、女人（耗子精、玉兔精）、强盗、和尚、老道，更化身为如来、观音、孙悟空。假孙悟空非常难辨，但终究被"谛听"认了出来。变作的如来、观音是取经人所崇拜的，唐僧等不辨真假，纳头便拜，就被捉了去，孙悟空就不然，而是揭露妖魔和他战斗。妖魔，不管怎样善变，他们的本性要吃人是不变的。他们往往先施诡计，后用法宝，或者是阴谋法宝交错使用，利用取经队伍中师徒不合来钻空子，这是剥削者伪善和奸诈的一贯表现。孙悟空每次打妖魔必须揭穿阴谋，没收法宝，最后打得妖魔原形毕露才算完事。

唐僧和历史上的玄奘，虽是一个人，可是唐僧的性格具有了新的意义，也保存了玄奘的坚毅的取经信心，舍身求法、百折不回的精神。唐僧从长安出发，就立下誓愿："但看那山门里松枝头向东，我即回来；不然，断不回矣。"而作者还把他的信心说成是"受王恩宠，不得不尽忠以报国耳"，以表扬他的"忠孝双全"，而且自觉力不足以治服魔难，而是"渺渺茫茫，吉凶难定"，徒弟们大有死别之意。这样说来，唐僧的信心不是自发的，而是被唐王的"恩宠"逼出来的。"三藏道：'我弟子奉旨全忠，也只是为名。"这是作者忠君思想的表现。

在西天路上，果然是困难重重，唐僧虽然处处表现软善无能，但是他从来没有说过回头的话，遇到危险和诱惑，从不动摇，没有他这一点坚定的"舍命投西"的信心，经是取不成的。所以说在唐僧这种带有封建性的性格中间仍具有历史上玄奘的优良品质——百折不回的毅力，而这一点也正是鲁迅先生在《中国人失掉自信力了吗》一文里所称道的，这也正是我国古代劳动人民的品质的体现。因此，唐僧在《西游记》里才成为一个正面人物。唐僧是崇信佛法的"大慈大悲"者，他一路之上只是无原则地戒杀，因孙悟空打杀妖怪、打杀强人，曾贬退悟空，在这里更可看出他的耳软心活、不辨妖魔。作者用许多事实揭露了唐僧软善的缺点，"尸魔三戏唐三藏"，先变小媳妇拿着饭菜，施用毒计，猪八戒好吃好色，舍不得让孙悟空将她打死，唐僧是"举足怕伤蚂蚁命"，不论是谁，连敌人他都同情，因此，在孙悟空三次打死妖魔的化身以后，八戒又来唐僧面前说小话，报告悟空"只行了半日路，倒打死三个人"！唐僧念紧箍咒，"恨逐美猴王"！后来唐僧仍是遇佛拜佛，见庙拜庙，不辨真假，沙僧、猪八戒也都拜了，只有孙悟空没拜，结果被莲花山上的妖王捉住了。妖魔常常装出可怜相才接近他，他只看表面，更不了解妖怪常栖止在佛塔寺院，因此自投罗网，这也是责贬悟空的结果。正是他的软善，使他遭受磨难。唐僧曾被妖魔变成老虎，那时他还念经，作者让他自己亲自受到被诬的苦处，正是批判他的"软善"，而这种事实却正说明了佛家慈悲的真实本质。

唐僧另一点不让人喜爱的是他那种软弱，在"心猿正处诸缘伏"一回书中，唐僧到宝林寺借宿，受了宝林寺方丈的气——"教他往前廊下蹲罢了"，只是"满眼垂泪"数落不休，说起和尚的不争气，他也只是"暗暗扯衣揩泪，忍气吞声"。他经常听见有妖怪便吓得哭泣，所以悟空说他是"脓包形"。同时，他还偏袒八戒，专信八戒的"詀言詀语"。他一落难，就又想悟空，等悟空打败了妖魔，也只会说"徒弟辛苦呀"。

孙悟空从反天宫以来就表现出封建社会中理想的英雄人物形象，他疾恶如仇，善辨妖魔，蔑视困难，不畏艰险。但不能把他讲成无产阶级战士，不能美化古人，对孙悟空反封建的革命性应放在那个历史条件阶级环境下来理解。孙悟空是取经队伍中的主要人物，给人精神鼓舞，增强人的战斗力，但如果没有猪八戒、沙僧的帮助，一个人也不能完成取经任务。孙悟空的最大本领是能认识妖魔的本质就是吃人，他打妖魔要打得原形毕露，他知道妖魔万变不离其宗。同时，孙悟空的行动坐卧也有猴子的特点，敏捷、聪明、机智。他虽然会七十二般变化，有时也变不好，被猪八戒识破。《西游记》中，也有时借孙悟空的嘴来宣传封建教化，赞扬儒、释、道三教归一的阶级斗争调和论，这应该说是败笔。

猪八戒这个人物不太好分析，读者的意见也不一致。有人说猪八戒有钯子，是古代农民的形象，这种看法不仅片面，而且是对农民的侮辱。因为在封建社会农民是革命阶级，而八戒身上的毛病却是属于剥削阶级的。作者在《西游记》里，以非常高超的艺术手法，在肯定其好的方面的前提下，含着微笑或嘲笑的讽刺态度塑造了猪八戒这个人物形象。不论是谁，看完了《西游记》，总不会忘记这个有趣的喜剧性的人物。有许多广泛流传的谚语和歇后语，都是用八戒这个名字创造的，这也足以证明这个人物给人们的印象是多么深刻、多么普遍了。

那么，对于猪八戒，应肯定还是否定呢？猪八戒的本质是朴质单纯憨厚的。但八戒身上确实有许多坏毛病，他好吃懒做，一遇到财色的诱惑、战斗中的困难，他便首先动摇起来；有时他还喜欢撒谎、说小话，积攒私房，冒坏报复。就在他所玩弄的这些花样中，读者又很容易看出他的简单和朴实的特点。况且在取经途中，他除了挑担子、放马、伐树、做饭、看行李以至背死尸之外，凡是行者干不了的工作，总由八戒担承起来。例如过荆棘岭和稀柿衕，八戒是大卖力气，就是每次遇见水里的妖怪，也非八戒上阵不可。从八戒这个人物身上，我们可以看出这两重性格是纠结在一起的。他的缺点则是属于剥削阶级的。八戒身上的丑恶东西，常常是带有普遍性的事物，所以作者不遗余力地加以挪揄和讽刺。在《西游记》里，取经队伍中的每一个人，如果能保持取经的信心，就能得到赞扬，假若表现出动摇，就会遭到作者的讽刺，八戒不但不例外，而且这一点在他身上表现得最为明显。

猪八戒之所以具有动摇性，其根本原因在于自私，不论是好吃懒做，还是好色贪财、临阵脱逃，作者总是通过一些细节的描写，从他的花言巧语和丑态中揭露了一个自私者的内心世界。在"四圣试禅心"一段里，师徒四众只有他想留下做女婿，只有他，一见寡妇的门楼，就看出"是过当的富实之家"，议亲的时候，"那八戒闻得这般富贵，这般美色，他却心痒难挠；坐在那椅子上，一似针戳屁股，左扭右扭的，忍耐不住"。并且要"从长计较"，说别人也愿意只是不说而已。最后，他托词放马，自愿招赘。此后在女儿国、天竺招婚等故事里，作者仍然把八戒作为一个贪财好色的人物来和孙悟空等做对比，这些嘲讽都是批判他的动摇性的。八戒另一个缺点是恋家，只想温暖，不甘于吃苦，从离开高老庄的时候，就想到取经不成，还要回来做女婿——这已经可以看出他原本就有很大的动摇性，加以每遇困难，唐僧一被捉，他就喊"散伙"，还是想回高老庄去。再不就是碰到财色的诱惑，他就想借机留下，不再前进，甚至连高老庄也丢在脑后了。八戒还好吃懒做，看到吃的东西就不要命了，在做道场时，把饭菜都装在袖子中，像口袋一样拿走了。在工作中，常常表现出怠懒、怯懦。每当妖精厉害，他便临阵脱逃，不管别人死活，自己找个僻静地方躲起来睡觉；有时候又不任劳任怨，总是叨唠自己的活儿重，让他去巡山他去睡觉，回来后还说瞎话，被悟空戳破。这些地方，使读者觉得八戒的缺点是很严重的。

不过，每回遇难或是财色的诱惑，八戒不但没有真的"散伙"回高老庄，或是停留不前，而且最后收拾妖精或是破除困难的还常是八戒。例如离开女儿国时，八戒嚷道："我们和尚家和你这粉骷髅做甚夫妻！放我师父走路！"琵琶洞的蝎子精变女子来引诱唐僧，最后也是由八戒把妖精"捣作一团烂酱"；盘丝洞一回，八戒孱在女妖中间一起洗澡，似乎很有点邪心，但是当时八戒就跳上岸来要把妖精"各筑一钯"。这些又足以证明八戒有坚定的一面。同时，一路之上的力气活儿，多是由他担承的，挑担子、做饭等，特别突出的就是荆棘岭和稀柿衕，八戒在真的吃饱了以后，不辞劳苦，大卖力气，开山扫路，这些活计，连孙悟空也是叫"难"的。在过荆棘岭时，猪八戒"念个咒语，把腰躬一躬，叫'长！'就长了有二十丈高下的身躯；把钉钯幌一幌，教'变！'就变了有三十丈长短的钯柄；拽开步，双手使钯，将荆棘左右搂开：'请师父跟我来也！'"。八戒看到"荆棘蓬攀八百里，古来有路少人行"后又添上两句"自今八戒能开破，直透西方路尽平"。唐僧等人要明天再走，而八戒却要"趁此天色晴明，我等有兴，连夜搂开路走他娘"。就说他原在高老庄的时节，也是什么都做——"扫地通沟，搬砖运瓦，筑土打墙，耕田耙地，种麦插秧，创家立业"。连高老都说他"倒也勤谨"。他虽逃阵，可是打妖精的时候，也常常有一股勇气，八戒初上路的时候，首功就是一钯筑死了老虎精，虽然这个老虎精是"行者赶败的"，而行者仍赞扬他争先的勇气，算是八戒头一功。

从此以后，凡是行者打败了妖精，常是由八戒结果妖精的性命。他曾"舍着命"和妖精作战，就是被红孩儿捉了去，吊在皮袋里，还不住声地大骂妖怪。在全书里，他仍不失为孙悟空打妖精的不可缺少的助手。

八戒最不能令人满意的，还有他爱闹玄虚、说小话、编谎话。可是就在他所耍弄的花样中，我们仍然可以看出他的性格是比较单纯的、朴实的。哪回说了小话，编的谎话，都很容易被别人看穿，而且不久之后就显露了原形，以至不得不承认错误。他面对着错误，也还是肯于承认的。

八戒的诨名叫"呆子"——这是孙悟空给他起的。他不但身体笨拙肮脏，没有孙行者的灵巧善变和爱洁净，尤其常常出丑，被人笑话。可是有好多地方他又露出人所不及的聪明来，例如孙悟空有高傲的缺点，八戒看得最清楚，在朱紫国行医，他告诉太监们必须管悟空叫孙老爷。至于贪财，就更难说了，八戒是一心贪图富贵的，但事实上走了一路，不过才攒了五钱银子，而且还被银匠偷减了成色，变成四钱六分，最后还被孙悟空假变勾死人从他的耳朵里掏了出来。

八戒基本上还是具有蔑视天宫威严、反对敌人的一面，有一定的叛逆性，用玩世不恭的态度对待玉皇大帝，看到寿星摸摸他的头，要个枣吃。而且有些地方还得到作者和读者的赞扬和喜爱，就连他的缺点，读者也常常觉得有趣，并不像那些阴狠毒辣的人，看起来真令人发指。他是取经队伍中的一员、孙行者的有力助手，少了他，西天的经也是取不来的，所以他还是个正面人物。他能吃苦耐劳，能劳动，有时表现得非常勇敢坚定，天真、单纯、憨厚，从西天回来后克服了好吃懒做、贪财好色的缺点。但是他也有小私有者身上存在的居安享乐、自私自利、害怕困难、容易动摇的缺点，作者都给予了批判或嘲讽。

作者塑造猪八戒的成功之处是，他确切地结合了"猪"这种动物的性格来进行刻画，他的馋懒、愚蠢、笨拙、肮脏以至憨厚等特点，绝对不能遗赠给孙猴子。正因为这样，读者才会感到这个人物是活灵活现的，正像读者在现实生活中所亲自看到的一样。

沙僧也是取经队伍中的一员，本领不大，他能默默无闻、任劳任怨地挑着担子走到西天，也是孙悟空打妖魔的助手。

《西游记》中所写的人物都代表不同的类型，每个人物的思想、性格不同，对待困难的态度也就不一样，都对我们有启发作用和教育意义。作者利用这几个人物来打击道士，把老道的像掷到厕所，使其变为臭气的天尊，但这反映了明朝的现实，嘉靖皇帝就是要灭佛崇道，道士可以做高官，严嵩因为崇拜老道，才成为宰相，《西游记》反对道士的态度正是反封建王朝腐朽政治的体现。至于告诫皇帝老道要篡位，必须灭妖道，以巩固封建统治，这是其局限。《西游记》的特色和问题还很多，限于时间不能一一涉及了。

《西游记》是我国古典小说中浪漫主义的代表作。全书彻头彻尾地贯穿了作者的比较进步的社会理想，这是《西游记》的浪漫主义的实质；它的基础是现实主义的，它接受了《水浒传》的影响并加以发展，成为中国文学史上一部不朽的、有高度成就的浪漫主义作品。今天的读者除了要批判其中糟粕，如封建迷信天堂地狱和宿命论、封建的忠君思想等；对那些在当时进步的思想也要分析地来对待，要吸取其中对我们有积极意义的东西，如对敌斗争的警惕性、敢于战胜困难的信心、善于识破妖魔的真面目、彻底打死妖魔的毅力等；同时也要剔除那些不适合今天社会主义的东西，如平均主义思想、超阶级的自由民主等，才能受益而不受害。

《西游记》中的道教和道士[*]

一

　　《西游记》的最后写定者是明代的吴承恩，他摘取了明代的现实题材，更继承发展了在他以前就早已流行着的取经故事，应用了幻想的神话方式，写出来一部百回本的《西游记》。这部具有现实性而且"神怪艳异"的小说，流传到现在，已经有四百多年了，不但没有消失掉它的光彩，而是仍然普遍地被人们爱好着，不管是成年人，还是儿童。

　　取经故事的演变，经过唐、宋、元、明四个朝代，有六七百年那么长的时间，故事的情节，从简单变成错综复杂，由具体的真人真事变成幻化的神魔斗争（神魔斗争当然出于佛藏小乘经，如《佛本行经》《佛祖统纪》），愈演愈奇，而故事的意义也就愈出愈新：像宋元间的话本《大唐三藏取经诗话》、《永乐大典》本的《西游记》、元代吴昌龄的《唐三藏西天取经》杂剧，以及从唐代就流传下来的唐太宗入冥故事（唐张鹭《朝野佥载》就载有此事，敦煌有抄本《唐太宗入冥记》俗文）等，这些作品都是在吴承

　　[*]　作于1954年6月，据手稿整理。作者自注："本文系'《西游记》与明代社会'的一部分。《西游记》一书，反映明代社会的本质是相当正确、深刻的，其中所有人物的行动，固然没有脱离明代，就连官制、风俗、衣饰等，也都足以考见明代的社会制度。至于像'大闹天宫'的意义一类问题，又不是本文所包括的，所以姑不置论。"本文删节稿曾刊于人民文学出版社编印的《文学书刊介绍》1954年第8期，后收入作家出版社1957年3月出版的《西游记研究论文集》。手稿封面有顾随题签，文中并有少许批改处。

恩以前就流传着的,如果拿来和百回本《西游记》比较一下,就可以从许多相同的故事中间发现许多不同,有些地方,更是很明显地使人发现是吴承恩的创造。(注一)

以上所举的这些作品,吴承恩不一定都看见过,然而他却直接或间接地继承发展了这些故事,才写出这部百回本《西游记》。这是可以得到证明的。

因此,吴承恩的《西游记》,就不单纯是写西天取经了,而且在这些神奇变幻的故事里,出场的人物,不管是神、是魔还是人,他们的语言、行动和生活环境,都没有超越了作者所处的时代(十六世纪);讽刺的事例,触目皆是,被揶揄的对象,从至高无上的玉皇大帝直到山神土地、巡山小妖,也都没有脱离开明代的社会,这些地方应该是吴承恩的创造。

在作者讽刺揶揄的许多对象当中,道士是相当突出的一类,俗语说:"《西游记》骂老道。"足见历来的读者早已看出这个现象来了。

的确,在《西游记》里,只要道士一出场,总是没有好事。作者不但对道士极尽嬉笑怒骂之能事,而且连道教的祖师也被挖苦得一塌糊涂;在许多地方更是有意地揭露道士们的无能、阴谋和专横。"大闹天宫"(第六回、第七回)的主题且不必谈,在这段故事里,已经可以看出作者对道教组织中众神的态度:首先,那位在天宫里、道教组织里,有地位有法力的太上老君,在捉孙大圣的时候,用了阴谋暗算之计,从天上掷下一个"金刚琢",打中了猴王的天灵骨,猴王这才被灌口二郎的细犬咬倒——不是天兵天将,而是一条细犬,因此被擒。在"刀砍斧剁,雷打火烧,一毫不能伤损"猴王的时候,老君才提议把他推入八卦炉,"以文武火煅炼",目的虽在烧死猴王,同时其中心的希望还是要把他早已吃在肚里的仙丹给炼出来。然而等到七七四十九天之后,"开炉取丹",想不到猴子会蹬倒了丹炉,摔倒了老君,放倒了丁甲力士,这以炼丹为业的祖师李老君是终于惨败了。(注二)

"安天大会"一场,在如来佛把猴王压在五行山底下的时候,那道教的首要人物玉清元始天尊、上清灵宝天尊、太清道德天尊、五炁真君、五斗星君、三官四圣、九曜真君、左辅、右弼、天王、哪吒都来佛前拜献,就愈反衬出道教祖师的无能。

"大闹三清观"时（第四十四回、第四十五回），猪八戒把道教祖师三清圣像丢在厕所里的时候，有一段祷告说："三清，三清，我说你听：远方到此，惯灭妖精。欲享供养，无处安宁。借你坐位，略略少停。你等坐久，也且暂下毛坑。你平日家受用无穷，做个清净道士；今日里不免享些秽物，也做个受臭气的天尊！"这一段话，作者简直是拿三清出了怨气，而且还借着孙行者的嘴给"毛坑"起了个"道号"，叫作"五谷轮回之所"；结果更不像话，三个国师道士给假三清叩了头，求下"圣水"，原来是猴子、八戒、沙僧的"一溺之尿"。

以上这两个例子只是说明《西游记》作者对道教祖师的态度，不是尊敬，而是揶揄、讽刺，甚至加以谩骂。

相对地说，作者对佛教固然也不无微词，像如来佛、观世音也有时被他开个玩笑，如第七十七回行者说如来是妖精的外甥；第四十九回行者说观音"今日又重置家事哩！怎么不坐莲台，不妆饰，不喜欢，在林里削篾做甚？"又如第三十六回写宝林寺的僧官和挂单僧，也是有意揭露和尚的丑态。然而全书的主人公孙悟空，对佛祖和道祖的态度，就迥然不同了，孙悟空对玉皇大帝是不拜的，只是自称"老孙便是"（第四回），对太上老君、太白金星，见面就是挖苦捣乱，更无半点尊敬之意，就是见了三星也只称呼一声"老弟们"（第二十六回），地仙镇元子也只是孙悟空的把兄弟（第二十五回）；然而孙悟空一生只拜三个人，那就是如来、观音和他师父唐僧，这固然因为作者所用的题材是取佛经的故事，孙悟空是佛教中人，但是在这些显明的对比之下，可以推知作者对佛教和道教的看法，基本上是不同的，虽然他口口声声地在提倡"三教合一"的主张。（注三）

再翻开整部《西游记》看一看，唐僧的"八十一难"，至少有一半以上和道士有关，不是妖魔变成了道士，就是从道教组织里下来的妖魔，再不然就是人为的灭佛法杀和尚。照这样说，妖魔变人多以道士的身份出现，而且一出来就跟和尚作对，倒成了《西游记》的通例（注四）。

作者更有意地揭露道士对皇帝的阴谋，对人民对国家的危害，并且也写出道士与和尚的比较。

第三十七回"鬼王夜谒唐三藏"，就是专写道士篡位的毒计，结果救皇帝于危难的还是唐僧这几个和尚。

第七十八回、七十九回的"比丘国",是写道士以女色迷惑皇帝,因此皇帝得了虚羸之症,道士更生惨毒之心,要拿一千一百一十一个小儿的心肝作药引子来给皇帝治病,后来又要挖唐僧的"黑心"来作药引子,结果证明了和尚的心虽多虽坏,但是"更无一个黑心",作者又借着孙悟空的口气对国君道:"陛下全无眼力,我和尚家都是一片好心,惟你这国丈是个黑心。"这段的主题就在于"致令邪正分明白"这一点。

第四十五回、四十六回写车迟国僧道斗法,结果是道士彻底地失败了,三位国师原形毕露,都是畜类变的。因而又证明了"灭了妖邪,方知是禅门有道"。并且作者又通过孙悟空的嘴来申说他的主旨:"再过二年,你(皇帝)气数衰败,他就害了你性命,把你江山一股儿尽属他了!"

作者主题虽然终于是对皇帝的劝诫,但是在这几回里也形容了道士的专横得意,祸国殃民,欺压和尚,以及举行斋醮的情况,并且让读者知道道士借以得宠的拿手好戏,就是进女色、害人、"治病"、"祈雨",这些都被作者给揭穿了否定了。

在其他回目里,更有许多否定道教的例子,像道教必读的经典著作《北斗经》,作者偏要指斥它的无用,第三十三回就说:"既怕虎狼,怎么不念《北斗经》?"道士们求长生的基本修炼法"服气",他偏说"甚么服气的小法儿"。这些简短的例证,在整本书里,俯拾即是。

既然《西游记》讽刺道士的地方如此之多而且深刻,那么作者就应该在书里大阐其佛理了,这可不然,作者对佛理简直外行,就是有些地方像是代佛宣教,但是满不对碴儿,诚如鲁迅先生所说:"全书仅偶见五行生克之常谈,(作者)尤未学佛,故末回至有荒唐无稽之经目,特缘混同之教,流行来久,故其著作,乃亦释迦与老君同流,真性与元神杂出,使三教之徒,皆得随宜附会而已。"《中国小说史略》这个批评是十分正确的,作者既"尤未学佛",所以在书里所写的僧道斗法,也绝不是替佛家宣教,而是另有其原因的。而且在《西游记》里除了谬用佛理的例子以外,倒是用道教说法的地方较多,像贯穿全书的"八十一难",作者虽然说是"佛门中九九归真"(第九十九回),然而佛家本无此说,这却和医书妇产科的《八十一难经》的"八十一难"有点相近,而这类医书又是带有浓厚的道家色彩的。孙悟空之被称"金公",八戒之被称"木母",那更是丹术的说法。所以，如鲁迅先生所说作者"尤未学佛"，全书"仅偶见五行生克之常谈"，也足以证明作者的主旨，并非专写僧道之争，而更有其现实意义的。

二

为了解释以上所说的这种现象，那就要从百回本《西游记》产生的时代加以探讨。

吴承恩生活的年代是在十六世纪，也就是明代的中叶（从弘治末到万历初），其中以嘉靖王朝时间最久（从1522年到1566年），这四十五年也正是吴承恩一生的主要阶段，大约相当他二十三岁到六十七岁的时候（注五）。

嘉靖王朝的腐朽，在历史上是著名的。嘉靖皇帝朱厚熜，是一个妄想追求长生的统治者，虽然在他以前，有好几个皇帝也是学炼丹采补，经年不视朝，但要以嘉靖表现得最突出。他做了四十五年的皇帝，只在嘉靖二十九年（1550），因为俺答打到通州，当时的京师北京受到严重的威胁，这才视朝一次，并对群臣大发雷霆，就此退居西苑，再不出来了。

那么，他天天在宫里做什么呢？信奉道士，修炼长生，就是他腐败生活最主要的一面。

长期不断地举行斋醮，由宫内到各地，常常是连续若干日，至于劳民伤财，嘉靖皇帝当然在所不计，并且新建的"雷殿"还美其名加以"祐国康民"的名号。

当时内府斋醮的举行，从乾清宫、坤宁宫，直到东厂、西厂、五花宫、两暖阁、东次阁等处都是日常设醮的地方，一次的费用就要一万八千钱；同时各州县也大修雷坛，用钱无数。

为了崇奉道术，更广修宫殿，嘉靖一朝，为明代营建宫殿的最盛时期，大兴土木，常常是役工数万，并且派专差到云贵四川深山去采大木料，弄得"公私俱困，民情汹汹"。像嘉靖二十二年（1543）在太液池西边起修的祐国康民雷殿，就非常宏侈，当时泰享殿、大高玄殿还不曾完工，雷殿的工程便又开始，"一役之费，动至亿万"。其余前后起建的二三十处宫殿，像雷霆洪应殿、大光明殿、神应轩、朝元馆等都和道教不无关系。

加以派人到深山广采灵芝，到各地搜集"仙方""天书"，对道士们的大量颁赏，就大大地加重了人民的担负。

这时期，又是外患频仍，俺答之入寇，倭人之乱浙东，朵颜之进犯辽东，所以边防费用也要加倍增添，因此"京边岁用"膨胀到五百九十五万两。当时的户部尚书为了弥补国库的空虚，就连议"加派"江浙一带州县人民的赋税一百二十万两。人民的赋税虽然愈来愈重了，然而皇帝的修道仍没有停止，国库也愈来愈空虚。

那些被皇帝所宠信的道士是得意非凡了，他们的政治社会地位都被皇帝提高到超过了一般士大夫。

例如张彦頨在嘉靖二年（1523）就已经进号"大真人"，他知道皇帝好求神仙，就专到云南、四川采取遗经、古器送给皇帝；十六年（1537）又在宫内求雪，凑巧有了灵验，皇帝就赐给他金冠、玉带、蟒衣、银币、金印，并且"称卿不名"。

龙虎山的道士邵元节，比张彦頨更得势，他在嘉靖三年（1524）入宫以后，住在显灵宫，专管祷祀，因为祈雨求嗣有验，被封作"清微妙济守静修真凝元衍范志默秉诚致一真人"，总领道教；六年（1527）又献风云雷雨坛，皇帝给他在京西建立真人府，封作礼部尚书，赐一品服，俸禄一百石，每天有校尉四十人洒扫伺候，更赐庄田三十顷，而且免税；死了之后，皇帝还赠他少师的官爵，用伯爵礼营葬。

邵元节已经是势力熏天了，然而还不如他所进荐的陶仲文。陶比邵更加会弄鬼，他以符水治病，在宫中除妖，更治好了太子的痘疹，嘉靖十八年（1539）皇帝南巡，有旋风绕着皇帝的车驾吹过来，他说"主火"，当晚行宫果然就着起火来，死了好多人，昏庸的皇帝对他的预言就信以为真，表示惊异，因而封他做少保礼部尚书，后来，又加少傅仍兼少保，不到二年，做到少师。明代官制，以兼少师、少傅、少保叫作"三孤"，是从一品的大员，是辅佐皇帝掌管天下大事的官，权位极大，有明一代"三孤"要以陶仲文为最。

他们不但是皇帝的亲信，而且和宦官、大臣彼此勾结，夤缘进身，等到爬上了统治阶级以后，就依仗权势，剥削人民、迫害人民，连统治阶级内部与他们不合的士大夫，他们也加以欺压和迫害。例如大学士李时的弟弟李旼就因为得罪邵元节而下了狱；又如陶仲文为了祝贺皇帝的生日，便请在各乡县大建雷坛，县官郭显文因为监工缓慢，便被谪为典史，另派来的工部郎何成再去督工，当然就更加紧督促，因而弄得民间骚然。这不过略举几个最著名的大道士，以见一斑。

当时的士大夫对这些道士有两种不同的态度，一般地说，大都是奉承道士，迎合皇上，以谋求主子的宠爱。嘉靖初年，宫里常设斋醮，命令大臣夏言充当监礼使，湛若水、顾鼎臣充当引导官，同时顾鼎臣就进《步虚词》七章，得到皇帝的褒奖，而升官进禄。从此大臣们就发现了这条向上爬的捷径，像盛端明、朱隆禧都以写青词作为进身之阶，许多督抚大臣也争上符瑞，严嵩则更以"虔奉焚修"得到皇帝的宠异，做了二十年的"青词宰相"。道士们在这时不但是帝王之师，而且是青词大臣们的顾问，像道士龚可佩，大家就纷纷向他请教道家故事来写青词，希望被选入皇帝的修炼宝地去当值，进而得到越级超拔。诸如此类，不胜枚举。

另外一些士大夫，在这个道士高于一切的时代，不顾皇帝的爱憎，不顾自己的生命危险，挺身而出，直接提出停止斋醮的建议。虽然他们是希望皇帝改好一些，但同时也暴露了人民所受到的灾害。

杨爵应该是谏止皇帝奉道的著名人物，他在谏疏中说：

> 臣巡视南城，一月中冻馁死八十人。五城共计，未知有几。孰非陛下赤子？欲延须臾之生而不能。而土木之功，十年未止。工部属官增设至数十员，又遣官远修雷坛。以一方士之故，朘民膏血而不知恤，是岂不可以已乎？

这里首先提出人民的冻馁问题，和下文因听信道士的主张，而大兴土木，"朘民膏血"成了显明的映衬，同时也尖锐地指出皇帝爱道而不爱民的错误，当然也表现了杨爵的正义感。接着他又说起不该道士当少傅的问题：

> 左道惑众，圣王必诛。今异言异服列于朝苑，金紫赤绂赏及方外；夫保傅之职，坐而论道，今举而畀之奇邪之徒。流品之乱，莫以加矣！

杨爵之所以指出"保傅之职"不是道士应该做的官，虽然和士大夫以儒学为正统的观念有关，但也是因为他对道士的胡为和专横看不下去，才正面提出的。虽然他在最后还说起"妖盗繁兴"，"人起异议"，希望皇帝要学点好，不然皇帝的位子都会动摇，以表示他对统治阶级的"忠心耿耿"，其结果就因了以上所举的这种尖锐的指摘，立刻被逮捕下狱，打得血肉模糊；主事周天佐、御史浦铉也因为以表示废道的主张来搭救杨爵，先后在狱中被打死。

此外如杨最之谏皇帝不要信道士段朝用的"长生术"，而令太子监国，就得罪下诏狱，受重杖而死；又如周怡之提议废翟銮、严嵩，也涉及皇帝"日事祷祀"把国家弄得"内则财货匮而百役兴，外则寇敌横而九边耗"，因而受了廷杖，屡次下诏狱；因为有了这些先例，而刘魁之谏止修建祐国康民雷殿，就先买下了棺材等着处死然后才上书，足见因谏止奉道而获得死罪都成了必然的结果。因此，以后京城内外，都争献符瑞，对于焚修斋醮、修建雷殿、修炼丹术一类事件，就没人敢再说半个不字了；当然，一些比较有正义感的士大夫的心里是充满了不平和怨愤的。

谏臣都没有例外地受到处罚，道士的专横跋扈也就更增长气焰了，而道士之所以能够得到皇帝的崇信，总括起来不外下列几点。

由于皇帝贪财好色和无穷欲望，道士的丹术就完全符合了皇帝的心理。炼内丹是求长生，讲阴阳交配之术，而炼外丹又正是讲求炼黄金丹汞，所以自弘治以来，道士们已经逐渐抬头了，到了嘉靖时代，一些大道士就更因此爬上了统治阶级的重要地位。

表现在外面的一些"灵异"，像祈雨、求子、治病、除妖等，又都是道士们的骗人方，而昏庸的统治者却十分相信，而且重视。

道教既然得到皇帝的信奉而得势，相对地佛教就当然受到了政治上的阻碍。

佛教在明初就受到当时政府的法律保护，政府组织有僧录司，产生了不少僧侣大地主。到武宗朱厚照正德年间，由于他特别爱好佛教密宗，学习梵文，读诵佛典，"演法内厂"，自号"大庆法王西天觉道圆明自在大定慧佛"，其实也是为了追求淫乐，所以得宠的番僧得出入豹房，被封为国师，气焰熏天。

到了嘉靖时期，因为崇奉道教，所以发布了许多灭佛的措施，在嘉靖元年（1522）曾下诏没收大能仁寺僧人的资财；九年（1530）毁掉玄明宫内的佛像，化为金屑一千多斤；撵出文华殿里的释迦佛像；十四年（1535）大兴隆寺失火，也不再修建。把僧录司移到大隆善寺；又禁止僧人修斋事；十五年（1536），又取消宫里的佛殿，大善佛殿里有从元朝就遗留下来的金银佛像、佛骨、佛牙、佛首等物，重一万三千多斤，都一起毁掉；其他各地当然也普遍地拆毁佛像佛寺，这是道教盛行后的必然现象。其实道教和佛教在当时的同一本质都是害民的，皇帝信奉的目的，也没有两样。

直到嘉靖末季，徐阶、海瑞上疏揭发道士之弊害，不久，穆宗朱载垕继位，才屏除了方士斋醮和内外工事，然而明朝的政治早已腐化得不可救药了。

三

以上所述的历史事实，作者总应该比我们还要熟悉。因为吴承恩在嘉靖二十三年（1544）成岁贡，这时他已经四十五岁了，二十九年（1550）春天到北京去谒选，在北京停留了两年，便去做长兴县丞，大约第二年就又跑到南京去找朋友去了，那时是嘉靖三十三年（1554），他已经是将近六十岁的老人了，从此以后，他一直没再做官。然而他的一班朋友却多是在职的官吏，那么就他的交游和他足迹所到的地方说来，他对当时的崇道之风，耳闻目睹，就应该认识得相当清楚；况且嘉靖中叶，吴承恩到京谒选，那正是道教鼎盛，陶仲文等最得势的时期。杨最、杨爵、高金、浦铉、周天佐等因谏止奉道而获罪的事件，刚刚发生了没有几年。况且在嘉靖三十一年（1552），皇帝更明令百官不要"欺玄而谤上"，吴承恩当然不能毫无所闻。江南赋税的"加派"是从嘉靖三十年（1551）开始的，而吴承恩做长兴县丞在三十二年（1553），正在这条苛税的法令公布不久，吴承恩身为下级地方官，正该亲自推行，自然知之甚悉。所以我推想他对于当时贪官污吏的恶行、道士们的专横跋扈，会知道得更为丰富。

那么，他以什么态度来对待这样的现实呢？在《西游记》里他表示得很坚决很清楚，那就是对道士、对贪官污吏、对庸俗的小人，以至对高级的统治者都加以讽刺、揶揄，甚至辱骂。

可是他这种态度又是怎么产生的呢？我们知道，吴承恩是出身于小商人的家庭，父亲是摆地摊卖绸缎的，穷得连孩子的私塾学费都交不起；同时官府衙役又向他要赋税，屡次勒索，他就只是忍气吞声地受着宰割，他的乡人便给他起了个外号，叫作"傻子"，然而他知道抵抗不了勒索，才这样做的。吴承恩便是在这样的贫苦环境里成长起来的。

因此，我想吴承恩对当时社会的黑暗、不平，是有深刻的体会的；最低他比那些世家子弟，对都市里下层社会的苦痛，会有进一步的认识。

中举做官，更使他对当时的上层社会有了进一步的了解。而且他成岁贡的时候，已经四十五岁了，最后只得"为母屈就长兴倅"，这种潦倒终生的"屡困场屋"的结果，和他追求禄位的希望相矛盾。加以他出身穷苦，其矛盾就愈大，而他的好友沈坤却在他"屡困场屋"的时期，早已中了状元，做了高官，相形之下，情何以堪？那么，其心理矛盾也就又扩大，不平之气，充满了心膺，这就促使他看见了现实，正视了现实。（注六）

同时，他的愤世之慨，以"玩世不恭"的态度来表现在《西游记》这部现实性相当强的长篇小说里，这一点，恐怕他父亲的处世态度，多少会给他有些影响。他父亲虽然外号是"傻子"，然而却是一个性格倔强的知识分子，他在老年爱读《左传》和历史故事，更"好谭时政"，"意有所不平"，就拍起桌子来，愤惋之情，不能自已。吴承恩小时候爱读"野言稗史"民间小说，因而养成了他写通俗白话的小说的文学趣味和文学技巧，并接受了发展民间故事的传统，这个爱好是和他父亲一致的，虽然他在看小说的时候，还怕"父师诃夺"，要到一边偷着去看。他的讽世之笔，主要是由他的生活环境产生出来的，他父亲"好谭时政"的不平之气，也应该给他一定的影响吧？以上两点，是可以从他写他父亲行状的态度来推知的。（注七）

总之，《西游记》反映的现实虽然广泛，讽刺的对象虽然很多，而在骂道士这一点说来，不但揭露了封建社会统治阶级的丑恶本质，而且作者还能和贻害人民的道士站在敌对的立场，这已经就充分表现了他的正义感。然而其最终目的，仍然是和其他许多封建社会里的古典作家一样，只是希望皇帝要学好，要授贤选能，好好地为人民谋些福利，不要妄信奸人的骗人方，好让皇帝的宝座坐得更稳当一些。这当然是作者的时代局限和阶级局限产生的结果，我们是不能对吴承恩有进一步的要求的。

所以在《西游记》里，作者对道士尤其对道教祖师们的讽刺，毋宁说是对当时崇道之风提出了抗议；他否定道士的政治地位、揭穿道士的阴谋，也就是对当时皇帝让道士取得高位（三孤、国丈）表示了反对态度；"灭法国"、"比丘国"、"车迟国"和"乌鸡国"几段故事，就更明显地指斥了当时皇帝佞道灭佛的措施。

然而作者并不是单纯地在写僧道斗法，更不是主张兴佛灭道，而是对当时腐败政治进行无情抨击，《西游记》里，哪一个统治者不是昏庸无能的？哪一个道士不是阴毒损坏的？对于僧人，作者也没有歪曲地加以袒护。虽然和尚在当时是没落了，做的恶事没有道士们显著，但是像僧官的人情势利、和尚的无赖寄生（第三十六回），也都没有能够逃脱作者的锐敏观察。

因此，《西游记》可以说是一部浪漫主义与现实主义相结合的小说，如果扒下它的神魔的外衣，用历史事实来求得证明，那么，《西游记》里所反映的现实，就很明显地出现在读者面前了，而且作者讽刺的意义也会进一步被读者认识了；换句话说，《西游记》的现实性和思想性，也可以更显得分明了。

那么，讽刺道士以抨击当时的政治，应该就是《西游记》主题的重要部分。

（注一）我另有《〈西游记〉故事的演变》一文，专讨论这个问题，这里不具引。

（注二）"大闹天宫"一段故事，应该是封建社会里阶级矛盾的反映，没有人世间地主和农民的矛盾，就不会产生"天宫"里这一番热闹，当然吴承恩不会对阶级矛盾有明确的认识。我另有《大闹天宫》一文。

（注三）作者的宗教主张是"三教合一"，第一回出现的菩提祖师就是"三教合一"的偶像；第四十七回也申明了这个主张——"望你（皇帝）把三教归一，也敬僧，也敬道，也养育人才，我保你江山永固"。

（注四）在"八十一难"里当然也有和佛教有关的妖魔，如第二十回的"黄风怪"

是在灵山偷了油的黄鼠狼，第五十五回的"琵琶仙"是雷音听经的蝎子精，等等，都是在佛前犯了过错才下界的；第九十二回"玄英洞"的犀牛假装佛祖出来害民，第六十五回"小雷音"的黄眉大王也是变成佛祖来欺骗唐僧的。这不但在"八十一难"中占比较小的比例，而且像第三十七回的文殊座下的青毛狮子，一下界也还是变成了乌鸡国的老道。然而从道教里下界变成和尚形象的，却还没有这样的例子。

（注五）本文所说吴承恩的年岁和事迹，根据刘修业先生《吴承恩年谱》（载《周叔弢先生六十生日纪念论文集》）。

（注六）世味由来已备尝，鸥心宁复到鹓行。纵令索米容方朔，未必含毫象子长。（《庚戌寓京师迫于归志呈一二知己》）

（注七）因而《西游记》就是以神怪小说的体裁来写当时世态的讽刺文学。他另外写了一篇文言志怪小说《禹鼎志》，虽不存，但是其主旨和《西游记》大略相同是可以推知的，《禹鼎志》自序说："虽然吾书名为志怪，盖不专明鬼，时纪人间变异，亦微有鉴戒寓焉……国史非余敢议，野史氏其何让焉？作《禹鼎志》。"

【杂论】

文学常识三题[*]

一 《诗经》和《楚辞》

《诗经》和《楚辞》，是我国诗歌传统的两个源头。这两部不朽的古代诗歌总集，是我们宝贵的文学遗产，在世界文学中，光辉灿烂，也有其崇高的地位。

古代诗人、批评家，常常把这两部诗集并称，如杜甫在《戏为六绝句》中便有"劣于汉魏近风骚"的诗句，所谓"风"，即指《诗经》中的《国风》；"骚"就是《楚辞》里的《离骚》。他们更以为《楚辞》是《诗经》的发展，如批评家刘勰在《文心雕龙》的《辨骚》中说："自风雅寝声，莫或抽绪，奇文郁起，其《离骚》哉！"这就说明在《诗经》以后，代替它的便是《楚辞》。白居易在《与元九书》中也说："《国风》变为《骚辞》，……去《诗》未远，梗概尚存。"由此可见，这二者有着密切的关系。虽然它们在创作方法上有差异，但是它们对后代文学有很大的影响，给后来无数的优秀作家开辟了康庄大道。

就《诗经》的创作方法来说，其基本精神是现实主义的。这部诗歌总集的三百零五篇诗歌，虽然也包括一部分贵族祭、颂、享乐之作，就其主

---

  * 本文包括《〈诗经〉和〈楚辞〉》《永乐大典》《四库全书》，系作者发表在《天津日报》"文学常识"专栏上的三篇短文。其中，《〈诗经〉和〈楚辞〉》连载于 1959 年 6 月 5 日、6 月 6 日、6 月 7 日，《永乐大典》刊于 1959 年 11 月 23 日，《四库全书》刊于 1959 年 12 月 4 日。

要诗篇来看，几乎反映了从西周初期到春秋中叶五百年间整个周代社会的风貌。大量的民歌，反映了古代人民对劳动、对爱情的歌唱，描绘了他们被剥削被压迫的生活，更表露了对剥削压迫的愤怒。也有些诗篇揭示了统治阶级内部的矛盾。这些，都把当时的社会现实和本质，经过艺术概括，从多方面真实地反映出来了。所以我们说它的基本精神是现实主义的。

举几篇著名的诗篇来看，就更清楚了。《七月》（《豳风》）具体描写了农民一年到头无休止地劳动，但是他们的劳动成果被贵族掠夺了去，自己却过着"无衣无褐"的生活。《唐风·鸨羽》《王风·君子于役》《豳风·东山》，都从不同的方面抒发了征役之苦，揭露了当时贵族加给人民的沉重负担的事实。《魏风》的《伐檀》和《硕鼠》，就更直接地对剥削者发出极度的愤怒、辛辣的讽刺。不少情诗，也通过爱情问题，反映了当时社会制度对青年男女婚姻的束缚，如《郑风》的《将仲子》便是一个例证；《鄘风》的《柏舟》就更发出以死为誓争取自由的呼声。关于弃妇的诗，《卫风》的《氓》，就是一篇对欺骗她的男子的控诉。另外一些诗篇，有的是歌颂保卫祖国的高尚勇武精神，有的是叙事诗的杰作，有的就从不同身份、不同地位的人们许多具体生活的比较来抒发不平，从而揭露了统治阶级内部的矛盾。

这些现实的高度的概括同时也表露了人民的崇高理想，如《硕鼠》在讽刺、否定了剥削者以后，便紧接着提出"乐土"的理想，而这块乐土和他当前所处的环境正是相反的，这是他们的社会理想，也是本篇浪漫主义精神的表现。又如《东山》在叙述诗中主人公从遥远的战场归来的时候，同时表露了他对和平生活的愿望，这也集中代表了当时被奴役人们的共同的美好的理想。

《楚辞》不同于《诗经》，这并不仅仅在于《诗经》大多数篇章是以四言（四个字一句）为基本句式的短诗，而《楚辞》却多是五言、七言或更长的句子的长篇辞赋；它们的差异，在于一个偏重于概括，一个偏重于理想。

还用刘勰的话来说，例如屈原的《离骚》，是"轩翥诗人之后，奋飞辞家之前"的"奇文"。那就是说，《离骚》在诗歌发展史上是有承上启下的作用，而且其特点是在于"奇"。

　　所谓"奇"，便不是平平常常的事物；所谓"轩翥""奋飞"，就带有飞扬驰骋的含意。这些，都应该从作品中表达的理想加以探讨。

　　像《离骚》，这篇长达三百七十多句的长诗，其内容，不是楚国政治腐化的具体叙述，而是屈原对国事的忧思，对不幸遭遇的牢骚。这里充满了作者的爱祖国、爱人民的热情，和邪恶斗争的精神。虽然也表达了他的任用贤能的美政的主张，却不是一片政治概念。作为一个政治家、哲学家的屈原，在这里是以诗人的身份出现的。在他被放逐的时候，他表示要以死来殉他久藏于胸臆的崇高的爱国的理想。所以在诗篇中，尤其是写到驾玉虬、乘长风上诉天帝，乞灵巫咸，要走昆仑、往西海的阶段，其思想的驰骋与奔放，就更加显著。因此我们说《楚辞》的浪漫主义创作方法是很突出的，而且是积极的，是有现实主义基础的。

　　此外，如《九章》里的《涉江》，几乎是《离骚》的缩写。《九歌》原是楚人的祭歌，经过作者的加工，诗中的神的形象，也都有了人们的理想成分，更加重了幻想的色彩。《天问》更为奇特，四字一句，一口气提出了一百七十多个问题，有关宇宙、人生、古史、传说、宗教、神话，表现了诗人的想象力异常丰富，对读者也是个有力的启示。

　　《楚辞》主要是屈原之作，其他附于屈原之后的作品，便不在这里介绍了。

　　《诗经》和《楚辞》在表现方法上却有其共同之处、相似之点。

　　例如比兴，《诗经》中常以诗人们最熟悉、最常见的事物作比喻：《硕鼠》以"贪而畏人"比喻剥削者；《伯兮》以"其雨！其雨！杲杲出日"的自然现象的变化象征希望变为失望的情感。简单些的，如"两骖如舞""麻衣如雪"也都是"比"。"兴"是发端，主要是为了引起下文的歌唱，虽然有时也有烘托的作用，严格地说，凡是具有比的性质的，和下文有直接关联的，都应归入比，不应属于兴。这在《诗经》中，尤其在《国风》，是最多见的一种手法，直到今天的民歌还是如此。

　　《楚辞》也用比兴，《离骚》中的大量的"美人香草""恶禽臭物"，便鲜明地比方了善良和邪恶两种不同的人物。它也引用历史传说来比附当时的政治，用冠佩服饰来象征性格的高洁。这些都加强了作品的形象性，使抽象的理想、感情通过具体的事物表达出来。

这些都说明比兴是一个表现手法，是从古代民间文学中成长出来的，它并不是区别现实主义和浪漫主义的标准。后来的民歌作者和优秀诗人从这里却学习运用这种手法，使作品写得更深刻、更形象，更言简意赅、丰腴有力，即使我们今天写散文，也未尝不应该注意这种手法。

《楚辞》的篇章较长，汉朝人把它叫作"赋"，它的特点是"铺叙"，但不是平铺直叙，而是波浪起伏，汪洋开阖。《离骚》便有这个特点，以一个爱国的理想为中心，写起来变化万端，成为古所未有的一篇抒情长诗。即使描写那些将要出发的车驾仪仗，也刻画了心情的动荡，如"屯余车其千乘兮，齐玉轪而并驰；驾八龙之婉婉兮，载云旗之委蛇"。

《诗经》则常用复沓形式，逐章换字，或描写某个事物发展的过程，或深入一步抒发情感。前者以丰富的题材和词句（尤其是那许多双声叠韵的联绵词）表现了深挚的诗人情感；后者虽然也有不少地方用联绵词，更多的地方却是以锤炼的字句表达了诗的内容。而前者并非不简赅，后者也并非贫乏。它正是要从许多词里选择一个最恰当的来使用，在这一个词的背后，不知有多少词曾被作者淘汰了。这两点都值得作为我们今天创作的借鉴。

历代的诗人，几乎没有不从这两部书里吸取营养的。

二　《永乐大典》

《永乐大典》是明初永乐年间纂修的一部大百科全书。因为它是我国古代文献的总汇，所以它原名又叫《文献大成》。

《永乐大典》包括天文、地理、人伦、国统、经史、哲学、工程、医术、算学、语言、文学、艺术、名物、制度等各方面的资料，按《洪武正韵》的韵目，分别纳入韵字之下，以备查检。全书共计 22877 卷、目录 60卷。或两卷或三卷装成一巨册，共有 11095 本，一律用黄绢面包背装，用白棉纸朱丝格工楷抄写，书名红字、本文黑字，并有圈点。书本之大，也很少见：高约一市尺半，宽约一市尺。这在我国版本史上，是一个特殊的标本。

这部书的可贵，更在于它主要保存了宋元两代的文献，其中有不少是明以后便已亡佚的图书。例如近年再版的《宋会要》500 卷，便是从《永乐大典》中辑录出来的研究宋史的重要史料。

就《永乐大典》中保存的文学书籍来看，也是很珍奇的。例如《永乐大典》卷一三一三九"送"字韵"梦"字下，就保存了《梦斩泾河龙》一段话本小说；卷一三九九〇有《宦门子弟错立身》等戏文多种。至于宋金元人文集，大量保存在《永乐大典》里面。清人近人辑本，又多数刊印在《四库全书珍本丛书》《聚珍版丛书》《涵芬楼秘笈》《敬乡楼丛书》《九金人集》《宋人集》《校辑宋金元人词》等书里面。正因为这些作品自明以后人很少看到，所以校辑《永乐大典》，在清代形成了一种风气。可是辑出来的这些书，不过是全书中的一小部分而已。

《永乐大典》是我国宝贵的文化遗产之一。可是这部文献，到了清代以及后来，便遭受到好几次厄运，以致残缺不全了。它的正本，即永乐时写本，不知何时已被烧毁；我们今天还能看到的副本——嘉靖四十一年写本，在清代，经常被翰林们盗窃；剩余的 800 多册，又在八国联军进攻北京时被烧、被毁；也有部分被掠到外国，现在美国就有好几十本，大约占被掠到国外的总数的 1/3。与此相反，例如苏联列宁格勒图书馆在 1951年、1954 年曾两度把帝俄时代留下来的 11 册和原藏日本满铁图书馆的 54册送还我国。德意志民主共和国，也曾于 1955 年把德帝国主义者掠去的送还我国。国内藏书家，在新中国成立后，也纷纷把《永乐大典》捐献给国家，表现了他们爱国的热忱。在北京图书馆，旧藏新赠，统计一起，不过才保存下来 200 多册，同原书 11095 册比起来，真是残存无几了。

听说，中华书局现在正准备把今天还可以见到的《永乐大典》约 600册，汇集印行。估计就是这些残缺的材料，也一定会给我们提供不少新的资料。

三 《四库全书》

继明代《永乐大典》之后，在清代乾隆时期，曾出现了一部大丛书——《四库全书》。因为它按经、史、子、集四个部分分类编列，所以叫作"四库全书"。

这是一部包罗万象的文献汇编。它共收录从上古到清初的古书3470种，共计79070卷，写成36300册。当时抄存了七部，分贮于北京的文渊阁、文源阁，奉天的文溯阁，热河的文津阁，扬州的文汇阁，镇江的文宗阁，杭州的文澜阁。现在只存文津、文澜、文溯、文渊四部，除文渊阁一部在解放江南时被国民党劫往台湾外，其余三部，现在分别收藏在北京图书馆、浙江图书馆和辽宁图书馆。

《四库全书》的纂修，是有其政治目的的。当时清政府为了销毁反清的书籍，想借此把全国书籍都清查一番，以消除反清的思想。同时，编纂大书，需要人手，又可笼络一部分文人，使其埋首古书。所谓"寓禁于征"，实际上就是为了巩固清代的封建统治。因此，有些书被删削窜改，有些书被禁止流行或被销毁。其中绝大部分是具有爱国主义思想的著作和明末史书及一部分小说戏曲，这是和当时文字狱、和封建统治者压制反封建思想的传播都有密切关系的。

当然，那些与清朝统治不相抵触的图书也因此被保存下来。编修时，曾采用了清王朝主持编纂的图书149种，"皇家图书馆"的藏本747种，从《永乐大典》中辑录出来的书籍512种，各省搜采进呈和私人进献的书籍就更多了。这些"进呈"的书籍，都要送入翰林院，作为《四库全书》的底本。这些四库底本，现存的还有不少，第一页上栏上面都盖有满文汉文合刻的翰林院玉印，印色鲜艳夺目；伪造的，是以木制的印章翻刻的，有木纹可见，印色也发黯黑，一加比较，就不难辨识了。

以《四库全书总目提要》而论，前面提到的3470种，是属于《总目提要》的《正目》部分，也就是《四库全书》所抄录的全书；此外，还有6810种，94030卷，见于《总目提要》的《存目》部分，有目无书。这两个部分，总计10280种，173100卷，其中409种，没有卷数，未统计在内，这才是它著录的全部数字。至于那些被禁毁的书，据《禁书总目》及清代文字狱档等资料考核，其总数至少有3000种，和《四库全书》所收的数字相近。

至于这部《四库全书总目提要》，却是我国目录学史上一部集大成的著作。《正目》《存目》除著录书名卷数外，每书均有提要，凡作者生平简历、本书主要内容的得失、文字的增删、卷帙的分合等问题，都一一涉及。另外，为了便于检阅，又刊行一部《简明目录》，也有简要的提要。提要内容，虽不免有其局限，去取评骘，未必完全妥当；考订校勘，未能处处精审，但是对我国古代学术源流，也是有所贡献的。

这部大丛书，也是我国宝贵的文化遗产，对研究任何一方面学科的人，它都会提供不少材料。就文学方面说，它保存的诗文集比较多，词曲和文言小说已经较少，白话小说、民间文艺，就完全被摒弃不收，这足以说明当时地主阶级对文艺的偏见是多么深了。

"百花齐放" 中的奇葩异草*

——谈昆剧《十五贯》

浙江省昆苏剧团在北京演出《十五贯》以后，"轰动九城"，广大观众一致赞美。这是我国古典昆曲艺术的新成就：《十五贯》的演出，不但教育了观众，而且使久已衰落的昆曲有了新的生命、发出新的光彩。

昆曲是我国古典歌剧中的一个剧种。四百多年以前的明代，它诞生在江苏昆山，起初本也是地方戏，但它综合了当时南曲、北曲和其他地方戏的特点和优点，所以异军突起，不久便风行南北。在剧本的编写上、复杂而悠扬的唱腔上和丰富多彩的身段上，都有新的改革和成就。此后，中国各地的剧种无不或多或少地受了它的影响，特别是在表演艺术上。但是后来昆曲逐渐脱离了人民大众，走上了僵化的道路，只有个别的大城市，偶尔演出，观众愈来愈少了。

这次来北方演唱的昆苏剧团里的许多老艺人，便是在这种情况下始终坚持演唱的。他们保存和发扬了昆曲艺术的传统，改编了许多老戏，使这一古老的剧种重新成为大家喜闻乐见的艺术形式，从而对现实起了很好的教育作用。《十五贯》便是一个有力的证明。

《十五贯》故事的蓝本原是宋代话本《错斩崔宁》（见《京本通俗小说》），明代小说家冯梦龙又把这个话本编入《醒世恒言》，改题《十五贯

---

* 原载 1956 年 5 月 29 日《天津日报》，署名顾随、高熙曾，乃由高熙曾执笔。顾随曾在 1956 年 6 月 17 日致周汝昌的信中写道："昆苏剧团在京演出，轰动九城，《十五贯》一剧尤脍炙人口，所谓'一出戏救活一剧种'者也。上月来津，盛况一如在京时，七十二沽间殆亦无人不说《十五贯》。第一日露演，不侫与高公荫甫受作家协会招待，即得大饱眼福。"

戏言成巧祸》，此后更有人把这个故事改编为传奇和弹词。现在上演的昆曲《十五贯》，便是根据清初朱素臣《十五贯传奇》改编的。

有着丰富人民性、高度思想性和艺术性的作品，必然具有永久的生命力。好多优秀的古代小说、民间传说，都是由剧作家们不断加以创造性的修润，使它变为更完美的剧本的。《十五贯》的改编和演出的成功事迹，再一次地说明了这个问题。

《错斩崔宁》是宋元以来说书艺人的底本，作者利用了"巧合"的方式，安排了紧凑的情节，从崔宁和陈二姐的无辜被杀，揭示了封建刑狱的残酷和问官的昏庸（这个话本的主题思想似乎不能只注重"颦笑之间，最宜谨慎"这一点），而且对这种腐败的官府痛加责斥：

> 这段冤枉，仔细可以推详出来。谁想问官糊涂，只图了事，不想捶楚之下，何求不得？……所以做官的切不可率意断狱，任情用刑，也要求个公平明允。道不得个死者不可复生，断者不可复续，……

朱素臣的《十五贯传奇》，增加了对熊氏兄弟不幸遭遇的描述（熊友蕙故事取材于谢承《后汉书·李敬传》；熊友兰的故事是根据《错斩崔宁》改写的）和况钟平冤的结局，而且把话本原来那段批判封建官府草菅人命的议论，用生动的情节和舞台艺术的形象表演出来，使原来话本的故事和人物大为改观，从而加深了这个故事的社会意义。

不过，《十五贯传奇》在清代就不是全部流行的，一般的读者和观众只熟悉《缀白裘》和其他曲谱里所选的那几出，这是因为传奇的结构通常都有好几十出，要连日上演，才能终场，所以就不免冗长和累赘。虽然"拆出"的办法，只搬演全剧里的精华部分，使观众可以从这几出窥见全豹，但是它不能把全剧首尾完整地告诉观众，每一出的芜杂部分也不容易删削净尽。不去芜就容易冲淡了原来的主题思想，反而削弱了原剧的积极作用。

昆苏剧团《十五贯》整理组根据朱本，加以删削和润色，是完全符合"推陈出新"的原则的，在我们今天改编旧剧本的工作中是一个很好的范例。演员在唱、念、做方面能够把剧中人物的心理活动都表演出来，这说明他们是具有很高的艺术水平的。这种改编和表演之所以成功，是现实主义的创造在戏剧方面的光辉的胜利。

《十五贯》的演出，使广大的观众从这里得到了思想教育，而且在舞台艺术形象的塑造方面，也给予观众以美学教育。这就充分地发扬了我国古典戏曲的优良传统，使濒于灭亡的昆曲这个剧种在"百花齐放"的剧坛上散发出奇光异彩。

川剧《谭记儿》[*]

好戏，常常会把观众们共同的感情集在一块儿，而川剧《谭记儿》却更使观众不由自主地结合起来了，数不清的观众，就连素不相识的，在休息时间里，在归途上，也都在交谈、品味和赞赏这出名剧。

这说明《谭记儿》里面有很多令人难忘的人物形象，其中都渗透着改编者、导演和演员们的丰富的艺术创造。

首先，剧情穿插是那么起伏不平。场次不多，而每场都具有突起的高峰，各场之间连贯起来，形成了重峦叠嶂的画图，使观众像从溪山幽境步上险峻崎岖的山道，路转山回，平原在望。观众随着每场剧情的变化，经行了这么一段山景，最后他们都怀着欢欣走出了剧场。

各场的气氛的变化和关联，便证明它是一个精美的艺术作品。谭记儿和白士中清安观相会，场面上充满了缠绵的情谊；杨衙内走马追寻谭记儿，立刻就把前场的温和的春情变成肃杀的秋意；在谭记儿巧计盗取杨衙内的圣旨和尚方宝剑这一场，紧张的气氛中又夹有好几个像暴风骤雨一样的小插曲，例如杨衙内忽喜忽怒，既尴尬，又凶恶，就造成了这种气氛；最后杨衙内被困，谭记儿夫妇从焦急转为快意，观众们的心情也就随着谭记儿的胜利而宽放了。

全剧的安排继承发展了元代关汉卿《望江亭》杂剧的优点。从全剧的现实主义精神看，尤其重要的是颂扬了一个富于正义感、多情而又机智坚强的被迫害的女性谭记儿。她主动地安排了自己的命运，从嫁给白士中直

＊ 原载 1957 年 3 月 23 日天津《新晚报》。

到抵制杨衙内，由于封建社会充满着黑暗的恶势力，她的挣扎和反抗的过程是极其繁复多变的。正因为她背后体现了这样的社会内容，所以我们会感到这个人物是真实的。

这一切，都是通过演员艺术表演出来的，在每一个环节上又都体现着川剧的特点。在全剧里，所有的演员都有戏，他们的表演都细致地表现出人物的心理活动，也就是从这里体现了人物的阶级特征。这正是现实主义的创作。

演员杨淑英扮演的谭记儿，她以高亢而柔婉的歌喉，唱出了谭记儿刚强而又多情的性格；以细致的动作，在不同的场次里刻画了谭记儿在不同的情况下的心理活动；而唱腔和动作又巧妙地结合在一起。例如在她头一场的一大段唱里，唱到"浪蝶狂蜂扰素兰"这句，面部表情由平静突然转为鄙夷的神气，动作极细微而抒情成分却极为浓厚。又如"望江亭"一场，对杨衙内最初只以半面相示，一方面似是使杨觉得她是含羞，同时她却又掩饰了自己的真面目。以后随着杨衙内态度的变化，她的稳重和惊惧也交织一起表演出来。在全戏里，她这种细微而深刻的表情是数不完的，全剧的抒情诗的意味，通过她的表演而充满了。

笑非扮演的杨衙内，一出场的荡马就把观众给吸引住了。从荡马的动作中不但可以看出演员身上有很扎实的功底，而且前后左右的动作把杨衙内的性格给"荡"了出来。他焦急，是要追寻谭记儿；但由于好色无能却又驾驭不了这匹马；其卑鄙的心理又自然而然地表现无遗了。加上张千、李万的跑步，累得两眼直瞪瞪的神气，更衬托出他的心焦。三个人一齐动作，使舞台上出现了一个活的图案。这不禁使我想到，剧场上的表演，不是杂技团的武术，而是要结合特定的情节来表现特定的人物性格的。所以笑非的表演纯是艺术的创作，后场在望江亭上他的喜怒无常的表情也仍有这种特点。全剧的喜剧效果是很好的，这虽是川剧的特色，在这里却不能不归功于笑非同志。

周文林扮演的白士中，扮相的秀美、台风的文雅超俗，都非常适合剧情。许多动作，如走马、拿扇子、谈吐、嬉笑，都和杨衙内形成强烈的对比。

静修扮演的老尼姑，她的艺术是极其成熟的。从脸上、身上和台步，都把一位慈祥善良而又幽默的老尼姑刻画出来了。在剧本里，没有关剧中要挟谭记儿改嫁的一段话，因而这个人物的性格也就更为完整了。

至于帮腔，有的同志听了不太习惯，但是我觉得在许多曲子的开端，如由帮腔的先唱，常常拍子较紧，尤其用在情节比较紧张的场面上是会帮助制造气氛的。另外，剧中人内心的话如用帮腔方式唱出就更为适宜，例如在谭白定情一场，他们两心相许，就由帮腔来唱出"知道了"这三个字，他们缠绵的情意、欣悦的情怀，就都从婉转悠扬的腔调中传达给观众了。

我们应该感谢川剧团全体同志，没有他们辛勤的劳动，我们是得不到这种崇高的艺术享受的。

西夏刻书和西夏刻工[*]

　　十一世纪，北宋仁宗明道年间，在现在的甘肃、宁夏、陕西一带，出现了一个大夏王国。它的国主曾命大臣野利仁荣，参照汉字，创制了一种文字，即所谓"西夏文"。并屡次用马匹向宋朝换取佛经（见《西夏长编》），刻印布施；也取得一些国子监刻本书籍（见《涑水纪闻》）。到十三世纪，西夏为蒙古所灭，元代改称其地为"河西"，其文字也就叫"河西字"。这类文字的书籍刻本，到现在仍流传于世，如《番汉合时掌中珠》《韵统》《河西字藏》残本等。其中《河西字藏》，王国维曾据元平江路碛砂藏《大宗地玄文本论》卷三后的大德十年（1306）松江府僧录管主八愿文定为元刊本（见《观堂集林》卷二十一），乃是管主八在杭州路立局开雕、施于宁夏等路寺院的。这些书都不记刊工，不知是汉族刻工所刻，还是西夏刻工所雕。

　　元代刻工姓名，数以千计。仅有一部书有西夏刻工的姓名，这部书便是元代杨桓的《书学正韵》。按杨桓是元代的文字学家，传见《元史》第一六四卷。他的著作，除《书学正韵》三十六卷以外，还有《六书统》二十卷和《六书统溯源》十三卷。《六书统》的倪坚序说："辛泉之子守义，亦于皇元至大之元以其父书闻于朝，……守义奉朝檄往江浙刊父书。"刘泰序："先生幼子守义得父之传，……特命驰驿往江浙行省刊板印书，以广其传。"据此，可以推知这三部书都是元至大元年（1308）江浙行省儒学刻本。《书学正韵》还经过江浙等处儒学提举余谦补修。其开雕年代和

---

　　* 原载 1962 年 11 月 3 日《光明日报》。

《河西字藏》差不多同时，这几个刻工可能就是参加《河西字藏》刊刻工作的成员。

从这部书的刻工来看，我们可以看到，在七百多年以前，宁夏一带的兄弟民族的刻字工人就曾到江南地方来献身沟通文化的事业，这是值得珍视的。

谈写刻[*]

我国书法艺术，源远流长，派别众多，时代风格也非常显著，因此，碑帖研究就形成了一种专门的学问。在近代的摄影、珂罗版印刷技术还没有发明以前，许多书法艺术品，除了用石刻拓本保存、流布以外，还要靠木刻印本来传播，这种印本书叫作"写刻本"。写刻是用木刻印刷来保存具有特定风格的真迹的一种雕版艺术，精美的写刻书，能使原来的墨迹，点画笔姿，略不失真。我国古代劳动人民不仅发明了印刷术，而且续有创造，写刻便是世界上罕见的一种印刷技艺。

在雕版印刷发明以后的一个时期内，刻印书籍，并没有固定的字体。像唐中和二年（882）的刻本历书，字体浑厚凝重，又有行书成分，带有唐代书法的时代风格，和一些唐写本比较起来，颇为近似。

到了宋代，版刻大行。北宋开宝年间（970 年左右）开雕的《大藏经》，字体已渐趋严整。南宋时期，以临安为中心的浙刻本，采用欧阳询的字体，仍然继承北宋官刻的遗风。欧书多是比较方正的楷书，用于官刻，比较适宜。如和宋代写本书籍的字体来比较，当时南宋孝宗淳熙时期（1174 年左右）秘阁重写本《洪范政鉴》的字体行格、官衔写法，和浙刻本几乎没有差异。这类上版的写本字体，后来把它叫作"宋体字"。浙刻本以外，其他各区域，字体风格，又有不同，因此过去版刻鉴定家也常据此确定版刻的时代和地区。当然，这只是鉴定版本的一个因素，不能孤立地引以为据的。例如宋代的蜀本和建本的字体都有北宋以来流行的瘦金书

---

* 原载 1963 年 1 月 10 日《光明日报》。

的风格，而大小粗细又有不同，起笔转折，刀法也各有特点。蜀本《苏文定公集》，字大如钱，是瘦金书的笔锋，而兼采颜真卿字体的结构，所以比较肥扁。建本《晋书》，字小如豆，也是瘦金书，但有欧阳询字体的成分，结构方长。广州刻本的《附释文互注礼部韵略》的字体，虽各有其地区性，但缺乏书家各自独特的风格，而是一种专门用来抄写上版的字体。这种字体的形成，是印刷事业发达的一个标志。元、明、清以至近代，这种字体，不断变化，各有其时代特点，作为区别于写刻的一种印版字体而风行。

写刻的书，各具风格特点，在书法艺术上有更高的价值。有全书写刻到底的，更多的情况是只有序文是写刻，这种带有写刻序文的书往往是初刻本。

著名的写刻本，历代都有，书写人的姓名，有的也可以考见，如宋刻本中有《注东坡先生诗》，是傅稚书；《玉楮诗稿》相传是岳珂手书上版的。此外，宋开禧三年（1207）昆山县斋刻本《昆山杂咏》、宋淳祐（1241 年左右）刻本《兰亭续考》，虽无写书人姓名，但都是精品，尤以《友林乙稿》的写刻更为精美。有人说《草窗韵语》是作者周密的墨迹，这说明更有一种保存作者手稿真迹的写刻本。

书名题字，单独用写刻字体，也是一种刻书的形式，如宋本的《类说》的标题全是宋人行书的风格。序跋用写刻的更多了，如宋嘉泰、开禧间（1201—1207）秋浦郡斋刻本《晋书》的陈谟书跋，宋绍熙四年（1193）刻本《新校正老泉先生文集》的从事郎桂阳军军学教授吴炎济的咨文牌子，都是书法淳美、雕印精湛的写刻范本。

元刻本中，著名人物或书家手书上版的写刻本更多，其中有代表性的，如《茅山志》相传是张雨手书；《吴渊颖集》卷末有"金华后学宋燧眷写"一行，可以证明是宋燧手书；后至元年间（1338 年左右）刊刻的《佛祖历代通载》是僧一清手书上版的；周伯琦著《六书正讹》，杨恒著《六书统》《六书正韵》《书学正韵》，相传都是作者亲手篆书上版的。大量的是不标写手姓名，而行楷字体具有元人风格的。后至元六年（1340）刘氏日新堂刻本《伯生诗》等书，出于坊刻，刀法不精，却仍力求保存原本行书墨迹的转折和笔锋。序文写刻，常常比本文部分刻得好。这一时期精工绝伦之作，要推至元年间（1289年左右）刻本《资治通鉴》的魏天祐序文了。此书原是明清内阁大库的旧藏，原书已流出海外，国内仅余序文，却成为写刻精本的代表作。原本墨色如漆，书法有米（芾）蔡（襄）的风格，简直令人分辨不出是写本还是刻本。《宝庆本草折衷》的陈梾序文，和宋克书法风格十分相近，对考镜书法源流，也有价值。

明代写刻，随着版画艺术的发达，提高到新的水平。明弘治七年（1494）严春刻有《中吴纪闻》，刻工甚精。同年，著名的刻工仇以才刻了《赤壁赋》，可作法帖临写。武定侯郭勋主持刻印的《白乐天文集》的字体，采取宋克书体。隆庆五年（1571）刻本《云仙杂记》，字体秀劲，出俞允文之手。万历刻本《古本董解元西厢记》，字画类似颜鲁公。《陈白阳集》（陈道复编著）、《石田先生集》（沈周著）的合刻本以及继志斋刻的古典剧本，均是写刻的代表作。《文温州集》是著名的书画家文征明所书，就带有帖意。附于版画书籍的写刻，更为精美，和版画双璧交辉，如万历间（1600年左右）虎林双桂堂刻本《历代名公画谱》和《唐诗画谱》，都是左书右画、相互映衬的。书法多是行草，刻本保存了原作的韵味，这比工细的版画，刻起来还要难些。陈老莲画的版画，题画的字体一如其手书，这说明版刻技术到了明代后期已臻古代印刷史上的高峰，超越前代，下开清朝。

清代的写刻，更多于前朝，以康熙、雍正、乾隆三朝为盛。如康熙年间曹寅主持扬州诗局，用写刻方法刻了不少书籍，以他辑刻的《楝亭十二种》为最佳，金埴《不下带编》把这种楷字精雕的书叫作"康版"。其实这种楷书，乃是当时流行的馆阁体，和明代经厂本一类书籍采用当时科举场中流行的字体的情况相似，匠气是很重的，不像那些名家手书，笔姿各异、风格显著。

更为名贵的是名家手稿的写刻，如金农的《冬心先生集》、郑燮的《板桥集》，都是诗人兼书法家的作品，写刻就有了双重特点。汪声佞于篆书，他的名著《释名疏证》等书都是自己手书上版。张敦仁的《通鉴补识误》等书，又用草书上版。更有名家手书或作者的门生代书的写刻本，如黄丕烈写的顾广圻著《百宋一廛赋》和《季沧苇书目》，林佶写的王士禛著《渔洋山人精华录》《古夫于亭稿》等都非常著名。

题宋仲温《急就章》临本[*]

天津市艺术博物馆近日展出了一批古代书法家的墨迹，从晋唐直到近代，流派众多，琳琅满目。以元明人书法专室的展品，最为精美。其中我又特别喜欢宋仲温写的《急就章》。

宋仲温名克，是元明之间杰出的书法家，他生于元泰定四年（1327），死于明洪武二十年（1387），比松雪道人赵孟頫晚生七十三年。他出生的时候，赵松雪刚刚死了五年。赵体书正在风行，不仅我国书画家写字多宗赵体，就连当时刻书的字体也不再是瘦金体、欧体或颜体，而转为赵体了；甚至有些印度的僧人都来搜求这位元代集贤学士的墨宝。明初书家仍然多宗赵体，流风所被，笼照书坛，已成为这一时代的风格的代表，唯独宋克能够冲破赵书樊篱。宋克书法艺术之可贵，首先在于它有一种创新精神，有豪迈风发的英气。上追钟（繇）王（羲之），下开明代，以遒劲紧利、沉顿雄快的风格，矫正了那种流滑、软媚、板滞、缺乏丰神的弊病。对明代书法新风格的树立，有继往开来之功。

宋仲温传世的名作有《书谱》、《张怀瓘用笔十法》和书札（有的已流入日本），拓本有《七姬志》、《前出塞》、《兰亭跋》、《公宴诗》和书札等。这次展出的《急就章》是宋克平生最后的精彩之作，卷尾有"洪武丁卯六月临于静学斋"一行，"洪武丁卯"是洪武二十年，正是宋克的卒年，所以写得非常精熟、老练，淳厚、劲利。《明史》卷二百八十五《宋克传》说他"杜门染翰，日费十纸，遂以善书名天下"。这个《急就章》临本，

应该说是他终生功力的结晶。从这里也可以看到他学习之勤，到老不衰。

《急就章》是汉代史游的作品，原名《急就篇》。"篇"字有用简牍来书写，编辑成"篇"的意思，是就全书而言。"章"，是指断若干字为一段落来说的。六朝以来，开始有《急就章》的名称。本书分为三十二章，宋克临本末尾写着"第卅二"，就标明了它写的是全本。他也曾写《书谱》，没有写完，就赠给友人了，所以现在的传本不全。两本相比，更显得这个临本可贵。

《急就篇》出现，开始"解散隶体"，创为章草，"存字之梗概，损隶之规矩"（唐张怀瓘《书断》）。这种章草实际上是汉代隶书的简化，使汉字形体的发展又向前推进了一大步。它又是隶书的草化，是一种"草隶"，有速记的作用，是符合当时日益复杂的社会需要的。它的内容是"杂记、姓名、诸物、五官等字"，每句七言，没有一个重复的字，它又是一部识字的教科书，也适宜作为法帖。在汉代就已经有张芝、崔瑗的写本，三国魏钟繇，吴皇象，晋卫夫人、王羲之、索靖，北魏崔浩，唐陆柬之，宋太宗，元赵孟頫等都有写本。宋克临本可以说是古代章草的书法艺术的总汇，也是较后的一种。

历代书家，有很多人都写这部《急就章》，大多数是为了便于学习。像崔浩工于书法，人们就托他写《急就章》，从少到老，不辞辛苦，写了一百多个本子。宋克也仿古人遗风写《急就章》，当不止此一本。这一个临本的特点是结构古朴，笔致秀劲，风骨遒上，神采飞逸。宋克的学力深，天分高，比起赵孟頫的临本来，更多开合纵横奔放自恣之态，毫无拘板滞涩之病，既合规矩，又富变化。这种清新英俊的风格是和宋克的性格、思想有密切关系的。《罪惟录》说他"以武力自憙，好击剑，将以走中原，从豪杰驰逐中原"，是一个在元明之际思有所为的反元"侠士"。正由于他有英骨，笔致就不同于赵书了。翁方纲《题七姬权厝志诗》说："东吴生楷有明冠，儿视枝山孙孟津。若与吴兴齐步伐，四明楼石孰嶙峋？"又说："后来专力师仲温者，惟得一孙雪居耳！"其实他比松雪的品高，丰神俊逸，而且明人师法仲温的也不止一个孙克宏，我曾见元刻本《宝庆本草折衷》的陈楛序文（写刻）已与宋克风格相近，后来的钱溥也极力学仲温，不过，和孙克宏一样，比起宋克来，都缺少那种秀劲之气。

至于小楷，反而不如那本永乐间写本的佛经（罗振玉印本），倒很有仲温的遗风。

仲温书法，很可以作为我们学晋唐的阶梯，点画结构都有法则，尤其那种创新的精神更值得赞美；只是有时锋芒太露，稍嫌浮薄。这本《急就章》，因为是他的晚年之作，不像早期作品那样珠明霞彩，而苍劲却过于前期，就更值得珍视了。

书跋十九则[*]

《钦定全唐诗》^①

此书乃据季沧苇因钱牧斋之旧所辑本编刊。进书表既不言所据，凡例中尤迷离惝恍。季氏所辑小传故实，原亦繁富，官书乃削刊之；所引原书，俱有出处，如《文苑英华》《唐文粹》《乐府诗集》《唐诗纪事》《万首绝句》《唐人选唐诗》诸书，皆镌小章钤于题下，而官本亦均改为一作云云，使后人无从据以覆勘，尤失原书之旨。予又考《存寸堂书目》著录季氏的稿本，盖即进呈之书也，后归群碧楼邓正闇。傅沅叔尝借校于广刻百家唐诗本上，而邓氏之藏乃鬻于前中央图书馆，今则不可得而见，仅足借傅校窥其一二而已。予另有文详考其事，因检此书，为之志如右。壬辰^②岁夏五高熙曾识。

《御定全唐诗录》

右《全唐诗录》卷首诗人年表及总目，康熙间内版开花纸精印本，仅存一册。五四年五四，予客津门，幽居寡欢，偶过天祥书肆捡得之。卷首

　＊　据手稿整理，并依题写时间编次。跋《游志续编》一则未编年，姑置之末后。
　①　《钦定全唐诗》，"光绪丁亥（1887）孟冬上海同文书局石印"。
　②　1952 年。

有"安乐堂藏书记"、"敬亭淡泊轩书画"及"延古堂李氏珍藏"诸印记。睹此如遇故人，因忆所见安乐堂图书约计百种，几无一不佳，今此书独茵涸漂泊，至于无识之者，因以冷落市廛，亦可悲夫！

昏黄灯上，寥落独归，觅射阳山人文存不得，心殊悒怏，然得此书，亦足慰寸心矣。熙曾志。

《敦煌石室写经题记汇编》①

敦煌所出写经，此本所收尚多未备。友人曾毅公君尝据北京图书馆金石部所弄摄影本补充之，然亦未尽。去岁中国科学院从伦敦将所有流传国外之写本尽数摄存，如再补以李木斋及其他私人所藏，当可完具矣。熙曾识。

《录鬼簿（外四种）》②

1958 年苦水师赐此书。当尽力以治曲学，尤其元人杂剧颇胜明人，更拟以全力校之以副吾师之望。

今世治曲学曲史者，莫不以此书为唯一之依据，文献不足征故也。然予检地志，殊有异于继先所传者，盖继先南人，不娴北人之事欤？

《古文辞类纂》③

庚子④岁九月十八立冬前一日，将有疾风阴雪，因趁晴爽，走阅天祥书肆，得《长安客话》新印本；旧版只有腐儒译点之《韩柳文集》与塾本《左传快读》《古文辞类纂》《古文观止》而已。然译点之法，原读书之捷径，可以集有关之资料，可以及时录我深思，岁月不居，足以瞻学之进

---

① 《敦煌石室写经题记汇编》，许国霖著，微妙声丛刊本。封面有高熙曾自题书签，下署"一九五七年二月"。
② 《录鬼簿（外四种）》，钟嗣成等著，古典文学出版社 1957 年 9 月版。
③ 《古文辞类纂》，世界书局 1935 年 9 月版。
④ 1960 年。

退；随文批点，亦颇自如。予幼读古文，不过百篇，今又将授助教以古文辞、诗词及目录之学，因选此书，一一批之，俟来年再度改之，将可有异于桐城、阳湖之见也。

《稼轩词》①

汲古阁抄本《稼轩词》乃毛扆所传子晋旧帙也。《六十家词》本虽亦四卷，迥非此本可比。观子晋刻书，往往不及其藏弄之善，何耶？抑刻之在先耶？或秘于斋阁耶？此本格式字体追出宋刻，所分四卷与明吴讷《唐宋名贤百家词》本同，足见吴本之善，在于多保存宋本之旧。然予忆前曾侍斐云先生来天津图书馆观吴抄，细字精抄，在此本前，此本殆明末所影写。然系景抄，故足超轶吴本欤。熙曾。

此册专录章法分析，以见词旨，十二卷本未收诸作入四卷本中，可参阅也。辛丑②五月廿六日。

《元剧俗语方言例释》③

予得此书在五六年末，苦水先生之殁在六〇年九月，其间多从先生治元曲。先生持此书多所订正，凡浮签均先生遗墨也。其后予又补若干条。先生曾说，张相之《汇释》当以规律贯穿之，是有待予后之学者。

一九六一年秋冬之际补订。熙曾志。

《董解元西厢记》④

前岁中华书局尝情予为此书做注，试写两卷，以事中辍。今见凌注出

---

① 《稼轩词》，商务印书馆 1940 年 9 月版。题跋两则，前者见诸册"一"封面，后者见诸册"全"封面。
② 1961 年。
③ 《元剧俗语方言例释》，朱居易著，商务印书馆 1956 年 9 月版。
④ 《董解元西厢记》，凌景埏校注，人民文学出版社 1962 年 2 月版。

版，颇便读者。然可商之处甚多，可补之注不少，足征此书之早出而难解也。今后当一一补正之。壬寅①五月熙曾。

《北词广正谱》②

收此书已十九载，今始为之校订。昔羡季师有订本，惜为郑因百携去，远在天南，不可求致，当再向朋辈蒐讨，以付梓人而示后学。吴瞿安先生有简谱，未出版，乃斐云师授戏曲史之蓝本也。吴南青捐献遗书中有之，亦当酌取，以成新谱。岁次壬寅③六月十六日晨起，校黄钟宫诸曲并志。熙曾。

《文征明小楷离骚经》④

岁在壬寅十二月杪，过黄家花园新华书店，得此本以授亭、力⑤。余初写《宣示表》与《玉版十三行》，颇觉其不易模临。明人师古，亦多宗晋唐，秀劲而少浑朴，然从而得其执笔之法，练习点画，犹胜于暗中摸索也不着者耳。

此签⑥乃邵茗生所题，宗其父邵章碑法，而未免堂庑特小耳。

《醉翁谈录》⑦

十二年前初读此书，仅辑出有关柳耆卿之故事，以补充《柳永遗事考》。后乃欲注《舌耕叙引》及有关小说史诸则，仅及其半而不得甚解。

---

① 1962 年。
② 《北词广正谱》，据"青莲书屋"本影印。
③ 1962 年。
④ 《文征明小楷离骚经》，人民美术出版社 1962 年 10 月版。
⑤ 高熙曾之女高亭亭、高力力。
⑥ 封面题签。
⑦ 《醉翁谈录》，古典文学出版社 1957 年 4 月版。

今重读之，更觉其重要，暇时当再为详考也。己亥①端午前三日熙曾。

一九六三年岁次癸卯正月，因翻阅《永乐大典》，即以补校，乃知此本虽据元刻本翻印，实则元刻亦不全也。

此书实非全本，《永乐大典》引文即出于此本之外。

《明拓曹全碑》②

岁次癸卯正月得此帖，乃王懿荣旧藏本，以授力力，自胜于其所习之美术字，可以少匠气、长神姿也。

《曹全碑》特流丽，不似《华山碑》之端正淳厚，而化为小字，亦颇可玩也。

此碑立于汉末，已届草隶盛行之时，想原本用笔转折处仍可于石刻得之。

《宋仲温书书谱》③

岁次癸未④秋八月末，得之东安市上，归而临摹一过。

明李日华《恬致堂诗话》云：元周伯琦书《相鹤经》，自称谷阳生。系一诗云："江南羽化张天雨，海上神交宋仲温。楷法钟繇称独步，草临皇象已专门。折钗未坠风前股，满屋先凝雨后痕。寄语临池诸俊彦，蚓蛇驰骛莫须论。"岁在丁亥⑤冬十一月十六日高熙曾志。

又云：宋仲温书法《急就》，劲利古雅，仿佛钟鼎，溢为绘事，唯写细竹。尝见其作鸡栖石丛条一幅，题语极自满意，有"艺成不觉自敛手"之句，盖谓不可复得也。吴仲圭浓阴辣干，平生不知狼藉墨渖几斛，而亦有冈石竹一方幅，森森别有风致。其自题云："野竹绝可爱，枝叶扶疏有

① 1959 年。
② 《明拓曹全碑》，人民美术出版社 1962 年 10 月版。
③ 《宋仲温书书谱》，上海昌艺社 1934 年 1 月版。
④ 1943 年。
⑤ 1947 年。

真态。生平素守远荆榛，走壁悬崖穿石罅。虚心抱节山之阿，清风白雨聊婆娑。长梢千尺将如何，渭川淇澳风烟多。老梅戏墨，元用以为如何?"熙曾又志。

仲温以章草名世，然润清刚健之风、猗傩风华之势，较之汉人自有不同，而古拙朴厚顿失矣。

宋克处元末明初之际，楷法钟王，草宗皇史，世之论书者乃震于赵松雪之名，竟谓其出自子昂，实非的论也。盖明季初叶，宋氏之书亦蔚为风尚，变子昂之柔媚为刚健，易云林之苍靡为清劲。至正间，陈樫手书续通鉴序、明成祖所书佛经均似此体，非仲温一人所特有，乃时代之风格也。

丙午岁①秋八月初五之夕。晨兴作引车之夫，暮晚竟书此跋，腕酸臂楚，墨洇纸湿，事不如意，书亦难工矣。

宋克有《急就章》数本，津门艺术馆曾展出一卷，乃清故宫遗物，转入周暹手，今重归人民政府，故写一文志之，惜未见其《书谱》全本也。他日有暇，当别书一全本，作老年卧读之资，其可得乎。

法旧当以创新为前提，仲温之书有之。不为旧所宥，始为知书，若无旧法，则漫意为之，亦失继承之意旨。然而必以创新为立意之本，以习前人为津梁，变易其法，创为新章，不为其法而有新意，始谓得之。尝举张旭之狂草以比类皇史，乃可得知窠臼既严，出则奔放愈甚，此演变之迹可以探知者也。至若孙过庭之临，固多精义，亦有俗临，自当分别观之，不得慑于威名，弗敢跃出绳墨也。

《宋元书影》

此乃清内阁大库旧藏书之零叶也。闻散佚之初，厂甸书估往往单叶论值，或四五元，或一二元不等，而书肆主人乃自留一册，为习版本之用。此盖有正书局狄平子所辑本也。然观其所编，一不能辨其为何书，故有误入他类者；又不识其为宋元、为明刻，因亦羼入非宋元本。各家书影，乃以此为最贱。其实所收之版本大多天壤罕得之物也，市廛俗目不曾获见宋

---

① 1966 年。

元明清四朝藏书，安能辨别真赝耶。此类书影，予曾见顾子刚藏书，乃文禄堂王晋卿辑本；沈兆奎一册，亦出其手；赵元芳亦有之，今不知归于何所矣。丁未①惊蛰后一日熙。

《青玉版十三行》②

此本卷首尾有"敬德堂图书印""晋府世子图书""宝贤堂章"诸印记。此数印均明初庄王锺铉就藩时由内府挈出图书所钤。予往日曾见钤"晋府图书"印记之书籍，均宋元旧本，如宋盐官县刻《通典》、元刊《事文类聚》皆有之，则此拓乃上及宋元，盖无疑义矣。借临一过，方知其妙。取与越州石氏本对勘，始知相去不啻霄壤。石氏本笔意全失，结构亦呆滞，横不能长，体不敢攲，又残存其半，酝玉之辉，顿为所掩。此帖之蕴藉处，竟于对校中得之，可喜也。丁未岁③夏四月高熙曾跋。

《木樨轩宋元本书影》④

此册所收均宋元佳椠，惜李氏所藏之精抄本不与焉。一九六七年夏日题。

此李盛铎木犀轩善本书影。按李氏藏书抗战期间归日伪北大文学院，王克敏给价三千元。日寇颓首，北大复员，乃由赵斐云先生主编李氏书目，此书影所收各书均在焉。唯此本只收刻本，如铁磬室姚舜咨诸抄本乃未附入。今其书均藏北京大学图书馆，成为该馆善本书籍之柱石；益以马隅卿氏旧藏古本戏曲小说及前燕京大学之旧藏，乃多为北京图书馆善本部所不及，竟与上海图书馆、北京图书馆鼎足而三，赖此宋元刻本始得并峙焉。

---

① 1967 年。
② 《青玉版十三行》，有正书局 1926 年 2 月版。
③ 1967 年。
④ 书签为高熙曾自题。

《明宋克书急就章》^①

一九七一年岁次辛亥，托九妹从北京琉璃厂文物商店购得之。

一九六二年岁次壬寅，余居津门，获见周叔弢先生旧藏宋仲温书《急就章》小手卷，颇为欣爱，盖天禄琳琅旧物，从东北长春宫流出者也。纸黄色，仅高五寸许，卷尾题"洪武丁卯六月十日临于敬学斋"一行，并"仲温"朱文椭圆印、"三希堂精鉴玺"朱文印，因为文志之。予从十六岁临仲温《定武兰亭跋》，以为上至晋唐之阶梯。复取其《前出塞》、《七姬权厝志》、《书谱》、手札墨迹写之，颇能为初学排圆滑之弊而得淳朴劲利之风。元末明初陈樘、钱溥，下逮万历之孙雪居，皆习之，然终伤软媚，无仲温先生英俊之气，其时代使然耶？

宋克草书《前出塞九首》^②

此明初宋克所书杜工部《前出塞诗》拓本，虽不精湛，然的是先生手迹，为余十六岁习仲温《兰亭》诸跋时，偶过北京厂肆冷摊所得。缅忆前尘，已逾卅载，近今有暇，乃得重加装治，仍藏箧中，以志儿时学本之佳趣。一九六七岁次丁未^③五月初二日高熙曾识于津沽。

卅年来，余精意求仲温法书，尝集临为一卷，计有《定武兰亭跋》、《张怀瓘法书笔势》、《急就章》、《公宴诗》、《与高启便札》、《书谱》、《权厝志》及此《前出塞诗》八种耳。六二年见周叔弢旧藏宋克《急就》小手卷，乃为考订短章，刊诸《天津日报》，兼亦论及先生法书之破旧创新之特至处，未能尽其意，他日倘有可能，当详述之。熙曾识。

顷检旧箧，得廿年前所书仲温手卷跋，又提及其所书杜诗《楠木为秋风所拔叹》长卷，又陶诗、赵魏公笔札十帖跋诸墨迹，年岁积久，竟至遗

① 《明宋克书急就章》，文物出版社1960年10月版。

② 书签为高熙曾自题。

③ 1967年。

忘。因忆儿时所习见，今年未五十，已成过眼之云烟，真亦无复佳趣。昔人谓"哀乐中年"，乃渐知此意。师友戚长近年如秋林霜叶，纷然俱落，岂独此数帖为然。

一九七三年春王双启重为装池。

《游志续编》[①]

钱叔宝嘉靖四十三年抄陆游《南唐书》十八卷，书存北京图书馆，又马令南唐书《吴郡文粹续集》《道德真经指规》。是书题辛酉九月，当为嘉靖四十年，盖钱谷生于明正德三年，卒于隆庆六年也，时为五十六岁。其子允治抄书亦有名，多在万历间，差其父一等也。此书原为陶湘旧藏，后归周叔弢，周公于解放初捐赠北京图书馆。余尝见之，与此印本无异，因置之以当故旧重逢耳。

---

① 《游志续编》，1925 年"武进陶氏尊园影石"。

愈有精华的作品愈要批判地接受[*]

我们已经讲过不少唐宋词了，现在仅以唐宋婉约词为例，提出几点学习古典文学的意见，供大家参考。

一　怎样用批判的态度来对待婉约派的词？

"批判"并不意味是打倒，而是把作品放在一定的历史条件下，用阶级分析的方法，给予恰当的估价。我们不能用今天的标准来要求古人，不然，会反历史；也不能无批判地接受，不然，会受到不良的感染。具体到婉约派的词，又应当怎样批判呢？首先，要了解这一类词产生的社会基础和阶级基础，这是很重要的一点，可参看《文学史选抄》^① 部分。

敦煌词写的范围很大，不仅写儿女之情与离情别绪，也写边塞生活以及社会的其他方面，所反映的社会内容比较广泛。而后来的词，尤其是婉约派的词，更多的是写儿女之情，这是由时代与阶级决定的。晚唐五代时，词进入都市，并上升到文人手里。当时中原地区的情况混乱，而西蜀（四川）与南唐（江南）是偏安地区，比较安定，都市繁荣，士大夫有苟安思想，因此听歌看舞便成为他们生活中相当主要的部分。词适应了这种情况，专门写离情愁绪。同时，词是由歌妓歌唱的，文人加工时也要仿照歌妓的口吻、声调，来写自己或歌妓的感情，因此许多题材被限制在写女

＊　原载天津和平区语言文学业余讲习班《辅导通讯》1963 年第 3 期。

①　《文学史选抄》亦和平区语言文学业余讲习班讲义之一种，原注："选自《中国文学史大纲》。"

性的范围之内。写女性也要看作者对妇女的态度如何。《花间集》里的词，有少数作品便具有反封建的民主思想，而有的则是玩弄妇女的，二者截然不同。后来形成词必须婉约的思想，词的正统观念成为词必须写儿女愁情或相思之类，这种错误观念是由晚唐社会动荡、士大夫的享乐生活与不安心情造成的。所以晚唐词有精华，也有糟粕。那么为什么北宋时期婉约派的词一般也是相思、离情的主题呢？北宋统一中国以后，社会秩序相对安定，都市生活更加繁荣。开封、扬州一带的高官、贵族、士大夫以及一些市民，喜欢歌唱当时流行的歌曲，这些歌曲适合他们的口味。贵族们不仅掌握政权，而且还沉溺在享乐生活之中（由于都市繁荣给他们提供了享乐生活的条件），因此很自然地继承了晚唐五代以来婉约派词的传统主题，形成李清照所说的词"别是一家"的观念，把词限制在写儿女之情的范围里。同时，也限制了人们的创作思想，豪放的爱国内容与开阔的胸襟不能用词来写，只能写在诗与散文之中。李清照也受这个限制，她的文学观是封建正统的，她认为词只能写哀愁，激昂慷慨的爱国热情要写在诗里。当时许多词人也是如此。苏、辛等便打破了这条限制。他们出身于士大夫阶层，与人民的作品有距离。（当然民间词不是首首都好，也有受封建统治影响而产生的坏词，但主流是好的。）从晚唐到北宋由于社会现实，传统文人的生活与阶级限制，词走上了比较狭窄的道路，但词并不是毫无可取之处。

二 婉约派的词应该接受什么，扬弃什么？

这些词不是取消就完了，不给予阶级分析和历史评价是不行的。婉约派的词无论写得怎样精练、含蓄、有感染力，我们都必须用批判的态度来对待，其中有些词有一定程度的民主思想，艺术性也相当高。越是这样的词越要说明其社会基础，而不能照搬或不加分析地学习。列宁在《论青年团的任务》一文中曾说，马克思对人类所有的遗产都用批判态度进行检查（大意）。我们也要用马列主义观点来检查古典文学作品，并进行批判，而不是打倒。要正确继承而不是全盘接收，要有历史的、阶级的评价。一首词要正确地批判，要看它在历史上的作用如何。如韦庄的《思帝乡》，在晚唐出现那样的思想是很进步的。因为那时的人们受封建统治思想的影响，在婚姻、恋爱问题上受封建的限制，而韦庄则提出婚姻自由，妇女自己要掌握自己的命运。虽然他的作品有一种绝对自由的观点，在当时还是进步的。这在那个封建时代，有民主性、进步性的意义，但它终究是封建社会士大夫的作品，它的描绘、抒情，如不加分析地接受，对今天青年也有坏处：容易陷于爱情不能自拔；或搞不正当的"爱情"，歪曲引用这类作品作为借口。因此，必须按毛主席指示的"剔除其封建性的糟粕，吸收民主性的精华"来学习古典诗词。"批判"是从历史上给予估价，而"继承"是要为今人服务。我们要根据人民的利益和社会主义文艺工作的需要来分析批判继承古代诗词。如敦煌词的思想内容。

1. 反封建的

如《望江南》（莫攀我）、《思帝乡》（春日游）等作品写的是妓女、妇女，反映出当时人们，尤其是敦煌词的作者（可能是歌妓本人），对自己被侮辱损害的不幸遭遇与痛苦，不仅倾诉，而且加以控诉。通过妇女的恋爱问题甚至是歌妓的悲惨遭遇来提出对封建社会制度的控诉，触及封建娼妓制度对人民的迫害，这是反封建的。

2. 非封建的

这类作品反封建不是很有力的，但也没有很大的毒素，仅是同情妇女的遭遇。如《梦江南》，温庭筠同情被遗弃的妇女的苦闷，冯延巳的《蝶恋花》也是如此，直到柳永的《雨霖铃》、《八声甘州》及其他词也是对歌妓同情。可是这类词都不能替她们申诉所受到的侮辱与损害，只是以平等的态度与真情实意来对待她们。这一点在封建社会里也是难得的。

3. 封建的

封建社会的剥削阶级看不起歌妓，认为她们"下贱"，对待妇女是玩弄的态度，有些词写妇女的体态、装束、风姿，视妇女为"玩物"，甚至写色情，这是侮辱女性，应该剔除。这样的作品写得很艳，脂粉气很重。我们要深入地分析批判，防止中毒，不能孤立地吸收其艺术性，一定要在批判其思想内容的前提下来看这些词。

那么，除了封建的词之外，反封建的与非封建的词是否适应今天人民的需要呢？有的适应，而有的不适应，也要具体分析。适用于今天，可作为借鉴的约有以下几点。

（1）民主的思想内容有一定的价值

民主思想在封建社会中，与当时人民的意愿、要求有一致性，与后来革命的作品也有历史联系。（那时人们要求解放虽然与后人要求解放不同，但有联系。）这类词虽然写儿女之情，但对我们从民主立场来认识封建社会有作用。

（2）有些词不仅是限制在写女性上，而且通过女性描写有一定的寄托

这类词往往是文人借女子之口来抒发他们政治上的失意之情。如冯延巳的《蝶恋花》等，他们在当时封建统治阶级内部，政治上的苦闷不能明说，只好借女性之口说出。这一类词的寄托对我们有启发，值得借鉴，我们可以用无产阶级的立场、观点、思想和寄托的方法来写无产阶级的感情。

（3）词是长短句，语言富有音乐性和弹性

词不像五、七言诗那样死板。伟大的诗人杜甫也没有完全摆脱诗歌的固定格律，对他的思想与创作有一定限制。词最初为了配合音乐，所以句子有长短，但音乐消失之后，词的语言的音乐性、弹性仍很强，这就更能表达内容。

词吸收了诗、赋等文体的特长而形成一种新的文学形式，对我们写新诗有借鉴作用。词是抒情诗，过去有许多词是士大夫创作的，而不是人民能够完全接受的。我国古典诗歌中没有绝对的叙事诗，也没有抽象的抒情诗，往往是抒情与叙事相结合，如《孔雀东南飞》、蔡琰的《悲愤诗》。而词则发展了一步，没有具体的叙事，只是抒情，好处是提炼得更精粹，坏处是容易抽象，但这种抒情诗仍可用来写社会主义之情。另外，有人说词的传统写法是上片写景下片抒情，但不一定都如此。情景关系可以采用许多办法处理，毛主席的词就创造性地进行发展了，这是值得我们学习这类词的光辉范例。

可是，有些词不适于今天需要，常常是写儿女之情与离情别绪，题材较窄，内容受到了限制。一般的词不可能像杜甫的诗那样锐敏地反映政治情况，而对个人私生活及心底哀愁反映得多。杜甫的诗"鞍马关山北，凭轩涕泗流"也是哭声的描写，其可贵处是忧国忧民的愤激之情。杜诗不仅

悲愤，还有乐观主义。而有许多作者在词中不写奔放的快乐之情，而只是写淡淡的哀愁与不得志的心情，如欧阳修把愁情都写于词中。这些愁情不仅不适于今天的需要，而且在当时也不是进步的声音。如李清照的《声声慢》，写出国破家亡的一个寡妇的悲惨遭遇。由于北宋北方地区的陷落，南宋朝廷实行软弱的投降政策，李清照那样出身的贵族妇女都有哀愁，人民的痛苦就可想而知了。但尽管如此，当时起义的人民的民歌却不是李清照的感情，爱国将领也不会表现出这种哀愁，而是激昂慷慨的爱国热情。李清照的"冷冷清清，凄凄惨惨戚戚"不仅不是今天的时代精神，也不是那个时代的精神。辛弃疾、秦观、贺铸等人的作品，也都表现了淡淡的哀愁，而没有表现出封建社会中决定社会动向的农民起义军的情感和态度。

另外，有许多词虽不写哀愁但也有苦闷，这些文人遭遇的不幸，看不到前途。如苏轼的《水调歌头》："明月几时有，把酒问青天"，"我欲乘风归去，又恐琼楼玉宇，高处不胜寒"，人生为什么如此？不知道，也不能解脱苦闷，只好用"人有悲欢离合，月有阴晴圆缺"的自然界景象变化来解脱自己悲欢离合的苦闷。他认为"此事古难全"，也就是说世界上无是非，这是不对的，表现出苏轼思想的弱点，无力求得遭遇的原因。苏轼、辛弃疾往往在没有办法的时候，用是非皆同的自我安慰办法来麻醉自己。他们的哀愁要放在当时的社会时代中，就作者的阶级限制去理解，不能受其感染。

写爱情的词，往往是用爱情来反封建。这类词在恋爱问题上与封建主义做斗争，常常是把爱情放在封建社会之上。如《鹊桥仙》中所写的生活的唯一中心是牛郎、织女见面，其中虽有新想法："金风玉露一相逢，便胜却人间无数"，但让人误会爱情超过一切，就要避免受"爱情至上"观点的不良影响。再如《菩萨蛮》（枕前发尽千般愿），对封建势力抵制，起誓越多越表现他们坚持爱情。许多文人及小说中也都表现不要功名只要爱情的观点。在封建社会中，用爱情抵制封建思想，当时是进步的，现在如果照搬来用就会发生坏的影响。

总之，这类婉约派的词其中有精华，有值得吸收的营养，同时也有不适应今天的东西。因此，对待这些词要用批判的态度，用历史的观点、阶级分析的方法，根据今天人民的利益与需要来审查这些词，认清这些词产生的社会基础与阶级意图，区别进步、落后、反动，反封建、非封建、封建的内容。我们不能沉浸于这类词中，这种相思离愁容易削弱自己的革命意志。我们对词的批判是为了继承，不能采取全盘否定或全盘肯定态度，即使是有精华的作品，就更需要批判地接受，才可以避免中毒，受到不良影响。

继承 革新 创造*

——怎样学习中国古典文学

学习古典文学必须先明确目的，必须有正确的态度和方法。

我们知道，任何时代的先进作家都是在继承他以前作家的遗产基础上加以革新和创造的。我们不能用虚无主义的态度不要遗产，白手起家，从头做起，也不能无批判地接受遗产。无产阶级的文化和过去任何时代的文化都有其本质的不同，但并不是从天上掉下来的，而是像列宁说的："无产阶级文化应当是人类在资本主义社会、地主社会和官僚社会压迫下创造出来的全部知识合乎规律的发展。"（《青年团的任务》）毛主席也指示过我们："我们必须继承一切优秀的文学艺术遗产，批判地吸收其中一切有益的东西，作为我们从此时此地的人民生活中的文学艺术原料创造作品时候的借鉴。"

文学遗产究属是过去时代的产物，不可能完全符合今天无产阶级的需要，因此，必须用批判的态度来吸收其中一切有益于我们这个时代的东西，而不能精华糟粕兼收并蓄。要用历史唯物主义的观点分析文学遗产，指出它是反映了历史真实，还是歪曲了历史社会的实质；是表现出当时人民群众的看法、愿望和要求，还是宣扬了反动统治者的思想；是推动了社会的发展，还是维护了腐朽没落的社会势力。

更重要的是从今天无产阶级政治出发，研究文学遗产在我们的时代形

---

* 原载天津和平区语言文学业余讲习班《辅导通讯》1963 年创刊号。

势下，已经发生或将会发生什么作用。即使在过去历史社会中起过进步作用的作品，由于文学价值要决定于它对社会生活产生了什么影响，这不是一成不变的，它也会对今天的读者起消极影响，或起不了什么积极作用。那就要具体分析，分析其主要倾向，用全面观点进行评价，既不能违背历史唯物观点，用今天的政治标准要求古人，也不能借口它在怎样的时代有某些进步性，而看不到它包孕着和今天社会主义时代敌对的思想、观点。既不能攻其一端，不及其余，也不要择取一点，总括全篇。既要明确指出它的意义和作用，又要划清过去的文学和无产阶级文学的界限，而不要磨平这个界限。

我们学习我国宝贵的文学遗产，可以提高民族自尊心和爱国主义精神，吸取前人斗争经验，了解他们的生活，从他们的进步思想、优良品质和智慧中得到启发，作为借鉴。同时，用批判的态度继承了我们的民族遗产，是有利于社会主义新文学的繁荣和发展的。有不少遗产，经过用马列主义的观点去加以改造，剔除其封建性的糟粕，发扬其民主性的精华，就能化腐朽为神奇，变有害为有益，大大提高了作品原有的思想水平和艺术价值，使读者获得很好的思想教育，加深我们对祖国过去的理解，丰富我们的精神生活，满足艺术欣赏的需要，取得丰富的创作经验。

总之，我们学习中国古典文学，要有批判、有分析地继承其精华部分，按照新时代、新阶级需要，突破旧的文学传统，进行革新，创造出符合今天需要的新文学。

附录　高熙曾先生生平著述年表

　　高熙曾（1921—1980），字荫甫，祖籍绍兴，生于北京。曾祖秀峰拜翁同龢为师，曾任国子助教；祖父文彬曾供职于国子监典籍厅、历史博物馆；父景廉通才商业专门学校毕业后曾在中法储蓄会、大中银行做职员。熙曾幼承家学，后就读于北平辅仁大学国文系。师从孙人和、顾随、赵万里等先生，在中国古典文学和版本学、目录学等方面造诣颇深。[①] 又酷爱书法，工于篆刻。先后在贝满中学、中国大学、清华大学等大中学校和北京图书馆（国家图书馆前身）善本部工作，1953 年调入天津师范学院（河北大学前身），曾任河北大学中文系副主任，九三学社天津分社宣传部副部长、办公室副主任，天津《新港》文学月刊编委等。

1921 年　1 岁

　　5 月 12 日（农历四月初五），生于北京前门外甘井胡同 9 号。母亲马淑珍。兄妹九人，熙曾居长，有弟宝曾、士曾，妹珍曾、玲曾、珊曾、瑛曾、如曾、珑曾。

1927 年　7 岁

　　在家塾读书、习字。

---

　　①　主要论著有《庾子山集校注》《乐章集校记》《柳永遗事考》《淮海词校笺》《大曲杂考》《书名释义》等，多未发表。积累的有关版本的材料有：宋元本刻工表、明清本刻工表、版本琐记、《铁琴铜剑楼书目》正误、《书林清话》正补、《邵亭知见传本书目》补、《贩书偶记》补、傅增湘校书跋语辑录、中国古典文学要籍提要等。长年进行旧体诗词创作，辑有《秋藕词》一卷，计百余首。

1931 年　11 岁

8 月，就读北京师大附小（插班入五年级），至 1933 年 7 月。

1933 年　13 岁

8 月，就读北京四存中学，至 1934 年 7 月。

1934 年　14 岁

8 月，转入北京师大附中初中，至 1937 年 7 月。《自传》写道：其间，"张鸿来先生常指导我看古典文学，并且教给我一些图书版本的知识，这对我以后学习中国图书版本学奠下基础"。

1937 年　17 岁

8 月，就读北京师大附中高中，至 1940 年 7 月。熙曾"自幼喜好文学书画，多才多艺，聪明过人，一表人才，是北京师大附中排球队主力，拉京胡，唱昆曲，学习成绩名列前茅"（高士曾《忆胞兄高熙曾》）。

《自传》中说，这年，"因祖父去世，哥哥高福曾①忙于家事，便叫我去幼稚师范教语文（代课），同学们非常欢迎我，这使我对于教育事业发生热爱"。

1940 年　20 岁

8 月，就读北平辅仁大学国文系，至 1944 年 7 月毕业。《自传》中称："大学时期的先生，以孙人和先生、顾随先生，对我的影响较大。因我读的是文学组，这两位先生是这组的主要教师。我的论文就是跟孙先生做的。"

1941 年　21 岁

《一夕西风满院秋——俳体词三首并序》发表在《辅仁生活》1941 年第 3 卷第 3 期。

1944 年　24 岁

8 月，考取北平辅仁大学研究所史学部研究生，1945 年 5 月以家庭原因肄业。

1945 年　25 岁

与老师孙人和长女孙亮贞成婚。孙亮贞（1921—2005），江苏盐城人，

---

① 高熙曾堂哥。

1946 年毕业于辅仁大学国文系，先后就职于天津师范学院（河北大学前身）和天津市第六十一中学。

9 月，任北平贝满中学高中国文教员，至 1946 年 7 月。

1946 年　26 岁

3 月至 9 月，在中国大学代课，暑期后被正式聘为讲师。《自传》写道："陆宗达先生因在临时大学教书，功课较忙，就让我去中国大学去代他上《说文研究》，上了一个学期，又改担任《唐宋诗》的课。"

8 月，经清华大学许维遹教授向中文系主任朱自清推荐，任该校助教，教授大一国文和作文。浦江清见其关于辛弃疾《菩萨蛮》的文章不错，便将自己教了二十年的"词选"课给他教。

11 月 3 日，长女亭亭出生。

《读清真〈浣溪沙〉》一文发表在朱自清主编的《新生报》副刊《语言与文学》12 月 23 日第 10 期。

1947 年　27 岁

《辛稼轩〈菩萨蛮·书江西造口壁〉考释》一文分两次连载于朱自清主编的《新生报·语言与文学》5 月 12 日第 30 期和 5 月 26 日第 32 期。

《炙笙考》一文发表在朱自清主编的《新生报·语言与文学》7 月 28 日第 41 期。

《说稼轩〈念奴娇·书东流村壁〉》一文发表在朱自清主编的《新生报·语言与文学》10 月 14 日第 52 期。

《论宋人之自度曲》一文发表在朱自清主编的《新生报·语言与文学》12 月 30 日第 63 期。

批注《书目答问》。部分题识被收入《书目答问汇补》① 一书。

1948 年　28 岁

1 月 14 日，次女立立（力力）出生。

《柘枝舞考》一文发表在朱自清主编的《新生报·语言与文学》5 月 18 日第 83 期。

《柳永葬地考》一文发表在余冠英主编的《新生报·语言与文学》9

---

① 《书目答问汇补》，来新夏、韦力、李国庆汇补，中华书局 2011 年 4 月版。

月 14 日第 101 期。

《宋大曲衮遍释名》一文发表在余冠英主编的《新生报·语言与文学》12 月 14 日第 114 期。

开始辑《书名释义》。

1949 年　29 岁

升任清华大学教员。因教改，国文取消，去清华图书馆编善本书目。《自传》中说："有些版本问题，我便请教多年不见的老师赵万里先生，赵先生来清华看书的时候，便同我谈起希望我能去北京图书馆善本部工作。"

暑期后，被派整理闻一多先生和朱自清先生遗稿。《朱自清古典文学专集》① 出版说明：书中大部"都是作者授课的讲义或教学用的参考读物，以前均未刊行过，曾由余冠英、浦江清、叶篯耕、冯钟芸、高熙曾等先生分别作过整理，写有跋识"。

1950 年　30 岁

5 月，入北京图书馆善本部任编目员，至 1953 年 3 月。曾到天津②、上海、常熟、无锡等地审订、拣选善本图书，检查出口图书。

《自传》中说："工作中，我学习了许多版本学、图书学的知识，我从小就爱好的学问，在赵万里先生的指导下，得到深造的机会了。每天除考订编目以外，我更研究了中国古书版本上刻工姓名，以便据此判断刻本的年代和出版地。这部分知识，我应该感谢周叔弢先生的鼓励和指教。"

1951 年　31 岁

9 月，为赵万里在辅仁大学中文系代授"图书馆学"课，至 1952 年 6 月。

1952 年　32 岁

开始辑《版本来志》《宋刊本刻工表》。

---

① 《朱自清古典文学专集》四种五册，包括《朱自清古典文学论文集》《古诗歌笺释三种》《十四家诗钞》《宋五家诗钞》，1981 年 8 月由上海古籍出版社出版。

② 翁之熹子开庆有《辑录北京图书馆善本书目中"翁捐"书目后记》，其中写道："1950 年夏，天津解放后不满半年，北京图书馆赵万里、高熙曾两先生来访，下榻我家，遴选家中所藏书籍，昼夜不息，历时半月有余。"又据 CCTV《我有传家宝》片中翁同龢的后人翁以钧介绍，1950 年，翁家曾把赵万里、高熙曾请到天津家中拣选图书，捐献数千本。

1953 年　33 岁

3 月，经南开大学华粹深教授介绍，调入天津师范学院中文系，任古典文学讲师。

1954 年　34 岁

经顾随介绍，加入天津作家协会。

受华粹深（兼天津戏校副校长）约请担任戏校文化教员，教授高一语文。

《〈西游记〉中的道教和道士》一文发表在《文学书刊介绍》1954 年第 8 期。

1956 年　36 岁

与顾随同看昆剧《十五贯》，合写《“百花齐放”中的奇葩异草——谈昆剧〈十五贯〉》一文，发表在 1956 年 5 月 29 日《天津日报》。

6 月，经华粹深、许政扬介绍，加入九三学社天津分社，后任执委、宣传部副部长、办公室副主任。

8 月，参加教育部召开的全国高等师范大学中国文学、历史教学大纲会议。夏承焘 8 月 6 日日记记载：“下午分小组讨论，予属古典文学唐宋部分，同组者有启功、施蛰存、韩文佑、杨公骥、高熙曾、高文、李世刚、沈启无九人。”[①]

1957 年　37 岁

2 月 3 日，《天津日报》刊登消息《各高等学校教师积极编写教材》，其中提到：“高熙曾为了结合中学教学实际，提高古典文学教学的水平，已经把自己对中学文学课本里中国古典文学部分的一些意见编写下来，准备将来出版作为中国语文教师的参考资料。”

《柳永遗事考辨》一文发表在《天津师范学院科学论文集刊（人文科学）》1957 年第 1 期。

《川剧〈谭记儿〉》一文发表在 1957 年 3 月 23 日《新晚报》。

1958 年　38 岁

8 月 1 日，加入中国共产党。

---

① 沈建中编《施蛰存先生编年事录》，上海古籍出版社 2013 年 9 月版，第 624 页。

任古典文学教研室主任。

《怎样用正确的态度阅读我国古代小说》一文发表在 1958 年 3 月 5 日《天津日报》。

《厚古薄今永远是进行的指标》一文发表在天津师范大学整改办公室 1958 年 7 月所印《厚今薄古战胜了厚古薄今——厚古薄今问题辩论大会专辑》。

1959 年　39 岁

任天津师范大学中文系副系主任。

据《天津日报》4 月 3 日消息，高熙曾出席了 3 月 29 日由中国科学院河北省分院语言文学研究所与天津市语文学会联合举办的关于李白诗中的浪漫主义问题学术讨论会。

组织天津师范大学中文系"李白诗歌研究小组"开展活动。1960 届毕业生许来渠在其《情与美》一书后记中写道："高熙曾先生牺牲了好几个午休时间具体指导小组的研究活动"①

《论〈卷耳〉——〈诗经〉新解之一》发表在《天津师范大学学报》1959 年第 1 期。

《文学常识：〈诗经〉和〈楚辞〉》分三次连载于 1959 年 6 月 5 日、6 日、7 日《天津日报》。

《文学常识：〈永乐大典〉》发表在 1959 年 11 月 23 日《天津日报》。

《文学常识：〈四库全书〉》发表在 1959 年 12 月 4 日《天津日报》。

11 月，所编《应用文选读和写作》（上、下）由高等教育出版社出版。（另有此书"第一次修订本"，钤天津市广播函授大学印）。

1960 年　40 岁

4 月，与陈介白合编的《中国古典文学作品选注（第一分册）》由人民教育出版社出版。（另有与支菊生、唐德选注，天津市广播函授大学所印《中国古典文学作品选注（第五分册）》。）

9 月 6 日，顾随在天津病逝。撰写《悼顾随师》一文，刊于《新港》文学月刊 1960 年第 10 期。

当选中文系党总支委员，并被评为天津市文教事业先进工作者。

---

① 许来渠著《情与美》，华山文艺出版社 1990 年 10 月版，第 216 页。

冬，带领中文系部分学生到霸县（今河北省霸州市）宫村公社参加"整风整社"，经常灯下为学生"漫话治学心得"。①

1961 年　41 岁

在河北省固安县参加"整风整社"期间，搜集到关于树叶、旱草、水草、秸秆、秧蔓等十项一百多种代食品的制作方法，印成《代食谱》，以缓解当时粮食紧缺问题。

《且当争鸣——学习毛主席诗词的一点体会，并同扈芷同志商榷》一文发表在《新港》1961 年第 7 期。

帮助天津市和平区教育局举办语言文学业余讲习班。自 9 月开班起至次年，先后授课十余次，讲授唐诗、宋词、元曲、《西游记》和毛主席诗词等。印有《文学的基本内容、性质和特征——谈谈文艺怎样通过艺术特点更好地为无产阶级政治服务》、《唐宋词选讲》（一至五）、《爱国词人辛弃疾及其词》、《苏轼及其词》、《关汉卿及其〈窦娥冤〉杂剧》、《关汉卿的喜剧代表作〈望江亭中秋切脍〉杂剧》、《〈西游记〉的浪漫主义》、《毛主席〈词六首〉》、《毛主席诗词剖析及语言特色》等讲义。

年底，任天津《新港》杂志编委。

1962 年　42 岁

晋升为副教授。

《杜诗给予南宋爱国诗人的影响》一文发表在 1962 年 4 月 10 日《河北日报》，并收入中华书局 1963 年出版的《杜甫研究论文集（三辑）》。

《西夏刻书和西夏刻工》一文发表在 1962 年 11 月 3 日《光明日报》。

《题宋仲温〈急就章〉临本》一文发表在 1962 年 12 月 11 日《天津日报》。

5 月 13 日、5 月 30 日、6 月 13 日、7 月 4 日、7 月 11 日、7 月 25 日，连续在《天津日报》发表《毛主席〈词六首〉试绎》，对《清平乐》、《采桑子》、《减字木兰花》、《蝶恋花》、《渔家傲》（二首）等词进行解读。

当选河北大学工会劳模。

1963 年　43 岁

《谈写刻》一文发表在 1963 年 1 月 10 日《光明日报》。

---

① 浪波著《文坛诗话》，河北教育出版社 1996 年 10 月版，第 200 页。

《"雨露之所濡，甘苦齐结实"——学诗例话》一文发表在《河北文学》1963 年第 2 期。

《马致远〈破幽梦孤雁汉宫秋〉杂剧校识》一文发表在《河北大学学报》1963 年第 4 期。

《继承 革新 创造——怎样学习中国古典文学》一文发表在天津和平区语言文学业余讲习班所印《辅导通讯》1963 年创刊号。

《愈有精华的作品愈要批判地接受》一文发表在《辅导通讯》1963 年第 3 期。

9 月，被选派到中共中央高级党校华北班学习，至次年 10 月。

11 月，与卞济（谷守女）合编的《一束智慧的花——思想修养谚语选集》由天津人民出版社出版。

到津之后，1963 年前，曾应约为大中学校、出版社、剧协、电台、报社等市内多家单位授课，所讲除了毛主席诗词、应用文写作外，多是古典文学。

1967 年　47 岁

修订《明刊本刻工》《清刊本刻工表》《元刊本刻工表》《元刻本刻工表》《宋刻本刻工表》《现存古籍版本大系》；完成《版本琐记》九卷的编纂。

1970 年　50 岁

随河北大学迁往保定。

1973 年　53 岁

从保定到天津出差，突发脑梗病倒。

1978 年　58 岁

与许来渠合作之《读〈七律·长征〉兼论"寒"、"暖"问题及其他》刊于《河北大学学报》1978 年第 1 期。

12 月 16 日，中共河北大学核心小组做出《关于为高熙曾同志恢复名誉的决定》。决定中说："在 1968 年 2 月至 1968 年 12 月，以反动学术权威、走资派等莫须有的罪名，对该同志进行了审查和批判。致使该同志在身心上受到打击和迫害。这些都是完全错误的。……决定为高熙曾同志恢复名誉，挽回政治影响。"

1979 年　59 岁

4 月 12 日，病情危险，前往天津市第一中心医院急诊，住院抢救。

叶嘉莹先生到医院看望，其在《我的老师孙蜀丞先生》① 文中写道："谁知熙曾学长因脑溢血已在医院卧病甚久，语言失能，其夫人亮贞师妹则因为患有严重眼疾，已久不出门，也甚少与外界联系。于是，我想从他们夫妇二人那里寻找孙先生遗著为之刊印的愿望，就完全落空了。"

1980 年　60 岁

9 月 10 日，在天津病逝。

9 月 20 日，高熙曾先生追悼会在海口路殡仪馆举行，教育部、河北省人大常委会、天津市人大常委会、天津市人民政府和有关单位送了花圈。各有关单位负责人和先生生前好友二百余人参加了追悼会。

9 月 21 日，《天津日报》刊发消息《高熙曾同志追悼会在天津举行》。

附记：表中生平资料主要源于高熙曾先生的个人档案和"文化大革命"中的"交代"材料。论著发表情况，只罗列了目前确知出版信息的部分篇目，尚有发表于《天津晚报》《校刊》等处的多篇文章，只有线索，暂未查见原文，故未收录。

---

① 刊于《读书》2017 年第 5 期。

后 记

　　高熙曾先生 1940 年至 1944 年就读辅仁大学国文系，顾随先生是他的授业恩师；1953 年，二位先生又先后来到天津师范学院任教，同事八年，直至顾随先生谢世。我知道二位先生的交往曾经非常密切，也知道高先生当年收集的顾先生文稿早已毁佚于"文化大革命"期间，而且，高先生后人已将先生的藏书、遗著等悉数捐献给了天津图书馆。尽管如此，我还是不死心，还是打通高亭亭老师的电话，希望能有惊喜。当然，结果也没有出乎我的意料，那次通话并无收获。

　　相隔大概一年之后，2020 年初的一天，高亭亭老师忽然打来电话，表达了想在父亲逝世四十周年之际做些事情的心愿。在接下来的一段时间里，在诸位师友的帮助下，秦俊泽老师的论文《高熙曾〈版本琐记〉遗稿整理与研究》发表在河北大学文学院主办的《燕赵文化研究》第 3 辑；《河北大学校报》整版介绍了高熙曾先生的生平和成就。在此过程中，我对高先生所知渐多，钦佩愈甚，整理出版高先生文存也就成了水到渠成之事。

　　高先生的学术成就主要在于古代文学和版本目录学两个方面，本书选录的主要是部分高先生古代文学研究论文。这些固非高先生学术成果的全部，却也基本覆盖了先生的研究领域，能够展现先生的学问源流、学术特点和语言风格。根据内容，我们把这些文章分为"论诗"、"论词"、"论曲"、"论小说"与"杂论"五个部分。因受众、载体不同，文字及风格亦自有别：《唐宋词说》《稼轩词绎》和书跋等，原系手稿，乃用文言，延续传统一路；《唐宋词选讲》《〈西游记〉的浪漫主义》等意在普及，所以较为通俗。发表在学术刊物上的，可以窥见前辈学人的学术功底和治学方法；散见于报章的，则从一个侧面反映出当时的文化氛围和学者的角色担当。整理校勘过程中，我们最大限度地保持了作品原貌，排印或书写错误直接改过。对于引文，有明确版本信息可循的，依所据版本核校；无明确版本的，依通行版本。格式方面，由于文章来源不同、种类有异，并未强求一致。为便于阅读，对作品出处和相关内容做了必要的说明和注释。

古代文学研究论著相较而言有更广泛的读者，于是我们首先整理了高先生此一部分作品。对于整理者来说，虽勉力为之，犹或恐有失。而其未发表的大量考释、校笺，以及版本学、目录学研究成果的发掘整理工作，非我所能胜任，只得留待异日、盼诸方家了。

收集整理工作耗时一年有余。高亭亭、高力力两位老师为此倾尽了时间和精力。我的工作体验则更多的是"快乐"，学习的快乐、分享的快乐，还有，"发现"的快乐，即所谓"惊喜"：高先生手抄顾随先生《积木词》中，三十余首前所未见；手抄《苦水词说》，补充阙文数千字；另有多条生平、交游信息。兹不一一赘述，且俟陆续发表。

壬寅正月赵林涛于集美斋

图书在版编目（CIP）数据

高熙曾学术文存：中国古代文学经典讲义／赵林涛

辑校. -- 北京：社会科学文献出版社，2022.9

　ISBN 978 - 7 - 5228 - 0475 - 0

　Ⅰ.①高…　Ⅱ.①赵…　Ⅲ.①中国文学 - 古典文学研

究 - 文集　Ⅳ.①I206.2 - 53

　中国版本图书馆 CIP 数据核字（2022）第 133391 号

高熙曾学术文存

　　——中国古代文学经典讲义

辑　　校／赵林涛

出 版 人／王利民
责任编辑／杜文婕
责任印制／王京美

出　　版／社会科学文献出版社·人文分社（010）59367215
　　　　　　地址：北京市北三环中路甲 29 号院华龙大厦　邮编：100029
　　　　　　网址：www. ssap. com. cn
发　　行／社会科学文献出版社（010）59367028
印　　装／三河市尚艺印装有限公司

规　　格／开本：787mm × 1092mm　1/16
　　　　　　印张：17.25　插页：0.5　字数：260 千字
版　　次／2022 年 9 月第 1 版　2022 年 9 月第 1 次印刷
书　　号／ISBN 978 - 7 - 5228 - 0475 - 0
定　　价／128.00 元

读者服务电话：4008918866